Ein Schritt ins Leere

Die Autorin

Agatha Mary Clarissa Miller wurde am 15. September 1890 in Torquay, Devon, als Tochter einer wohlhabenden Familie geboren. 1912 lernte Agatha Miller Colonel Archibald Christie kennen, den sie bei Ausbruch des Ersten Weltkriegs heiratete. Die Ehe wurde 1928 geschieden. Zwei Jahre später schloss sie die Ehe mit Max E. L. Mallowan, einem um 14 Jahre jüngeren Professor für Archäologie, den sie auf vielen Forschungsreisen in den Orient als Mitarbeiterin begleitete. Im Lauf ihres Lebens schrieb die «Queen of Crime» 73 Kriminalromane, unzählige Kurzgeschichten, 20 Theaterstücke, 6 Liebesromane (unter dem Pseudonym «Mary Westmacott»), einen Gedichtband, einen autobiografischen Bericht über ihre archäologischen Expeditionen sowie ihre Autobiografie. Ihre Kriminalromane werden in über 100 Ländern verlegt, und Agatha Christie gilt als die erfolgreichste Schriftstellerin aller Zeiten. 1965 wurde sie für ihr schriftstellerisches Werk mit dem «Order of the British Empire» ausgezeichnet. Agatha Christie starb am 12. Januar 1976 im Alter von 85 Jahren.

AGATHA CHRISTIE

Ein Schritt ins Leere

Roman

Scherz

Besuchen Sie uns im Internet:
www.scherzverlag.de

Die Originalausgabe erschien unter dem Titel
«Why Didn't They Ask Evans» bei HarperCollins, London

1. Auflage der Neuausgabe 2002

Überarbeitet Fassung der einzig berechtigten Übertragung
aus dem Englischen von Dr. Otto Albrecht van Bebber

ISBN 3-502-51848-3
Umschlaggestaltung: ja DESIGN, Bern: Julie Ting & Andreas Rufer
Umschlagbild: Chad Ehlers/Getty-Images, Stone, München
Gesamtherstellung: Ebner & Spiegel, Ulm

I

Bobby Jones stellte sich in Positur und pendelte zur Vorbereitung einige Male mit dem Schläger über dem Ball hin und her. Dann hob er den Schläger langsam nach hinten und zog schließlich blitzschnell durch.

Flog der Ball auch brav in gerader Richtung, um sanft steigend über das Hindernis hinwegzusetzen?

Nein, er tat es nicht. Nur am oberen Ende getroffen, kollerte er lässig über den Boden und vergrub sich schließlich fest im Hindernis.

Es gab keine interessierte Zuschauermenge, die entsetzt hätte aufstöhnen können. Der einzige Zeuge des Schlages zeigte keine Überraschung. Und das ist schnell erklärt: Denn es war kein amerikanischer Meisterspieler, der sich eben so blamiert hatte, sondern nur der vierte Sohn des Pfarrers von Marchbolt, einem an der Küste von Wales gelegenen Städtchen.

Bobby knurrte einen durchaus unheiligen Stoßseufzer. Er war ein netter junger Mensch von etwa achtundzwanzig Jahren. Sein bester Freund hätte nicht behaupten können, dass Bobby schön sei; aber sympathisch musste jeder sein Gesicht finden die braunen Augen darin strahlten mit der ehrlichen Freundlichkeit eines Hundes.

«Ich verschlechtere mich von Tag zu Tag», grollte er niedergeschlagen.

«Weil Sie pressen», urteilte sein Partner Dr. Thomas, der trotz seines grauen Haares fröhlich und jung geblieben war. Er selbst zog niemals durch, sondern setzte kurze, gerade Treibschläge, mit denen er bessere, jedoch ungleichmäßig spielende Gegner für gewöhnlich besiegte.

Jetzt attackierte Bobby seinen Ball heftig mit einem Niblick. Beim dritten Mal hatte er Erfolg: Der Ball lag unweit des von Dr. Thomas dank zwei achtbarer Mashies erreichten Grüns.

«Ihr Loch», verkündete Bobby.

Sie gingen zum nächsten Abschlagplatz.

Der Doktor spielte zuerst – sein Ball flog schnurgerade, allerdings nicht weit.

Bobby seufzte, pendelte mit dem Schläger lange Zeit hin und her. hob ihn steif nach hinten, schloss die Augen, reckte den Kopf, drückte seine rechte Schulter herab, kurz, er tat alles, was er nicht hätte tun sollen. und schickte den Ball einwandfrei die Mitte der Bahn entlang. Vor Genugtuung holte er tief Atem. Die wohl bekannte Schwermut des Golfspielers schwand aus seinem beredten Gesicht und machte dem ebenso bekannten Frohlocken Platz.

«Jetzt weiß ich, wie ich es anzufangen habe!», erklärte Bobby, was durchaus nicht der Wahrheit entsprach. Ein perfekter Mashie, ein kleiner Putterschlag, und Bobby triumphierte mit einer stattlichen Vier.

Voller Vertrauen nahm er am sechzehnten Abschlagplatz Aufstellung. Wiederum tat er alles, was er nicht hätte tun sollen. aber dieses Mal ereignete sich kein Wunder. Der Ball sauste im rechten Winkel davon!

«Wenn der gerade gewesen wäre…!», äußerte Dr. Thomas.

«Wenn!» Bobbys Stimme erstickte fast vor Bitterkeit. «Hallo, war das nicht ein Schrei? Hoffentlich hat der Ball nicht irgendjemanden getroffen.»

Er spähte aufmerksam nach rechts. Aber da er direkt in die untergehende Sonne sehen musste, war es schwer, irgendetwas deutlich zu erkennen. Überdies stieg ein leichter Nebel von der See empor. Die Entfernung bis zum Klippenrand betrug nur wenige hundert Meter.

«Der Fußweg läuft dort entlang», sagte Bobby Jones.

«Freilich kann der Ball kaum so weit geflogen sein. Trotzdem glaubte ich einen Schrei zu hören. Sie nicht auch?»

Aber der Arzt verneinte.

Also begab Bobby sich auf die Suche nach seinem Ball und entdeckte ihn schließlich auch – schlechterdings unspielbar, eingebettet in einem Ginsterbusch. Er hackte ein paarmal an ihm herum. nahm ihn dann auf und rief seinem Partner zu, dass er das Loch preisgäbe. Der nächste Abschlagplatz lag ziemlich am Rand der Klippen und war für Bobby gewissermaßen ein Schreckgespenst. Man musste den Ball nämlich über eine Schlucht treiben. Die Entfernung war nicht gerade groß, indes wirkte die Anziehungskraft der Tiefe geradezu magisch. Sie hatten den Fußpfad überquert, der nun, nachdem er unmittelbar am Rande der Klippen entlanggeführt hatte, schroff abbog.

Dr. Thomas nahm ein Eisen und landete seinen Ball knapp auf der anderen Seite. Und jetzt kam für Bobby der gefürchtete Moment. Er holte tief Atem und schlug zu. Der Ball trudelte vorwärts und verschwand über den Rand der Schlucht. «Verteufeltes Pech!», ergrimmte sich Bobby. «Jedes Mal passiert es mir.»

Er beugte sich hinabspähend über den Abgrund. Weit unten glitzerte die See, aber nicht jeder Ball ging in ihrer Tiefe verloren. Der Hang war nur oben sehr steil, unten fiel er in gemäßigter Böschung zum Meer hin ab. Bobby schritt langsam an der Schlucht entlang. Es gab, wie er wusste, eine Stelle, wo man verhältnismäßig leicht hinunterklettern konnte. Die Balljungen pflegten es häufig zu tun und erschienen nach etlicher Zeit schnaufend, aber triumphierend wieder mit dem fehlenden Ball. Plötzlich stockte Bobbys Fuß.

«Doktor, kommen Sie mal ...! Was halten Sie von dem da unten?»

Etwa 13 Meter tief lag ein dunkles Bündel, das an alte, fortgeworfene Kleidungsstücke gemahnte.

Dr. Thomas hielt den Atem an.

«Bei Gott, da ist jemand abgestürzt! Wir müssen zu ihm hinunter.»

Seite an Seite kletterten die beiden Männer den Felsen hinab, wobei der behändere und kräftigere Bobby dem anderen half. Schließlich langten sie bei dem unheilvollen dunklen Bündel an. Es war ein Mann von ungefähr vierzig Jahren, bewusstlos, aber noch atmend.

Schon kniete Dr. Thomas neben ihm, tastete die Gliedmaßen ab, fühlte den Puls und zog die Lider hoch. Dann schaute er zu Bobby empor, der nervös die Untersuchung beobachtete, und schüttelte traurig den Kopf.

«Nichts zu machen. Gebrochenes Rückgrat. Wird's bald überstanden haben, der arme Kerl. Wahrscheinlich mit dem Gelände nicht vertraut. Als der Nebel aufzog schritt er an der Stelle, wo der Pfad den scharfen Knick landeinwärts macht, weiter geradeaus und trat ins Nichts. Ich habe die Stadtverwaltung mehr als einmal dringend aufgefordert, dort ein Geländer anbringen zu lassen. Jetzt wird's vielleicht endlich geschehen.» Schwerfällig stand er auf.

«Bobby, ich werde gehen und Leute holen, damit wir den Verunglückten nach oben schaffen können. Aber bis wir zurück sind, wird es dunkel sein. Wollen Sie so lange hier bleiben?»

Der junge Mann nickte.

«Kann man nichts mehr für ihn tun?», fragte er leise.

«Nichts. Der Puls lässt rapide nach. In höchstens zwanzig Minuten ist alles vorbei. Möglich, dass er kurz vor dem Ende noch einmal zur Besinnung kommt; aber ich bezweifle es fast. Dennoch ...»

«Schon gut. Ich harre bei ihm aus. Wenn nun das Bewusstsein zurückkehrt ... kann man nicht seine Schmerzen irgendwie lindern?»

«Er wird keine Schmerzen haben. Nicht die geringsten.»

Nach dieser Versicherung begann Dr. Thomas rasch wieder emporzuklimmen, und Bobby beobachtete ihn, bis er oben verschwand.

Scheußliche Geschichte! Bobby setzte sich auf einen Felsenvorsprung und zündete sich eine Zigarette an. Die Sache setzte ihm arg zu – es war das erste Mal, dass er dem Tod so nahe kam. Er paffte ein Rauchwölkchen in die abendliche Luft. Wie blödsinng es in der Welt zuging! Ein paar Nebelschwaden an einem schönen Abend, ein falscher Schritt – und schon war es mit dem Leben vorbei. Was für ein gut und gesund aussehender Kerl obendrein! Sogar die Blässe des nahenden Todes konnte die Sonnenbräune der Haut nicht verbergen. Fraglos ein Mann, der sein Dasein im Freien verbracht hatte – vielleicht irgendwo in Übersee.

Bobby betrachtete ihn eingehender: das leicht gekrauste, kastanienbraune Haar, das an den Schläfen schon grau wurde, die scharfe Nase, das starke, energische Kinn, die weißen Zähne, die durch die etwas geöffneten Lippen schimmerten. Dann die breiten Schultern und die schmalen, sehnigen Hände. Die Beine waren in einem merkwürdigen Winkel verrenkt und verdreht. Bobby schauderte und wandte seine Augen von neuem dem Gesicht zu. Ein sympathisches Gesicht, gütig, entschlossen, findig. Die Augen, dachte er, waren vermutlich blau ...

Gerade als er bei dieser Vermutung angelangt war, öffnete der Mann die Augen plötzlich.

Ja, sie waren blau – ein tiefes, klares Blau. Nichts Ungewisses oder Verschleiertes haftete ihnen an. Sie beobachteten und schienen gleichzeitig eine Frage zu stellen. Rasch stand Bobby auf und näherte sich dem Mann. Bevor er ihn erreichte, sprach der andere mit deutlicher, wohllautender Stimme.

«Warum haben sie nicht Evans geholt?», sagte er.

Danach lief ein sonderbares Beben durch seinen ganzen Körper, die Lider schlossen sich, der Unterkiefer sank herab ... Der Mann war tot.

2

Bobby kniete neben ihm nieder, aber es bestand kein Zweifel: Der Mann war tot. Ein letzter, klarer Moment, jene plötzliche Frage und dann – das Ende.

Ziemlich unsicher versenkte Bobby Jones seine Hand in die Tasche des Unbekannten und zog ein seidenes Tuch hervor, das er über das stille Antlitz breitete. Mehr vermochte er nicht zu tun.

Doch nun merkte er, dass er mit dem Taschentuch noch etwas anderes aus der Tasche des Toten gezerrt hatte – eine Fotografie.

Es war das Bild einer jungen Frau mit großen Augen und einem Gesicht, dessen eigenartige Schönheit man so leicht nicht vergaß. Behutsam und ehrerbietig steckte Bobby das Bild wieder in die Tasche zurück und setzte sich, um auf des Doktors Rückkehr zu warten.

Die Zeit verstrich sehr langsam – so schien es wenigstens dem wartenden jungen Mann. Überdies war ihm gerade etwas eingefallen. Er hatte seinem Vater versprochen, beim Abendgottesdienst um sechs die Orgel zu spielen, und jetzt wiesen die Uhrzeiger auf zehn Minuten vor sechs. Sein Vater würde natürlich den Umständen Verständnis entgegenbringen; nichtsdestoweniger wäre es besser gewesen, ihm durch Dr. Thomas Bescheid geben zu lassen. Pfarrer William Jones besaß ein hochgradig nervöses Temperament. Um nichts und wieder nichts regte er sich auf, und jede Aufregung schlug ihm auf die Verdauungsorgane und bereitete ihm große Schmerzen. Obwohl Bobby seinen Vater für einen kläglichen alten Esel hielt, liebte er ihn dennoch von Herzen. Andererseits hielt der ehrwürdige Pfarrer seinen vierten Sohn für einen kläglichen jungen Esel, und weniger duldsam als Bobby, versuchte er den jungen Mann zu bessern.

Der arme alte Herr!, dachte Bobby. Er wird auf und ab rennen, wird nicht wissen, ob er mit dem Gottesdienst beginnen soll oder nicht, und sich erbosen, bis der dämliche Bauch zu schmerzen beginnt und der Appetit fürs Abendessen futsch ist. Er hat ja nicht genügend Vernunft, um sich zu sagen, dass für mein Fernbleiben zwingende Gründe vorliegen müssen.

Und was kommt es schließlich überhaupt darauf an…? Aber zu diesem Standpunkt wird er sich nie durchringen! Die Leute über fünfzig haben durchweg keine Vernunft; wegen lauter Nichtigkeiten grämen sie sich zu Tode. Vermutlich hat's bei ihrer Erziehung gehapert, und nun können sie aus ihrer Haut nicht mehr heraus. Armer Alter – ein Küken hat mehr Vernunft als er!

Mit einem Gemisch von Liebe und Erbitterung dachte er an seinen Vater, und das Leben daheim dünkte ihn ein langes Opfer, das er den eigentümlichen väterlichen Ideen brachte.

Pfarrer Jones hingegen wähnte, dass er ein langes Opfer brächte, schlecht verstanden und gewürdigt von der jüngeren Generation. Man ersieht daraus, dass die Ansichten über dasselbe Thema sehr voneinander abweichen können…

Wie lange der Doktor fortblieb!

Bobby Jones erhob sich und trat verdrossen von einem Fuß auf den anderen. In diesem Moment hörte er über sich ein Geräusch und blickte voll Dankbarkeit, dass seine Dienste nun nicht länger benötigt würden, empor.

Aber es war nicht der Doktor, sondern ein Mann in kurzen Sporthosen, den Bobby nicht kannte.

«Was ist passiert?», rief der Neuankömmling herunter. «Doch nicht etwa ein Unglücksfall? Kann ich irgendwie behilflich sein?»

Die schnell hereinbrechende Dunkelheit hinderte Bobby, den Fremden deutlich zu sehen, aber seine Stimme klang sympathisch.

«Also kann ich etwas tun?», fragte er, nachdem Bobby kurz Bericht erstattet hatte.

«Wenn Sie vielleicht so freundlich sein würden ... ich habe nämlich für sechs eine Verabredung und ...»

«... möchten sie nicht gern versäumen», fiel der Fremde ein. «Ich verstehe. Passen Sie auf: Ich werde hinunterkommen das heißt, sofern meine Geschicklichkeit ausreicht! – und bei dem armen Kerl bleiben. Es kann ja nicht ewig dauern, bis Ihr Doktor mit Hilfe zurückkehrt.»

«Wirklich? Wollen Sie mich ablösen?», sagte Bobby Jones erfreut. «Es ist nämlich mein Vater, der auf mich wartet, und er gerät leicht aus dem Häuschen. Halten Sie sich ein bisschen nach rechts ... jetzt nach links ... so!»

Er ermutigte den anderen durch Anweisungen, und schließlich standen sich die beiden auf dem schmalen Plateau gegenüber. Der Fremde, der ungefähr fünfunddreißig Jahre zählen mochte, hatte ein ziemlich unentschlossenes Gesicht, das nach einem Monokel oder einem kleinen Schnurrbart zu lechzen schien.

«Bassington-ffrench ist mein Name», stellte er sich vor.

«Ich wohne nicht hier, kam zufällig her wegen eines Hauses. Trostlose Affäre, was? Abgestürzt?»

Bobby nickte. «Im Nebel ist der Pfad ein bisschen gefährlich», erläuterte er. «Aber ich muss mich jetzt sputen. Nochmals besten Dank für Ihre Freundlichkeit! Es ist wirklich furchtbar nett von Ihnen.»

«Nicht der Rede wert! Jeder andere würde das Gleiche tun. Man kann den armen Teufel doch nicht mutterseelenallein da liegen lassen.»

Bobby Jones kletterte bereits mit der Behändigkeit einer Gämse den Hang empor. Oben angekommen, winkte er rasch noch einmal mit der Hand und raste dann davon. Um Zeit zu gewinnen, sprang er über die Kirchhofsmauer, anstatt bis vorn zum Tor zu gehen – ein Verfahren, das der Pfarrer vom Sakristeifenster aus beobachtete und in höchstem Maße missbilligte.

Es war fünf Minuten nach sechs, aber die Glocke läutete noch.

Erklärungen und Vorhaltungen würden bis nach dem Gottesdienst aufgeschoben. Atemlos sank Bobby auf seinen Sitz, und in einer begreiflichen Ideenverbindung begannen seine Finger, Chopins Trauermarsch zu spielen. Hinterher nahm Pfarrer Jones seinen Sohn ins Gebet. Mehr aus Sorge als aus Ärger, wie er betonte.

«Wenn du eine Sache nicht richtig erledigen kannst, mein lieber Bobby», sagte er, «ist es besser, dich überhaupt nicht mit ihr zu befassen. Ich weiß, dass du wie all deine jungen Freunde keinen Begriff von Zeit hast, aber den Einen über uns sollten wir nicht warten lassen. Aus eigenem Antrieb hast du dich erboten, die Orgel zu spielen. Ich habe es dir weder nahe gelegt noch dich gezwungen. Doch schwach und wankelmütig zogst du das Golfspiel …»

Bobby hielt es für ratsamer, seinen Vater zu unterbrechen, noch ehe dieser sich allzu sehr ereifert hatte.

«Tut mir Leid, Vater.» Er sprach fröhlich und flott, wie es seine Art war, gleichgültig, um was es sich handeln mochte. «Nicht meine Schuld diesmal. Ich hielt Wache bei einer Leiche.»

«Wie ... wie?»

«Jawohl: Ich hielt Wache bei einem Unglückswurm, der über die Klippe hinausschritt. Weißt du, dort, wo beim siebzehnten Abschlagplatz der Einschnitt ist. Die See schickte überflüssigerweise ein bisschen Nebelschwaden herauf, und da muss er geradeaus gegangen und kopfüber hinuntergepurzelt sein.»

«Barmherziger!», entsetzte sich der Geistliche. «Was für eine Tragödie! War der Mann auf der Stelle tot?»

«Nein. Bewusstlos. Er starb, nachdem Dr. Thomas sich entfernt hatte. Du siehst doch ein, Vater, dass ich mich da nicht einfach verdrücken konnte. Zufällig kam dann ein anderer Fremder vorbei, an den ich die Rolle des ersten Leidtragenden abtreten konnte.»

Pfarrer Jones seufzte.

«O mein lieber Bobby, wird denn nichts deine beklagenswerte Hartherzigkeit erschüttern? Es schmerzt mich mehr, als ich sagen kann! Da hast du nun einen Tod erlebt – einen jähen Tod, und du vermagst darüber zu scherzen! Für deine Generation ist alles, alles, auch das Ehrwürdigste, ja Heiligste, nur ein Scherz!»

Der Gescholtene blickte auf seine Fußspitzen hinab. Was half alles Reden, wenn der Vater nicht fühlte, wie sehr ihn der Vorfall mitgenommen hatte? Stellt man mit einem Scherz nicht am leichtesten das seelische Gleichgewicht wieder her ...? Aber was konnte man von Leuten über fünfzig erwarten? Sie waren eben verbohrt und schrullig. Ich glaube, das kommt vom Krieg, dachte Bobby loyal, der hat sie ganz aus der Fassung gebracht, und sie werden niemals wieder normal.

«Tut mir Leid, Vater», sagte er.

Der Pfarrer blickte seinen Sprössling bekümmert an. Dem Jungen fehlte jeder Begriff vom Ernst des Lebens. Sogar seine Entschuldigung klang lustig und verstockt. Gemeinsam schritten sie zum Pfarrhaus hinüber, und jeder von ihnen machte enorme Anstrengungen, um Milderungsgründe für den anderen zu finden.

Der Pfarrer dachte: Ich möchte wissen, wann Bobby endlich eine Beschäftigung finden wird...

Und Bobby dachte: Möchte wissen, wie lange ich hier noch rumhängen muss...

Des ungeachtet waren sich die beiden von Herzen zugetan.

3

Die sofortigen Folgen seines Abenteuers sah Bobby nicht. Am nächsten Morgen fuhr er in die Stadt, um sich mit einem Freund zu treffen, der eine Garage zu eröffnen gedachte und sich von Bobbys Mitarbeit viel Gutes versprach.

Nachdem die Angelegenheit zur beiderseitigen Zufriedenheit erledigt war, erreichte Bobby zwei Tage später zur Heimfahrt gerade noch den 11-Uhr-30-Zug. Mit knapper Not erwischte er ihn. Er kam in Paddington an, als die Bahnhofsuhr 11 Uhr 28 zeigte, jagte zum Fahrkartenschalter, dann auf den Bahnsteig, wo sich der Zug gerade in Bewegung setzte, und stürzte auf den ersten besten Wagen los, ohne der entrüsteten Schaffner und Dienstmänner in seiner nächsten Nähe zu achten.

Die Tür aufreißend, half er sich mit Händen und Füßen hinein, richtete sich empor, während hinter ihm ein behänder Träger die Tür zuknallte, und gewahrte den einzigen Insassen des Abteils.

Es war ein Wagen erster Klasse und in der Fensterecke saß eine brünette junge Dame, die eine Zigarette rauchte. Sie trug einen roten Rock, eine kurze grüne Jacke und ein leuchtend blaues Käppchen, aber trotz einer gewissen Ähnlichkeit mit dem Äffchen eines Leierkastenmannes hatte sie unbestreitbar etwas sehr Fesselndes an sich. Mitten in seiner Entschuldigung brach Bobby ab.

«Donnerwetter, du bist es. Frankie! Wir haben uns ja eine Ewigkeit nicht mehr gesehen!»

«Deshalb nimm schleunigst Platz und erzähle.»

Bobby grinste.

«Meine Fahrkarte hat die verkehrte Farbe!»

«Tut nichts. Ich werde den Unterschied im Fahrpreis für dich begleichen.»

«Was für ein Einfall! Meine männliche Würde empört sich bei dem Gedanken, eine Dame für mich bezahlen zu lassen!»

«Zu etwas anderem sind wir heutzutage anscheinend nicht da», belehrte Frankie ihn.

«Nein, ich werde die Differenz aus eigener Tasche bestreiten», erklärte Bobby heroisch, als er eine blau uniformierte Gestalt im Korridor auftauchen sah.

«Überlass die Angelegenheit lieber mir.»

Und Frankie lächelte den Schaffner an, der grüßend den Finger an seine Kopfbedeckung legte, ehe er ihr weißes Kärtchen nahm und lochte.

«Mr. Jones ist gerade zu einem Schwätzchen zu mir herübergekommen», sagte sie. «Das schadet doch nichts, wie?»

«Schon gut, Ihre Ladyschaft. Der Gentleman wird ja wohl nicht allzu lange hier bleiben.» Er hüstelte taktvoll. «Ich komme erst nach Bristol wieder in diesen Wagen», fügte er bedeutsam hinzu.

«Was man mit einem Lächeln doch alles erreicht!», meinte Bobby, sobald der Beamte verschwunden war. Lady Frances Derwent schüttelte nachdenklich den Kopf.

«Ich glaube nicht, dass es das Lächeln macht, sondern Vaters Gewohnheit. auf seinen Reisen jedem Schaffner fünf Shilling in die Hand zu drücken.»

«Auch möglich. Ich dachte übrigens, du hättest Wales gründlich satt, Frankie.»

Die junge Dame seufzte.

«Mein Lieber, du weißt, wie Väter sind. Und dazu die Eintönigkeit des Landlebens, die kaum mal durch Gäste unterbrochen wird, da alle Welt behauptet, sparen zu müssen und sich die Reisekosten nicht leisten zu können. Ist es einem Mädchen da zu verdenken, wenn es Reißaus nimmt? Aber nach der letzten Nacht dachte ich, dass es sogar daheim auf dem Lande nicht schlimmer sein könne.»

«So?»

«Ja. Wir trafen uns zwischen halb neun und neun im Savoy, aßen dort und gingen danach kurz in den Marionette Club. Es hieß nämlich, er würde von der Polizei ausgehoben werden. Doch nichts dergleichen geschah. Es war sterbenslangweilig, Bobby. Deshalb bummelten wir weiter ins Arena, und dort war's noch stumpfsinniger. Hierauf versuchten wir es in einem Café und hernach in einer Bude, wo man gebratenen Fisch verkaufte. Und dann hatten wir den Einfall, in aller Herrgottsfrühe Angelas Onkel zu überfallen, weil wir sehen wollten, ob er sehr entsetzt sein würde. Aber leider war er nicht entsetzt, nur mürrisch. Das verdarb uns natürlich den Spaß, und so trollten wir uns heim. Wirklich, Bobby die durchwachte Nacht hat sich nicht gelohnt.»

«Das glaube ich», sagte Bobby Jones, einen Anflug von Neid unterdrückend. Denn nicht einmal in seinen kühnsten Momenten würde er von einem Besuch des Marionette Club geträumt haben.

Seine Beziehung zu Frankie reichte bis in die früheste Jugend zurück.

Als Kinder hatten seine Brüder und er mit den Kindern vom Schloss gespielt. Jetzt, da sie erwachsen waren, sahen sie sich nur noch selten. Wenn Frankie zufällig mal daheim war, pflegten Bobby und seine Brüder zum Tennis hinaufzugehen; dagegen wurden Frankie und ihre beiden Brüder niemals ins Pfarrhaus eingeladen. Man schien ohne weiteres anzunehmen, dass ihnen das kein Vergnügen bereiten würde.

Im Bestreben, den Jones zu zeigen, dass man keine gesellschaftlichen Unterschiede machte, waren die Derwents vielleicht eine Nuance freundlicher, als unbedingt nötig gewesen wäre. Und die Jones wahrten eine gewisse Förmlichkeit, als seien sie entschlossen, nicht mehr Freundschaft zu verlangen, als ihnen geboten würde. Eigentlich verband die beiden Familien nichts anderes als ein paar verblassende Kindheitserinnerungen. Nur Bobby und Frankie freuten sich stets aufrichtig, wenn das Schicksal sie zusammenführte.

«Ich habe alles so satt!», klagte Frankie. «Du auch?»

Bobby überlegte.

«Nein», gestand er.

«Wie wundervoll …! Du, hör mal», sagte sie in verändertem Ton, als sei ihr plötzlich etwas eingefallen, «was ist das eigentlich mit dem Mann, der über die Klippen fiel?»

«Dr. Thomas und ich haben ihn gefunden. Woher weißt du von dem Unfall?»

«Hier, lies!»

Sie reichte ihm eine Zeitung. Und Bobby las:

Das Opfer des tragischen Ereignisses von Marchbolt konnte gestern Abend dank einer Fotografie, die man in der Tasche des Verunglückten fand, identifiziert werden. Die Fotografie stellt Mrs. Leo Cayman dar. Mrs. Cayman wurde von dem Vorgefallenen in Kenntnis gesetzt und reiste unverzüglich nach Marchbolt, wo sie in dem Verunglückten ihren Bruder, Alex Pritchard, erkannte. Mr. Pritchard war erst vor kurzem aus Siam heimgekehrt, nach zehnjähriger Abwesenheit. Er befand sich auf einer Fußwanderung. Die amtliche Leichenschau wird morgen in Marchbolt stattfinden.

Bobbys Gedanken flogen zu dem eigenartig schönen Antlitz der Fotografie zurück.

«Ich glaube, dass ich bei der Leichenschau meine Zeugenaussage machen muss», sagte er.

«Wie aufregend! Ich werde kommen und zuhören.»

«Es wird gar nicht aufregend sein, Frankie. Wir fanden ihn, und damit basta!»

«War er tot?»

«Nein. Nicht gleich. Er starb eine Viertelstunde später. Ich war allein mit ihm.»

«Oh, wie schrecklich für dich!», rief Frankie mit dem sofortigen Verständnis, das Bobbys Vater gefehlt hatte.

«Natürlich hat er keine Schmerzen gespürt …»

«Nein?»

«Aber trotzdem … Na ja, er sah furchtbar lebendig aus … hätte ihm auch niemals zugetraut, dass er wegen eines bisschen Nebels eine Klippe hinabkollern könnte.»

«Ich verstehe, Bobby. Hast du die Schwester gesehen?»

«Nein. Ich bin zwei Tage in London gewesen. Ein Freund will eine Garage aufmachen. Du kennst ihn übrigens, Badger Beadon.»

«Ich kenne ihn?»

«Freilich. Du wirst doch den guten alten Badger nicht vergessen haben! Er schielt.»

Frankie zog angestrengt die Brauen zusammen.

«Dann hat er eine grässliche, alberne Art zu lachen. Hau, hau, hau – so klingt es», half Bobby lächelnd ihrem Gedächtnis nach.

Doch Frankies Stirn glättete sich noch immer nicht.

«Er fiel, als wir Kinder waren, einmal vom Pony herunter», fuhr Bobby fort. «Mit dem Kopf zuerst in den Schlamm, und wir mussten ihn an den Beinen wieder herausziehen.»

«Oh, jetzt weiß ich's!», rief Frankie. «Damals stotterte er.»

«Er stottert auch heute noch.»

«Hat er nicht mal eine Geflügelfarm gehabt, die Pleite machte?»

«Richtig.»

«Und anschließend trat er bei einem Makler ein und wurde nach einem Monat an die Luft gesetzt, wie?»

«Jawohl.»

«Und dann schickten ihn seine Angehörigen nach Australien, von wo er ziemlich bald zurückkehrte?»

«Auch das stimmt.»

«Bobby», sagte Lady Frances Derwent, «ich hoffe, dass du in sein neues Unternehmen kein Geld steckst.»

«Ich besitze kein Geld, das ich hineinstecken könnte.»

«Gott sei Dank!»

«Natürlich hat Badger versucht, jemanden mit einem kleinen Kapital zu finden. Aber das ist nicht so einfach, wie man denken sollte.»

«Wenn man sich so umsieht, meint man manchmal, die Leute hätten überhaupt keine Grütze im Kopf – aber nach dem, was du mir eben erzählst, scheint es doch nicht ganz so schlimm zu sein.»

Diese anzügliche Bemerkung reizte Bobby.

«Lass dir gesagt sein, Frankie, dass Badger ein Prachtkerl ist.»

«Das sind sie alle!»

«Wer?»

«Nun, die nach Australien fahren und im Nu zurückkommen! Wo hat er denn das Geld her für dieses Geschäft?»

«Eine Tante hinterließ ihm eine Garage für sechs Autos samt drei darüber gelegenen Zimmern, und ein paar andere Verwandte kratzten hundert Pfund zusammen, damit er ein paar gebrauchte Wagen kaufen könne. Du ahnst nicht, welche Angebote man in Gebrauchtwagen erhält!»

«O doch! Ich ahne es. Weil ich nämlich selbst mal einen gebrauchten Wagen gekauft habe. Reden wir lieber nicht darüber: Es war eine trostlose Affäre! Warum bist du übrigens nicht bei der Marine geblieben?»

Bobbys Gesicht überflog eine zornige Röte.

«Die Augen», knurrte er.

«Ach ja, die ließen ja schon immer zu wünschen übrig.»

«Genau. Ich schlüpfte bei der Untersuchung gerade noch durch. Aber hernach der Auslandsdienst – das grelle Licht der Tropen, weißt du – das schadet ihnen. Und so musste ich ausscheiden.»

«Scheußlich!», murmelte Frankie, indem sie zum Fenster hinaussah.

Dann entstand eine beredte Pause.

«Trotzdem ist's eine Schande!», brach Bobby los. «Meine

Augen sind nicht wirklich untauglich. Ich hätte es ganz gut schaffen können.»

«Ja, man merkt ihnen nichts an.» Und Frankie schaute stracks in ihre ehrlichen, braunen Tiefen hinab.

«Deshalb trete ich jetzt bei Badger ein.»

Lady Frances Derwent nickte. Ein Kellner öffnete die Tür und verkündete: «Erster Lunch.»

Sie begaben sich in den Speisewagen, und als die Zeit näher rückte, da der Schaffner wiederkommen würde, machte Bobby Jones einen strategischen Rückzug.

«Wir wollen sein Gewissen nicht allzu sehr belasten», erläuterte er. Worauf Frankie die Ansicht äußerte, dass Schaffner keinerlei Gewissen hätten.

Kurz nach fünf Uhr erreichten sie Sileham, die Bahnstation für Marchbolt.

«Der Wagen erwartet mich», sagte Frankie. «Du fährst natürlich mit.»

«Danke. Das bewahrt mich davor, dies grässliche Ding zwei Kilometer weit schleppen zu müssen», erwiderte der Pfarrerssohn, indem er seinem Handkoffer einen verächtlichen Stoß versetzte.

«Drei Kilometer. nicht zwei», verbesserte Frankie.

«Zwei, wenn du den Fußweg benutzt.»

«Jenen ...»

«Ja, jenen, auf dem der Pechvogel abstürzte.»

«Wenn ihn nun jemand hinuntergestoßen hätte, Bobby?», meinte Frankie leichthin, als sie ihrer Zofe die Tasche mit den Toilettenutensilien reichte.

«Hinuntergestoßen? Nein, nein. Warum?»

«Dadurch würde die Sache viel aufregender. Findest du nicht?»

4

Bei der Verhandlung, die sich um den Leichnam Alex Pritchards drehte, machte am folgenden Tag zuerst Dr. Thomas seine Aussage.

«Der Verunglückte war, als Sie ihn fanden, noch nicht gestorben?», fragte der Coroner ihn.

«Nein. Er atmete noch. Indes bestand keinerlei Hoffnung mehr. Der...»

Hier wurde Dr. Thomas sehr wissenschaftlich, sodass am Schluss seiner Ausführungen der Vorsitzende den ratlosen Geschworenen zu Hilfe kam:

«Sie meinen. dass der Mann das Rückgrat gebrochen hatte, nicht wahr?» Und als der Doktor etwas beleidigt nickte, kam die nächste Frage: «Was denken Sie hinsichtlich der Ursache des Unglücksfalles, Dr. Thomas?»

«Ich möchte behaupten, dass der Verstorbene aller Wahrscheinlichkeit nach – leider tappen wir in Bezug auf seine Gemütsverfassung gänzlich im Dunkeln – aus Versehen über den Klippenrand trat und das Gleichgewicht verlor. Von der Seite stieg der übliche Abendnebel empor, und der Pfad wendet sich an jener Stelle unvermittelt landeinwärts. Infolge des Nebels mag der Ortsfremde die Gefahr nicht erkannt haben und, statt abzubiegen, weiter geradeaus geschritten sein.»

«Zeichen von Gewalttätigkeit sahen Sie nicht, Dr. Thomas?»

«Ich kann nur sagen, dass sämtliche vorhandenen Verletzungen von den Felsen verursacht sein können, die der Körper streifte, als er fünfzehn oder achtzehn Meter tief hinunterstürzte.»

«Demnach bleibt also die Frage des Selbstmords.»

«Der ist natürlich durchaus möglich. Ob der Verstorbene aus Versehen über den Rand hinaustrat oder absichtlich hinuntersprang, vermag ich nicht zu entscheiden.»

Als nächster Zeuge wurde Robert Jones aufgerufen.

Bobby schilderte, wie er mit dem Doktor Golf gespielt, seinen Ball seewärts geschlagen und dann geglaubt habe, einen Schrei zu hören, so dass er eine Sekunde lang befürchtete, es sei jemand von dem Ball getroffen worden.

«Haben Sie ihn gefunden?»

«Ja. Er lag ein gutes Stück von dem Fußpfad entfernt.»

Hierauf beschrieb er das weitere Spiel, bei dem ein anderer Ball von ihm in den Klippeneinschnitt getrudelt sei. Doch das interessierte den Coroner weniger als der Schrei.

«Was ist das für ein Schrei gewesen?», forschte er. «Ein Hilferuf?»

«O nein. Ein einfacher Ausruf. Aber, wie gesagt, ich bin meiner Sache keineswegs sicher.»

«Etwa ein Schrei der Bestürzung? Der Überraschung?»

«Ja, ja, das passt schon eher», versicherte Bobby eifrig.

«So ein Schrei, wie ein Mensch ihn ausstoßen würde, der unversehens von einem Ball getroffen wird? Oder einen Schritt ins Nichts tut, wenn er sich auf einem Pfad zu befinden wähnt?»

«Ja.»

Nachdem Bobby Jones noch erklärt hatte, dass der Mann ungefähr fünf Minuten nach Dr. Thomas' Fortgang gestorben sei, war seine Vernehmung beendet. Alsdann kam Mrs. Leo Cayman an die Reihe.

Unwillkürlich riss Bobby vor Staunen den Mund auf. Wo war das Antlitz der Fotografie, die der Tote in der Tasche getragen hatte? Fotografen, dachte Bobby ärgerlich, sind die schlimmsten Lügner. Offenbar lag die Aufnahme etliche Jahre zurück, aber selbst wenn man das berücksichtigte, erschien es unfasslich, dass jene entzückende, großäugige Schönheit sich in diese frech aussehende Frau mit gezupften Augenbrauen und gefärbtem Haar verwandelt haben sollte. Die Zeit – so Bobbys weitere Gedanken – war ein sehr zu fürchtendes Problem! Wie würde zum Beispiel wohl Frankie in zwanzig Jahren aussehen...? Und den Pfarrerssohn überlief ein leichter Schauder.

Inzwischen machte Amelia Cayman, St. Leonhard Gardens Nr. 17, Paddington, ihre Aussage.

Der Verstorbene sei ihr einziger Bruder, Alexander Pritchard, den sie zuletzt am Tag vor der Tragödie gesehen habe, als er seine Absicht mitteilte, eine Fußwanderung durch Wales zu unternehmen.

«Befand er sich in einem normalen Geisteszustand?»

«Ja. Alex war immer gut gelaunt.»

«Soweit Sie wissen, belastete nichts sein Gemüt?»

«Nichts. Er freute sich auf seine Wanderung.»

«Hat er kürzlich vielleicht Geldsorgen oder andere Schwierigkeiten gehabt?»

«Das kann ich nicht genau beurteilen», entgegnete Mrs. Cayman. «Alex war noch nicht lange aus Siam zurück. Und während seiner zehnjährigen Abwesenheit hat er selten geschrieben, weil er das Briefeschreiben hasste. Doch er lud mich in London ins Theater ein und machte mir Geschenke, sodass ich nicht glaube, dass er knapp bei Kasse gewesen ist.»

«Welchen Beruf übte Ihr Bruder aus, Mrs. Cayman?»

Die Dame schien leicht verwirrt.

«Ich bin mir nicht ganz klar, womit er sich eigentlich befasste. Schürfen nannte er es. Er hielt sich immer nur vorübergehend in England auf.»

«Sie glauben nicht, dass er sich das Leben genommen hat?»

«Keinesfalls! Es muss ein Unfall gewesen sein.»

«Wie erklären Sie die Tatsache, dass Ihr Bruder kein Gepäck bei sich hatte? Nicht einmal einen Rucksack?»

«Sogar einen Rucksack fand er beschwerlich. Und deshalb half er sich, indem er alle zwei Tage ein Paket abgeschickt haben wollte. Das erste, das sein Nachtzeug und ein Paar Socken enthielt, gab er noch selbst am Tag vor seinem Aufbruch auf – allerdings adressierte er es irrtümlicherweise nach Derbyshire anstatt nach Denbigshire, so dass es erst heute hier eintraf.»

«Ah! Das erklärt einen etwas sonderbar anmutenden Punkt.»

Nun berichtete Mrs. Cayman, dass der Fotograf, dessen Geschäftsadresse auf dem Foto gestanden habe, ihr von dem Vorgefallenen Mitteilung gemacht hätte, worauf sie und ihr Gatte sofort nach Marchbolt abgereist seien. Hier habe sie in dem verunglückten Fremden ihren Bruder erkannt.

Als sie diese letzten Worte sagte, schnüffelte sie hörbar und begann dann zu schluchzen.

Der Coroner, ein mitfühlender Mensch, sprach ein paar tröstende Sätze und entließ die Dame, um sich nunmehr an die Geschworenen zu wenden. Die Aufgabe, die ihrer harrte, war leicht: denn nichts deutete darauf hin, dass Alex Pritchard unter Kummer und Sorgen gelitten habe, die einen Selbstmord wahrscheinlich machten.

Infolgedessen erfolgte prompt das Verdikt:

«Wir sind zu der Überzeugung gelangt, dass der Verstorbene durch ein Missgeschick seinen Tod gefunden hat, und möchten hinzufügen, dass unserer Meinung nach die Gemeinde unverzüglich einen Zaun oder ein Geländer an der Unglücksstelle anbringen sollte.»

Der Coroner nickte zustimmend, und die amtliche Leichenschau war vorüber.

5

Als Bobby Jones eine halbe Stunde später ins Pfarrhaus zurückkehrte, merkte er, dass seine Verbindung mit dem Tod Alex Pritchards noch nicht vorüber war. Mr. und Mrs. Cayman hatten sich eingefunden und saßen im Studierzimmer seines Vaters, der sich tapfer bemühte, eine geziemende Unterhaltung zu führen.

«Ah, da ist Bobby ja!», sagte er sichtlich erleichtert, als dieser das Zimmer betrat.

Mr. Cayman erhob sich und ging dem jungen Mann mit ausgestreckter Hand entgegen. Er war ein großer, breitschultriger Mann, dessen zur Schau getragene Herzlichkeit durch kalte, durchtriebene Augen Lügen gestraft wurde. Was Mrs. Cayman anbelangte, so hatte sie – hübsch, wenn auch auf plumpe, gewöhnliche Weise – nichts mehr mit ihrem früheren Bild gemeinsam. Nein, nach diesem Bild würde sie schwerlich jemand wiedererkannt haben, überlegte Bobby.

«Wir sind, zu Ihnen gekommen», sagte Mr. Cayman, während er Bobbys Hand mit einem festen, schmerzhaften Griff umschloss, «weil der Bruder meiner armen Frau sozusagen in Ihren Armen starb. Sie werden begreifen, dass sie jede Einzelheit seiner letzten Minute erfahren möchte.»

«Natürlich», versicherte Bobby, der sich sehr unbehaglich fühlte.

Er grinste nervös und vernahm sofort den Seufzer seines Vaters – einen Seufzer christlicher Ergebung.

«Armer Alex», flüsterte Mrs. Cayman, sich mit ihrem Taschentuch die Augen betupfend. «Armer, armer Alex! Wenn er irgendein letztes Wort oder eine Botschaft hinterließ – o bitte, sagen Sie es mir.»

«Von Herzen gern …, aber er trug mir nichts auf.»

«Nichts? Gar nichts?» Mrs. Cayman blickte enttäuscht und ungläubig drein.

«Nein, gar nichts», versicherte Bobby.

«Es war das beste so», mischte sich nun Mr. Cayman ein. «Hinüberzugehen, ohne es zu wissen, ohne Schmerzen zu erdulden. So musst du es sehen, liebe Amelia.»

Mrs. Cayman seufzte tief.

«Ein letzter Gruß von ihm hätte mir so gut getan. Aber ich will mich damit abfinden. Armer Alex! Gestorben unter freiem Himmel, wie er ja die meiste Zeit seines Lebens im Freien zugebracht hat...!»

Bobby rief sich das bronzefarbene Gesicht und die tiefblauen Augen ins Gedächtnis. Ein anziehender Mensch, dieser Alex Pritchard, schön auch noch im Angesicht des Todes. Seltsam, dass er der Bruder dieser Mrs. Cayman und der Schwager dieses ebenso unsympathischen Mr. Cayman gewesen war! Er hätte bessere Verwandte verdient.

«Wir stehen jedenfalls tief in Ihrer Schuld», sagte Mrs. Cayman.

«Oh, das ist alles in Ordnung», erwiderte Bobby. «Ich meine... nun, ich konnte nicht mehr tun... ich meine...» Hoffnungslos verhedderte er sich.

«Ja, wir werden Ihnen das nie vergessen», ergänzte der Gatte.

Abermals erduldete Bobby den schmerzhaften Händedruck und fühlte sodann Mrs. Caymans weichliche Hand in der seinen.

«Was treiben Sie eigentlich so, junger Mann?», erkundigte sich Cayman jovial, als Bobby das Ehepaar zur Haustür begleitete. «Auf Urlaub daheim?»

«Die meiste Zeit verbringe ich damit, nach einer Stellung Ausschau zu halten», entgegnete der Gefragte. «Ich war bei der Marine.»

«Schlimme Zeiten machen wir durch», klagte Mr. Cayman und schenkte Bobby einen letzten Händedruck. «Nun, ich wünsche Ihnen alles Glück für die Zukunft.»

«Danke verbindlichst», sagte Bobby Jones höflich.

Er sah dem Paar nach, das Arm in Arm den unkrautbewachsenen Weg zum Tor entlangschritt. In wirrem Chaos schwirrten verschiedene Ideen durch sein Hirn: die Fotografie... das junge Frauengesicht mit den großen Augen und dem leicht gewellten Haar... und zehn oder fünfzehn Jahre später Mrs. Cayman – geschminkt. die Brauen gezupft, die großen Augen in Fleischfalten gebettet, dass sie wie Schweinsäuglein aussahen. das Haar grell mit Henna gefärbt. Alle Spuren von Jugend und Unschuld waren dahin. Ein Jammer... ! Vielleicht wäre sie, wenn sie nicht diesen grobschlächtigen Cayman geheiratet hätte, anmutiger gealtert. Ein Schimmer von Grau im Haar. Augen, noch immer groß, in einem sanften, blassen Gesicht... Doch vielleicht... Bobby seufzte und schüttelte betrübt den Kopf.

«Das ist das Schlimmste beim Heiraten», murmelte er.

«Was sagst du?» Bobby, aus seinen Grübeleien aufgeschreckt, sah Frankie vor sich stehen, deren Kommen er überhört hatte.

«Von wessen Heirat faselst du, Bobby?»

«Oh... ich stellte nur Überlegungen allgemeiner Art an.»

«Nämlich?»

«Über die verheerenden Wirkungen der Ehe.»

«Wer ist verheert worden?»

Bobby sah sich zu Erklärungen genötigt; doch diesmal stieß er bei Frankie auf kein Verständnis.

«Blech!», bemerkte sie. «Die Frau ist genau wie ihre Fotografie.»

«Frankie, auf dem Bild war sie entzückend.»

«Dank einer geschickten Retusche.»

«Wenn die Retusche es fertig bringt, aus einem Scheusal ein elfenhaftes Geschöpf zu machen – dann sage ich: Hut ab!»

«Du bist blind, Bobby. Der Fotograf hatte all seine Kunst aufgeboten, aber eine widerliche Fratze blieb es doch.»

«Wahrlich, du hast einen verdrehten Geschmack», sagte Bobby tadelnd. «Wo hast du das Bild denn gesehen?»

«Im Marchbolter *Evening Echo.*»

«Unsere Kleinstadtzeitung wird vermutlich eine schlechte Reproduktion gebracht haben.»

«Bobby, du bist ja rein vernarrt!», rief Frankie zornig. «Vernarrt in eine angemalte, aufgetakelte alte Ziege – jawohl, ich sagte Ziege! – wie die Cayman.»

«Welche Ausdrucksweise, Frankie! Noch dazu im Pfarrhausgarten, sozusagen auf halb heiligem Boden ...!»

«Dann benimm dich doch nicht so lächerlich!»

Doch Frankies Zorn war schon verraucht.

«Weißt du, was noch lächerlicher ist? Dass wir uns über diese dumme Frau streiten! Ich kam, um dir eine Runde Golf vorzuschlagen. Wie steht's damit?»

«Wird gemacht, Chef», erwiderte Bobby strahlend.

In bestem Einvernehmen machten sie sich auf den Weg, und fortan drehte sich ihre Unterhaltung um rein sportliche Dinge. Aber mitten im Spiel stieß Bobby plötzlich ein «Donnerwetter!» aus.

«Was gibt's?»

«Mir ist was eingefallen, Frankie. Diese Caymans waren bei mir, um zu fragen, ob Alex Pritchard noch irgendetwas gesagt habe, und ich verneinte es. Und jetzt entsinne ich mich, dass er doch noch etwas sagte.»

«Ein armseliges Gedächtnis hast du!»

«Es war kein Abschiedswort oder ein Auftrag, und wahrscheinlich habe ich deshalb nicht daran gedacht. Er sagte: ‹Warum haben sie nicht Evans geholt?›»

«Tatsächlich, Bobby? Das ist ja eine merkwürdige Frage für einen Sterbenden!» Frankie sah nachdenklich vor sich hin. «Trotzdem – etwas Wichtiges war es nicht. Brauchst dir also keine Vorwürfe zu machen, dass du es vergessen hattest.»

«Du meinst, es erübrigt sich, den Satz noch nachträglich den Caymans mitzuteilen?»

«Ich würde mir nicht die Mühe machen, ihnen deshalb zu schreiben. Es kann nicht wichtig sein.»

«Vermutlich hast du Recht.» Bobby wandte von neuem seine ganze Aufmerksamkeit dem Spiel zu.

Doch die Sache ließ ihm keine Ruhe. Abends, als er allein war, überlegte er hin und her. Frankies Standpunkt war bestimmt richtig und vernünftig; indessen blieb die Tatsache bestehen, dass er den Hinterbliebenen des Verunglückten ungewollt eine falsche Darstellung gegeben hatte. Und so albern und läppisch der Satz auch klang – er musste ihn einfach loswerden.

Schließlich nahm er einen Briefbogen und schrieb an Mr. Cayman:

Sehr geehrter Herr!

Ich habe mich eben erinnert, dass Ihr Schwager doch noch etwas sagte, bevor er starb. Die genauen Worte lauteten: «Warum haben sie nicht Evans geholt?» Entschuldigen Sie, dass ich es nicht schon heute Vormittag erwähnte, aber ich maß seinerzeit den Worten keinerlei Bedeutung bei, und vermutlich waren sie mir deshalb ganz entfallen.

Ergebenst

Robert Jones

Zwei Tage später erhielt er eine Antwort:

Lieber Mr. Jones!
Ich danke Ihnen herzlich für Ihren Brief vom 6. und Ihr Pflichtbewusstsein, das Sie bewog, uns die letzten Worte meines armen Schwagers trotz ihrer Nichtigkeit gewissenhaft mitzuteilen. Meine Frau hatte gehofft, dass ihr Bruder mit einem Wort für sie gestorben sei. Mit einem Abschiedsgruß – verstehen Sie? Trotzdem nochmals herzlichen Dank.

Ihr ergebener

Leo Cayman

Ärgerlich warf Bobby Jones den Brief in den Papierkorb.

6

Am folgenden Morgen erhielt er ein Schreiben ganz anderer Art. Badger Beadon hatte es verfasst – in einer Handschrift, die dem teuren Gymnasium, das er besucht hatte, wenig Ehre machte.

Guter, alter Freund! Alles läuft bestens! Gestern habe ich fünf Wagen gekauft. Einen Austin, zwei Morris und zwei Rovers. Sie wollen zwar gegenwärtig nicht richtig laufen, doch ich denke, dass wir beide sie schon wieder hinkriegen werden... Zum Kuckuck, ein Wagen ist schließlich ein Wagen! Wer ihn mietet, kann nicht mehr verlangen, als dass er ohne Panne auf der Landstraße wieder heimkommt. Ich habe vor, unseren Laden Montag in acht Tagen zu eröffnen, und rechne mit dir. Du wirst mich nicht im Stich lassen, wie?

Tante Mary war eine Perle! Ich habe früher mal das Fenster ihres Nachbarn, eines alten Junggesellen, der sich roh gegen ihre Katzen benahm, eingeschlagen, und das hat sie so gefreut, dass sie mir zu Weihnachten alljährlich fünf Pfund schickte – und nun gar das!
Wir werden Erfolg haben, Junge, todsicher! Ein Wagen ist schließlich ein Wagen. Pinsle ihn nur hübsch an – das genügt den meisten Dummköpfen. Was verstehen die schon vom Getriebe? Also Montag in acht Tagen. Vergiss es nicht!

Dein getreuer Badger

Nach der Lektüre dieses Briefes teilte Bobby seinem Vater mit, dass er in einer Woche eine Stellung antreten würde. Die Beschreibung dieser Stellung begeisterte den Pfarrer nicht im Mindesten, denn er kannte Badger Beadon und seine zahlreichen, wenig erfolgreichen Unternehmungen. Aus diesem Grund darf man ihm nicht verübeln, wenn er Bobby eine lange Vorlesung über die Zweckmäßigkeit hielt, nicht die geringste Bürgschaft, Verpflichtung oder Verantwortung zu übernehmen. Da der würdige Pfarrer von Marchbolt aber keine Autorität in finanziellen oder geschäftlichen Dingen war, fiel sein Rat ziemlich vage aus, während über dessen Sinn kein Irrtum obwalten konnte.

Am Mittwoch dieser Woche brachte der Postbote Bobby einen dritten Brief, dessen Inhalt den jungen Mann ungemein überraschte.

Es wurde ihm eine Stellung bei der Firma Henriquez & Dallo in Buenos Aires angeboten. mit einem Jahresgehalt von tausend Pfund.

Im ersten Augenblick glaubte Bobby zu träumen. Tausend Pfund im Jahr! Sorgfältig las er den Brief ein zweites Mal. Man erwähnte, dass ein früherer Angehöriger der

Marine für den Posten am besten tauge, und deutete an, dass Bobby von irgendwem – den Namen verschwieg man – empfohlen worden sei. Bedingung wäre allerdings seine sofortige Entscheidung und Abreise nach Südamerika innerhalb einer Woche.

«Hol mich der Teufel!», sagte Bobby Jones, seinen Gefühlen in etwas unglücklicher Form Luft machend.

«Bobby!», rügte der Geistliche.

«Verzeih, Vater. Ich vergaß, dass du im Zimmer bist.»

«Mein lieber Sohn, ich möchte dir gern klar machen ...»

Bobby fühlte, dass dieses Vorhaben, das sich meistens endlos in die Länge zog, um jeden Preis verhindert werden müsse. Und er erreichte es durch die schlichte Erklärung: «Jemand bietet mir tausend Pfund jährlich.»

Pfarrer Jones schluckte trocken. Sein Sohn aber dachte voller Befriedigung: So, jetzt habe ich ihn aus dem Konzept gebracht!

«Mein lieber...» Abermaliges Schlucken. «Habe ich recht verstanden? Jemand hat dir tausend Pfund jährlich angeboten? Eintausend?»

«Keinen Penny weniger, Vater.»

«Das ist unmöglich!»

Bobby verletzte diese offenkundige Ungläubigkeit nicht. Seine eigene Einschätzung seines geldlichen Wertes wich von der des Pfarrers wenig ab.

«Nicht wahr, die müssen verrückt sein?», stimmte er seinem Erzeuger zu.

«Wer... sind diese Leute?»

Statt zu antworten, reichte Bobby ihm den Brief. Der Vater tastete nach seinem Kneifer, setzte ihn auf, betrachtete das Schriftstück misstrauisch und studierte es eingehend.

«Sehr bemerkenswert», sagte er endlich. «Sehr!»

«Verrückt», wiederholte Bobby.

«Ah, mein Sohn, einen Engländer zu engagieren, gibt immerhin von vornherein eine gewisse Gewähr. Es garantiert Korrektheit, Rechtschaffenheit. Dass wir diesen Ruf in der ganzen Welt genießen, ist das Verdienst unserer Marine. Das Wort eines Engländers...! Diese südamerikanische Firma weiß den Wert eines jungen Mannes zu schätzen, auf dessen Ehrlichkeit und Treue sie bauen kann.»

«Alles schön und gut, Vater – aber warum gerade ich?»

«Warum du? Wie meinst du das?»

«Nun, es gibt doch genügend Engländer in England. Menschen mit Erfahrung, mit gründlichen Kenntnissen von Land und Leuten drüben. Menschen mit allen möglichen bestechenden Eigenschaften. Warum verfällt man just auf mich?»

«Wahrscheinlich hat dein früherer Kommandant dich empfohlen.»

«So wird's wohl sein», meinte Bobby gedehnt. «Aber ob er oder ein anderer, ist schließlich egal, da ich die Stelle ja doch nicht annehmen kann.»

«Du kannst sie nicht annehmen...?»

«Nein. Ich bin schon gebunden. Durch das Abkommen mit Badger.»

«Badger...? Mein lieber Sohn, lass die Scherze. Es handelt sich um eine ernste Angelegenheit. Irgendeine kindische Abmachung, die du mit Badger Beadon getroffen hast, ist hinfällig.»

«Für mich ist sie nicht hinfällig, obwohl es ein bisschen schmerzt, auf ein so glänzendes Angebot zu verzichten», sagte Bobby mit einem Seufzer.

«Der junge Beadon ist unzuverlässig und leichtsinnig. Er hat seinen Verwandten schon viel Kummer und Kosten verursacht.»

«Er hat kein Glück gehabt, Vater. Badger ist zu vertrauensselig.»

«Glück! Glück! Ich wage zu behaupten, dass der junge Mann noch nie in seinem Leben einen Handschlag getan hat.»

«Unsinn, Vater. Um fünf Uhr morgens ist er aufgestanden, um diese garstigen Küken und Hühner zu füttern. Es war wirklich nicht seine Schuld, dass sie den Pips oder die Bräune oder weiß Gott welche Krankheit kriegten.»

«Ich habe dieses Garagen- und Leihautoprojekt nie gebilligt. Eine richtige Narretei! Du musst es aufgeben.»

«Kann ich nicht, Vater. Badger hat mein Wort, und ich werde die ehrliche alte Haut, die mit meiner Hilfe rechnet, nicht im Stich lassen.»

Dis Diskussion nahm ihren Fortgang. Der Pfarrer, voreingenommen gegenüber Badgers neuem Unternehmen, vermochte kein diesem jungen Mann gegebenes Versprechen als bindend anzusehen. Er hielt Bobby für einen Halsstarrigen, den es nur danach gelüstete, in Gesellschaft eines ungeratenen Gefährten dem Müßiggang zu frönen. Bobby wiederum beteuerte unablässig, dass er «den guten, alten Badger nicht im Stich lassen» könne.

In hellem Zorn ging der Pfarrer schließlich hinaus, worauf Bobby sofort zur Feder griff, um das Anerbieten der Firma Henriquez & Dallo abzulehnen. Verschiedene Seufzer entschlüpften ihm dabei. Er verzichtete auf eine Chance, die bestimmt nie wiederkehren würde, aber es blieb ihm keine Wahl ...

Später weihte er auf dem Golfplatz Frances Derwent ein, und sie hörte ihm aufmerksam zu.

«Wärst du gern nach Südamerika gegangen?»

«Ja. Warum nicht?»

Nun seufzte Frankie.

«Jedenfalls bin ich der Ansicht, dass du richtig gehandelt hast», sagte sie entschieden.

«Badger gegenüber?»

«Ja.»

«Nicht wahr, ich konnte den alten Vogel doch nicht sitzen lassen?»

«Nein. Aber hüte dich, dass der alte Vogel, wie du ihn nennst, dich nicht hereinlegt.»

«Gewiss werde ich die Augen offen halten. Doch was riskiere ich schließlich? Ich besitze ja nichts.»

«Das muss lustig sein.»

«Warum?»

«Ich weiß selbst nicht, warum. Doch wenn ich es recht bedenke besitze ich auch nichts. Freilich, Vater setzt mir ein reichliches Jahresgeld aus, und mir stehen verschiedene Häuser und Schlösser zur Verfügung und elegante Toiletten und Zofen und etliche hässliche Familienjuwelen, dazu Kredit in zahlreichen Geschäften; aber in Wirklichkeit gehört das alles der Familie. Und nicht mir.»

.,Trotzdem lässt sich das nicht mit meiner Situation vergleichen.»

«Das ist wohl wahr.»

Plötzlich überkam Bobby eine tiefe Niedergeschlagenheit, und stumm gingen sie bis zum nächsten Abschlagplatz.

«Ich fahre morgen in die Stadt», sagte Frankie, als Bobby den Ball aufsetzte.

«Morgen? Oh – und ich wollte dir gerade ein Picknick vorschlagen.»

«Hätte ich gern gemacht. Doch nun geht's nicht mehr; es ist bereits alles in die Wege geleitet. Vater hatte nämlich wieder einen Gichtanfall.»

«Dann solltest du hier bleiben und ihn pflegen.»

«Er wünscht keine Pflege, mein Lieber. Den Einzigen, den er um sich haben kann, ist der zweite Kammerdiener, der eine Engelsgeduld hat und nicht aufbegehrt, wenn er Gegenstände an den Kopf geworfen kriegt oder ‹verdammter Narr› gescholten wird. Wann kommst du denn nach London?»

«Am Montag.»

«Dann können wir uns ja dort wiedersehen.»

«Ach ... das hat keinen Zweck.»

«Was heißt das: keinen Zweck?»

«Ich meine ... ich werde die meiste Zeit als Mechaniker arbeiten ...»

«Und? Hindert dich das, eine Einladung zu einer Cocktailgesellschaft anzunehmen und dir einen Schwips anzutrinken wie irgendein anderer meiner Freunde?»

Doch Bobby Jones schüttelte bloß den Kopf.

«Wenn du willst, lasse ich auch Bier und Würstchen servieren», meinte Frankie aufmunternd.

«Versteh doch, Frankie. es hat keinen Zweck! Ich gehöre nicht in deine Kreise.»

«Ich versichere dir, dass meine Kreise sehr gemischt sind!»

«Tu nicht so, als ob du nicht begreifen würdest.»

«Wenn du willst, kannst du Badger mitbringen, dann hast du ja eine verwandte Seele!»

«Lass doch Badger aus dem Spiel, Frankie. Was hast du dem armen Kerl vorzuwerfen?»

«Sein Gestotter. Leute, die stottern, bringen mich selbst zum Stottern.»

«Frankie, es hat keinen Zweck, und du weißt das sehr wohl. Hier draußen – na ja, da bist du allein, und meine Gesellschaft ist vermutlich besser als gar keine. Du benimmst dich fabelhaft anständig mir gegenüber, und ich bin dankbar dafür. Aber ich… ich bin doch nur ein stellungsloser armer Schlucker.»

«Wenn du mit der Schilderung deines Minderwertigkeitskomplexes fertig bist, solltest du vielleicht versuchen; mit Hilfe eines Niblicks wieder flott zu werden!»

«Oh, ich Esel!» Er steckte den Putter in den Beutel und nahm den Niblick heraus. Und mit spöttischer Schadenfreude beobachtete Frankie, wie er fünfmal hintereinander auf seinen Ball einhieb. Wolken und Sand stoben auf.

«Dein Loch», erklärte Bobby, den Ball aufhebend.

«So scheint es mir auch; und damit gehört das Spiel mir. Schluss für heute! Ich habe noch allerlei zu packen.»

«Das glaube ich.»

Einsilbig trotteten sie zum Clubhaus.

«Adieu, mein Lieber», sagte Frankie, ihm die Hand reichend. «Schön, dass ich während meiner Anwesenheit hier der Ehre deiner Gesellschaft teilhaftig werden durfte! Wenn ich nichts Besseres vorhabe, melde ich mich mal wieder.»

«Versteh mich doch recht…»

«Vielleicht geruhst du doch, gelegentlich eine Einladung anzunehmen. Perlen-Manschettenknöpfe sind, wie ich hörte, ganz billig bei Woolworth zu haben!»

«Frankie…»

Seine Worte gingen unter im Motorgebrumm des Bentley, an dessen Steuer Frankie bereits Platz genommen hatte. Lässig winkte sie noch einmal mit der Hand.

«Verdammt!», knirschte Bobby.

Frankie hatte sich empörend benommen. Mochte er seine Worte auch nicht sehr taktvoll gewählt haben, so entsprach das Gesagte doch genau der Wahrheit. Oder ob es besser gewesen wäre, es überhaupt nicht in Worte zu fassen…?

Die nächsten drei Tage kamen ihm qualvoll lang vor.

Der Pfarrer hatte Halsschmerzen, die ihn nötigten, nur im Flüsterton zu sprechen, sofern er überhaupt sprach. Jedenfalls beschränkte er dies auf das Mindestmaß und ertrug die Anwesenheit seines vierten Sohnes offenbar mit christlicher Geduld.

Am Sonnabend fühlte Bobby, dass er die gewitterschwangere Atmosphäre daheim nicht länger ertragen könne. Er bat Mrs. Roberts, die gemeinsam mit ihrem Ehemann den Haushalt im Pfarramt besorgte, ihm ein Lunchpaket zurechtzumachen, und nachdem er diesen Proviant durch eine Flasche Bier, die er in Marchbolt kaufte, ergänzt hatte, brach er zu einem einsamen Picknick auf.

Frankie fehlte ihm unsagbar. In ihrer Gesellschaft vergaß man wenigstens zeitweilig die Beschränktheit der verknöcherten Leute über fünfzig ...

Bobby streckte sich auf einem farnbewachsenen Hügel aus und ging mit sich zu Rate, ob er erst seinen Lunch verzehren und dann schlafen oder erst schlafen und dann anschließend essen solle.

Während er noch überlegte, fiel die Entscheidung ohne sein Zutun, indem ihn einfach der Schlaf übermannte.

Als er aufwachte, war es halb vier. Der junge Mann grinste bei dem Gedanken, wie sein Vater diese Art, einen Tag zu verbringen, missbilligen würde. Ein ordentlicher Spaziergang über Land, zwölf Kilometer mindestens, ja, das gehörte sich für einen gesunden, kräftigen Menschen! Und unvermeidlich zog dergleichen die berühmte Bemerkung nach sich: «Jetzt habe ich mir meinen Lunch redlich verdient!»

«Idiotisch!», brummte Bobby. «Warum seinen Lunch durch ein sinnloses Rennen verdienen? Habe ich Lust zu einem Spaziergang – na, dann gut! Habe ich keine Lust, bin ich ein Narr, wenn ich trotzdem lostrabe.»

Entsprechend dieser Philosophie verzehrte er vergnügt seinen unverdienten Lunch und öffnete dann die Bierflasche. Ungewöhnlich bitteres Bier, aber unbedingt erfrischend. Er schleuderte die leere Flasche in einen Busch Heidekraut und lehnte sich wieder faul zurück. Besser konnten es auch die Götter nicht haben! Die Welt lag zu seinen Füßen. Eine Phrase... aber eine gute Phrase. Ob man, wenn man sich richtig anstrengte, wohl auch heute noch die Welt erobern könnte? Pläne von großer Pracht und kühner Tatkraft zuckten durch sein Hirn.

Dann wurde er abermals müde. Lethargie überfiel ihn. Er schlief. Einen bleiernen Schlaf der Betäubung...

7

In kühner Kurve fuhr Frankie mit ihrem großen, grünen Bentley vor einem altmodischen Gebäude vor, über dessen Portal die Worte standen: «St. Joseph's Hospital.» Leichtfüßig sprang sie heraus, nahm einen Riesenstrauß weißer Lilien vom Sitz und drückte auf den Messingknopf der Klingel. Eine Schwester öffnete ihr.

«Kann ich Mr. Jones besuchen?», fragte Frankie.

Die Pflegerin umfasste mit einem raschen Blick den eleganten Bentley, die Lilien und die junge Dame.

«Wen darf ich melden?»

«Lady Frances Derwent.»

Der Name machte Eindruck, und vermutlich stieg dadurch auch der Patient in der Achtung seiner Pflegerin. Sie führte die Besucherin in ein Zimmer des ersten Stocks.

«Potztausend! Frankie...», stieß Bobby in seiner Überraschung hervor.

«Guten Tag, alter Knabe! Ich habe dir die üblichen Blumen mitgebracht. Sehen ein bisschen nach Friedhof aus, aber große Auswahl war nicht da.»

«Oh, Lady Frances, sie sind entzückend», flötete die Schwester. «Ich will sie gleich ins Wasser stellen.» Während sie hinausging, ließ Frankie sich auf dem Stuhl neben dem Bett nieder.

«Bobby, was bedeutet das alles?»

«Ja, das darfst du mit Fug und Recht fragen, meine Liebe. Ich bin der Sensationsfall hier im Haus. Acht Gran Morphium! Acht! Sie wollen über mich im B. M. J. schreiben.»

«Was heißt *B. M. J.*?», warf Frankie ein.

«*British Medical Journal.*»

«*All right.* Weiter. Brüste dich meinetwegen mit noch mehr Initialen.»

«Brüsten? Mein Kind, weißt du wohl, dass bereits ein halbes Gran eine verhängnisvolle Dosis ist? Sechzehnmal sollte ich schon tot sein! Es ist allerdings vorgekommen, dass Menschen auch nach zwölf Gran noch gerettet wurden – immerhin, acht ist eine hübsche Portion, was? In diesem Krankenhaus hat es einen Fall wie den meinen noch nicht gegeben.»

«Wie nett, dass du ihre Erfahrung bereichert hast!»

In diesem Moment trat die Pflegerin mit den in einer Vase angeordneten Lilien wieder herein.

«Schwester, das stimmt doch, nicht? Einen Fall wie den meinen haben Sie noch nie gehabt?»

«Sie gehörten eigentlich überhaupt nicht hierher, Mr. Jones, sondern auf den Kirchhof», erwiderte die Gefragte. «Doch nur die Guten sterben jung, sagt man.» Sie kicherte über ihren eigenen Witz und ließ Bobby Jones mit seiner Besucherin von neuem allein.

«Da hast du's», triumphierte der Kranke. «Du wirst sehen, mein Ruhm verbreitet sich noch über ganz England.» Und er fuhr fort zu reden. Verschwunden waren alle Anzeichen eines Minderwertigkeitskomplexes, die er bei ihrem letzten Beisammensein bekundet hatte.

«Nun ist's genug», wehrte Frankie ab, als er mit egoistischem Vergnügen jede Einzelheit seines Falles schilderte. «Magenpumpen interessieren mich wirklich nicht sehr. Wenn man dir zuhört, könnte man meinen, es sei vor dir noch nie jemand vergiftet worden. Es war das Bier, wie?»

«Ja. Irgendwer hat mich schlafend wie einen Toten gefunden und versucht, mich aufzuwecken, was ihm nicht gelang. Bestürzt holte er Hilfe. Man trug mich zu einem nahe gelegenen Bauernhof, benachrichtigte einen Arzt...»

«Das Weitere ist mir alles bekannt», unterbrach Frankie hastig.

«Zuerst verfielen die Trottel auf die blöde Idee, ich habe das Zeug absichtlich geschluckt. Als ich ihnen hinterher den Sachverhalt erzählte, suchten sie nach der Flasche, und der in ihr befindliche Bodensatz hat für die Analyse noch ausgereicht. Wie das Gift in die Flasche kam, Frankie, mag der Himmel wissen. Eine Kontrolluntersuchung bei dem Krämer, wo ich die Flasche kaufte, hat ergeben, dass sämtliche anderen Flaschen einwandfrei sind.»

«Dann kann das Gift nur hineingeschüttet worden sein, während du schliefst.»

«Richtig. Ich erinnere mich auch, dass der Papierstreifen, der quer über dem Verschluss sitzt, verletzt war.»

«Das beweist, wie Recht ich mit meiner Behauptung hatte.»

«Welcher Behauptung?»

«Dass man Alex Pritchard die Klippen hinuntergestürzt habe.»

«Aber...»

«Lieber Bobby, was könnte wohl jemanden veranlassen, dich aus der Welt zu schaffen? Du bist kein Erbe, aus dessen Tod ein anderer Nutzen zieht. Rache...? Hast du etwa mal die Tochter eines Apothekers verführt?»

«Soweit ich mich entsinne – nein», entgegnete Bobby Jones würdevoll.

«Ich weiß. Man verführt so viel, dass man die einzelnen Fälle nicht behalten kann.»

«Du machst mich schamrot, Frankie! Aber warum gerade die Tochter eines Apothekers?»

«Freie Verfügung über Morphium!»

«Ach so! Also kurz und gut, ich habe keine Apothekerstochter verführt und besitze meines Wissens keinen Todfeind.»

«Na, siehst du! Es muss mit Pritchard zusammenhängen. Was meint denn die Polizei?»

«Spricht von der Tat eines Irren.»

«Irre durchstreifen nicht Wald und Flur mit Morphium in der Tasche. Nein, jemand stieß Pritchard über den Klippenrand. Eine oder zwei Minuten später tauchst du unversehens auf, und der Verbrecher glaubt, du habest ihn bei seiner Tat beobachtet.»

«Dann hätte ich doch bei der amtlichen Leichenschau eine dementsprechende Aussage gemacht», gab Bobby zu bedenken, und Frankie konnte sich der Stichhaltigkeit dieses Einwands nicht verschließen.

«Trotzdem», beharrte sie nach einem Weilchen. «Du warst der erste, der auf dem Schauplatz erschien.»

«Zusammen mit Dr. Thomas», berichtigte Bobby. «Und niemand hat versucht, ihn zu vergiften.»

«Es ist ja noch nicht aller Tage Abend», prophezeite Frankie heiter. «Oder man hat es bereits versucht, und der

Versuch scheiterte. Halt! Da macht mich noch etwas stutzig!»

«Was?»

«Die Stellung, die dir angeboten wurde. Ich habe noch nie von einer ausländischen Firma gehört, deren Spezialität es ist, unbekannte verabschiedete Marineoffiziere einzustellen. Denn damals warst du ja noch nicht reif fürs *B. M. J.*! Aber Scherz beiseite, Bobby. Meiner Ansicht nach bildet sich der – oder die – Täter ein, du habest etwas gesehen. Daher versuchten sie zuerst, dich loszuwerden, indem sie dir eine Stellung in einem anderen Erdteil anboten, und als das fehlschlug, versuchten sie, dich gänzlich aus dem Weg zu räumen.»

«Ist das nicht eine etwas drastische Maßnahme? Und überdies ein ziemlich großes Wagnis?»

«Pah! Darauf kommt es einem Mörder nicht an! Wer einmal gemordet hat, ist schnell mit einem weiteren Mord bei der Hand. Die Schwierigkeit liegt darin herauszufinden, was du ihres Erachtens gesehen haben könntest.» Sie erhob sich. «Bobby, ich muss jetzt fort. Soll ich morgen wiederkommen?»

«O bitte, bitte. Das Geschwätz der Pflegerin ist trostlos eintönig. Du bist übrigens sehr rasch von London zurückgekehrt, Frankie.»

«Sobald ich von deinem Missgeschick erfuhr, raste ich heimwärts. Es ist so spannend, einen romantisch vergifteten Freund zu haben.»

«Morphium – und Romantik?», warf Bobby zweifelnd hin.

«Also dann bis morgen. Soll ich dir nun einen Kuss geben oder nicht?»

«Ich habe keine ansteckende Krankheit!»

«Nein? Nun, dann will ich meine Pflicht dem Patienten

gegenüber restlos erfüllen.» Und sie küsste ihn leicht auf die Wange.

Ein Weilchen später kam die Schwester mit Bobbys Nachmittagstee herein.

«Ich habe Lady Frances Derwent zwar schon häufig in ihrem Wagen durch die Stadt fahren sehen, doch heute sah ich sie zum ersten Mal aus nächster Nähe», plapperte sie. «Sehr vornehm! Eine Aristokratin vom Kopf bis zur Zehe, aber nicht ein bisschen hochmütig, wie?»

«Nein», erwiderte Bobby Jones lakonisch.

«Wissen Sie, was ich gerade eben zur Küchenschwester sagte? Lady Frances ist genauso wie Sie und ich. Und das stimmt!»

Der Patient fand, dass dies durchaus nicht stimmte, behielt indes seine Meinung für sich. Und verärgert über sein Schweigen, verließ Schwester Ellen das Zimmer.

Langsam trank Bobby seinen Tee. Dann erwog er die Möglichkeiten von Frankies erstaunlicher Theorie, verwarf sie schließlich und hielt nun nach anderen Zerstreuungen Ausschau.

Sein Blick fiel auf die Vase mit Lilien. Süß von Frankie, ihm diesen Arm voll Blumen zu bringen, aber es hätte nichts geschadet, wenn sie ihre Gabe durch ein paar Detektivromane ergänzt haben würde. Gegenwärtig verfügte er über keine andere Lektüre als die *Marchbolt Weekly Times* von der letzten Woche, und sicher lohnte es nicht, hineinzuschauen.

Nichtsdestoweniger schlug er sie gähnend auf, um wenige Augenblicke später die unter seinem Kissen liegende Klingel mit einem Ungestüm zu drücken, dass die Pflegerin im Nu hereinstürzte.

«Um Gottes willen, Mr. Jones! Fühlen Sie sich schlecht?»

«Telefonieren Sie sofort zum Schloss hinauf», rief Bobby, «und bestellen Sie, Lady Frances müsse mich sofort besuchen.»

«Aber Mr. Jones», entsetzte sich seine Hüterin. «Eine derartige Bestellung können Sie doch unmöglich ausrichten lassen!»

«Kann ich nicht? Wenn ich von diesem verflixten Bett aufstehen dürfte, würden Sie schon sehen, ob ich es kann. Rasch, rasch, Schwester.»

«Lady Frances wird kaum schon wieder im Schloss sein.»

«Blech! Sie kennen den Bentley nicht.»

«Jedenfalls wird sie noch nicht ihren Tee getrunken haben.»

«Meine Gute, all Ihre Einwände sind Firlefanz. Tun Sie, was ich Ihnen sage. Bestellen Sie Lady Frances, sie möge sofort kommen, weil ich ihr etwas Wichtiges mitzuteilen hätte.»

Überwältigt, doch unwillig machte Schwester Ellen kehrt. Indes nahm sie sich die Freiheit, Bobbys Botschaft in ein anderes Gewand zu kleiden.

Wenn es Lady Frances nicht allzu viel Mühe machte, bäte Mr. Jones, sie möge doch noch einmal bei ihm vorsprechen, weil er ihr etwas zu sagen habe. Aber natürlich solle sich Lady Frances nicht stören lassen.

Lady Frances erwiderte kurz und bündig, dass sie in einer Minute abfahren würde.

«Verlassen Sie sich drauf», tuschelte die Pflegerin ihren Kolleginnen zu, «sie ist verliebt in ihn!»

Frankie brannte vor Neugier.

«Was bedeutet dieser Verzweiflungsschrei?», fragte sie, noch auf der Schwelle des Krankenzimmers.

Bobby saß aufrecht im Bett. Helle rote Flecken brannten

auf seinen Wangen. Und ungestüm wedelte er mit der *Marchbolt Weekly Times* durch die Luft.

«Sieh her, Frankie. Ist dies das Bild, das du eine widerliche Fratze nanntest?»

Sein Finger wies auf eine etwas dunkle Reproduktion einer Fotografie. Darunter stand: «Bild, das man bei dem Toten fand und mit dessen Hilfe er identifiziert wurde – Mrs. Amelia Cayman, die Schwester des Verunglückten.»

«Gewiss. Aber warum gerätst du darüber außer Rand und Band?»

«Warum ...?» Bobby dämpfte seine Stimme. «Frankie, das ist nicht die Fotografie, die ich in Alex Pritchards Tasche zurückgesteckt habe!»

Sie sahen einander lange an.

«Demnach ...», begann Frankie langsam.

«Hat er entweder zwei Bilder bei sich gehabt ...»

«Was nicht wahrscheinlich ist ...»

«Oder aber ...»

Eine Pause.

«Wie hieß jener Fremde?»

«Bassington-ffrench!», entgegnete Bobby Jones.

8

Es war gar nicht so leicht, sich der veränderten Situation anzupassen.

«Nur er kann es gewesen sein», sagte Bobby endlich tief durchatmend. «Nur ihm bot sich die Möglichkeit.»

«Sofern nicht, wie wir vorhin erwähnten, zwei Bilder in Pritchards Taschen steckten.»

«Wir kamen überein, dass dies unwahrscheinlich sei, liebes Kind. Wären zwei Bilder da gewesen, so hätte man beide benutzt, um die Personalien des Toten festzustellen – nicht lediglich eins.»

«Das lässt sich durch eine Nachfrage bei der Polizei leicht herauskriegen. Vorläufig wollen wir mal annehmen, Pritchard hätte nur das Bild bei sich gehabt, das du versehentlich mit dem Taschentuch herauszogst und wieder zurücksteckest. Wenn es bei Ankunft der Polizei fehlte, so kann niemand anders als Bassington-ffrench den Austausch vorgenommen haben. Was war das denn für ein Mensch?»

Bobby krauste nachdenklich die Stirn.

«Ein schwer beschreibbarer Bursche, möchte ich sagen. Angenehme Stimme. Ein Gentleman und all das. Ehrlich gestanden habe ich ihm wenig Aufmerksamkeit geschenkt. Er erwähnte, dass er wegen eines Hauses hergekommen sei.»

«Auch das lässt sich herausfinden. Wheeler & Owen sind die einzigen Häusermakler in Marchbolt.»

Plötzlich ging ein Beben durch Frankies Körper.

«Bobby, hast du daran gedacht? Wenn Pritchard hinuntergestoßen wurde, ist Bassington-ffrench der Mann, der es getan hat.»

«Ja. Obwohl ich mir einen Mörder anders vorstelle. Aber wir können noch gar nicht sicher sein, dass er gestoßen wurde.»

«Ich bin ganz sicher.»

«Das warst du schon immer.»

«Falsch, mein Junge. Vorher redete ich es mir nur ein, weil es die Dinge aufregender, prickelnder machte, während es jetzt mehr oder weniger erwiesen ist. Wenn ein Mord vorliegt, so passt alles übrige Drum und Dran dazu. Dein unerwartetes Erscheinen, das den Plan der Mörder durchkreuzte. Deine Entdeckung der Fotografie und, als Folge, die Notwendigkeit, dich aus der Welt zu schaffen.»

«Halt, deine Theorie hat ein Loch!»

«Wieso? Du warst der Einzige, der das Bild sah. Sobald Bassington-ffrench allein bei der Leiche zurückblieb, vertauschte er die Fotografie, die nur du gesehen hattest.»

Aber Bobby schüttelte den Kopf.

«Nein, deine Erklärung hinkt. Angenommen, die Fotografie sei so wichtig gewesen, dass ich – um deine Worte zu gebrauchen – aus der Welt geschafft werden musste. Es klingt zwar absurd, doch die Möglichkeit besteht. Schön! Dann hätte das aber sofort geschehen müssen. Dass ich nach London fuhr und weder *Marchbolt Weekly Times* noch eine andere Zeitung mit dem Bild zu Gesicht bekam, ist reiner Zufall. Niemand konnte damit rechnen. Die viel größere Wahrscheinlichkeit war, dass ich gleich erklären würde: Das ist nicht die Fotografie, die in der Tasche des Toten steckte. Warum mit einem Anschlag auf mein Leben bis nach der amtlichen Leichenschau warten, die so glatt verlief, wie es sich der Mörder nur wünschen konnte?»

«Hm … das lässt sich hören», gestand Frankie.

«Und weiter. Ich möchte fast beschwören, dass Bassington-ffrench nicht da war, als ich das Bild in die Tasche des Toten zurücksteckte. Er kam erst einige Minuten später.»

«Er kann dich die ganze Zeit über beobachtet haben.»

«Kaum, Frankie. Es gibt nur einen Fleck, von wo aus du genau auf die Stelle, an der wir uns befanden, herabsehen kannst. Überall sonst springt die Klippe bauchig vor und weicht in einigen Metern Tiefe zurück, so dass dir die Aussicht nach unten versperrt ist. Außerdem hörte ich Bassington-ffrench kommen. Schritte hallen unten wider. Er mag in der Nähe gewesen sein, doch er spähte keinesfalls von oben herab.»

«Also glaubst du, er weiß gar nicht, dass du das Bild gesehen hast?»

«Davon bin ich überzeugt.»

«Bobby, dann muss etwas anderes dahinterstecken. Etwas, das sie erst nach der Verhandlung erfahren haben. Aber warum sage ich eigentlich sie?»

«Warum nicht? Schließlich scheinen die Caymans ja seine Spießgesellen zu sein. Es ist wahrscheinlich das Werk einer Bande. Ich liebe Banden.»

«Damit beweist du deinen schlechten Geschmack», erwiderte Frankie. «Ein selbständig ausgeführter Mord ist viel mehr wert.»

«Ja?»

«Was sagte Pritchard, ehe er starb? Die komische Frage, die du damals auf dem Golfplatz erwähntest?»

«Warum haben sie nicht Evans geholt?»

«Richtig! Wenn nun da der Hase im Pfeffer liegt ...»

«Lächerlich, Frankie!»

«So klingt es. Trotzdem kann es wichtig sein. Bobby, ich bin mir dessen sogar sicher. O nein – ich bin dumm. Du hast ja den Caymans den Satz nicht mitgeteilt.»

«Doch, Frankie», gestand Bobby kleinlaut. «Ich schrieb ihnen noch am selben Abend.»

«Und was geschah?»

«Leo Cayman schrieb zurück, dankte sehr höflich und stimmte mir im Übrigen zu, dass die Frage belanglos sei.»

«So. Und zwei Tage später erhieltest du das verlockende Anerbieten nach Südamerika?»

«Ja.»

«Was willst du denn eigentlich noch, du blindes Huhn? Zuerst versuchen sie es mit diesem Schachzug. Er versagt. Daraufhin beobachten sie dein Tun und Lassen und ergreifen eine günstige Gelegenheit, um eine anständige Portion Morphium in deine Bierflasche zu praktizieren.»

«Dann sind die Caymans mit im Komplott?»

«Selbstverständlich.»

«Ja», grübelte Bobby Jones. «Wenn deine Theorie richtig ist, müssen sie zwangsläufig dazugehören. Dann hätte sich alles folgendermaßen abgespielt: Der Tote X wurde vom Klippenrand gestoßen, vermutlich durch Bff. Verzeih die Initialen, Frankie! Aus irgendeinem Grund ist es wichtig, dass X nicht korrekt identifiziert wird; daher steckt man das Bild von Mrs. C. in seine Tasche und entwendet das Bild der schönen Unbekannten. Wer sie wohl sein mag, Frankie?»

«Bleib gefälligst bei der Sache!»

«Mrs. C. wartet auf das Auftauchen der Fotografie, um hierauf als gramgebeugte Schwester anzutanzen und X als ihren erst kürzlich von fremden Gestaden heimgekehrten Bruder zu identifizieren.»

«Du glaubst doch nicht etwa, dass er ihr Bruder gewesen ist?»

«Fällt mir gar nicht ein. Weißt du, das hat mich schon die ganze Zeit befremdet. Die Caymans haben so gar nichts mit dem Toten gemeinsam.»

«Und dann, gerade als nach Ansicht der Caymans alles wie am Schnürchen läuft, platzt du herein und schmeißt alles über den Haufen», grinste Lady Frances vergnügt.

«Warum haben sie nicht Evans geholt…?» Nachdenklich sprach Bobby den Satz vor sich hin. «Frankie, nimm mir 's nicht übel – aber es bleibt zappenduster!»

«Ja, weil du den Schlüssel nicht kennst. Für die Täter muss es ein schwerwiegender Satz sein, und sie konnten sich nicht klar machen, dass er für dich überhaupt nichts bedeutet.»

«Erztrottel sind sie!»

«Ja und nein. Sie haben vermutlich gedacht, Pritchard hätte noch mehr gesagt, was dir zur rechten Zeit auch noch einfallen würde. ‹Darum fort mit ihm!› hieß ihr Verdikt.»

«Und warum nicht einen zweiten Unfall inszenieren?»

«Das wäre dumm gewesen, Bobby. Zwei Unfälle innerhalb einer Woche? Man hätte einen Zusammenhang gewittert und daraufhin auch dem ersten genauer nachgespürt. Nein, ich finde, ihre Methode ist von einer raffinierten Schlichtheit.»

«Trotz des schwer zu beschaffenden Morphiums?»

«O Bobby, da haben wir einen Fingerzeig!», jubelte Frankie auf. «Derjenige, der es getan hat, muss in der Lage sein, ohne weiteres in den Besitz von Morphium zu kommen.»

«Ein Arzt, eine Krankenschwester oder ein Apotheker», schlug der Patient vor.

«Ich dachte eigentlich an illegal eingeschmuggeltes Rauschgift.»

«Du darfst nicht allzu viele Verbrechen miteinander verbinden, Frankie.» Und dann lachte er plötzlich auf.

«Worüber amüsierst du dich?»

«Über das Schnippchen, das ich ihnen geschlagen habe. Diese Verschwendung von Morphium – genug, um fünf oder sechs Menschen zu töten –, und ich liege fidel und munter in meinem Bett!»

«Das sind so die kleinen Ironien, wie sie das Leben liebt.»

«Sehr weise gesprochen, Lady. Und was werden wir nun zunächst tun?»

«Oh, allerhand. Herausfinden, ob eine oder zwei Fotografien da gewesen sind. Ferner Bassington-ffrench und seinen angeblichen Hauskauf überprüfen.»

«Das wird wohl alles über jeden Verdacht erhaben sein.»

«Weshalb?»

«Denk doch ein bisschen nach, Frankie. Bassington-ffrench muss makellos dastehen. Er muss einen plausiblen Grund für seine Anwesenheit hier haben. Um nichts in der Welt darf ‹ein mysteriöser Fremder in der Nähe der Unfallstelle› erwähnt werden. Nein, ich bin der Meinung, dass er wirklich Bassington-ffrench heißt und dass er eine gesellschaftliche Stellung einnimmt, an die sich kein Argwohn herantraut.»

«Bobby, deine Schlussfolgerungen würden einem gewieften Kriminalbeamten zur Ehre gereichen!», lobte Frankie. «Du hast Recht, es wird keine Verbindung zwischen Bassington-ffrench und Alex Pritchard geben. Freilich, wenn wir wüssten, wie der Tote in Wirklichkeit heißt …»

«Oh, dann verschöbe sich vermutlich das Bild.»

«Es war also wichtig, dass der Leichnam nicht erkannt wurde – daher die Verschleierungsmanöver der Caymans. Und dennoch nahmen sie ein großes Wagnis auf sich.»

«Du vergisst, dass Mrs. Cayman ihn so schnell wie menschenmöglich identifizierte. Wenn hinterher Bilder von ihm in die Zeitungen gelangen sollten – und du weißt, wie undeutlich die meist sind! –, würde höchstens hier und da einer gesagt haben: Merkwürdig, wie sehr dieser Pritchard, der an der Küste von Wales verunglückte, dem Mr. Z. ähnlich sieht!»

«Damit ist's nicht getan», bemerkte Lady Frances pfiffig. «Mr. Z. muss ein Mann gewesen sein, den niemand vermisste. Ich meine, er kann keine Familie, Frau oder sonstige nahe Verwandte, gehabt haben, die sofort zur Polizei laufen und eine Vermisstenanzeige erstatten würden.»

«Jetzt zolle ich dir Lob, Frankie.»

«Nicht wahr, wir folgern herrlich? Wenn nur nicht alles grundfalsch gefolgert ist …!»

«Nun, mir scheint, dass wir nicht leichtfertig zu Werke

gegangen sind. Freilich, die wilde Unwahrscheinlichkeit des Ganzen bleibt bestehen.»

Frankie schob die wilde Unwahrscheinlichkeit mit einer Geste beiseite.

«Bobby, wir haben jetzt drei Angriffsmöglichkeiten», erklärte sie. «Die erste hängt mit deiner Person zusammen. Einen Anschlag auf dein Leben haben sie bereits unternommen; wahrscheinlich werden sie einen weiteren versuchen. Ich möchte dich daher als Köder gebrauchen.»

«Nein, danke, Frankie», wehrte der Patient ab. «Diesmal bin ich mit heiler Haut davongekommen. Wer weiß aber, ob meine Haut standhält, wenn sie das nächste Mal zu einer gröberen Mordwaffe greifen. Deine Idee mit dem Köder lass gefälligst fallen.»

«Eine derartige Antwort hatte ich befürchtet», entgegnete Frankie betrübt. «Die jungen Männer heutzutage sind rettungslos degeneriert. Vater behauptet das wenigstens. Gefahrvolle Abenteuer reizen sie nicht mehr. Es ist ein Elend.»

«Ein großes Elend», bekräftigte Bobby; aber er sprach mit unerschütterlicher Festigkeit. «Wie lautet dein zweiter Schlachtplan?»

«Den Satz: ‹Warum haben sie nicht Evans geholt?› als Ausgangspunkt zu benutzen. Vermutlich kam der Tote hierher, um einen Evans zu besuchen. Wenn wir den finden könnten …»

«Wie viele Evans gibt es nach deiner Meinung in Marchbolt?», unterbrach Bobby.

«Ein paar hundert bestimmt. Wir müssen jeden einzelnen befragen.»

«Wonach willst du ihn befragen?»

«Ja, das ist der wunde Punkt!»

«Nein, Frankie», entschied der Kranke. «Wir müssen

erst noch etwas mehr wissen. Dann können wir vielleicht auf diese Weise vorgehen. Und was ist mit Plan Nummer drei?»

«Dieser Bassington-ffrench. Da haben wir etwas Greifbares. Bassington-ffrench ist kein Dutzendname. Ich werde Papa fragen. Er kennt all diese Grafschaftsfamiliennamen und ihre verschiedenen Zweige. Irgendetwas müssen wir doch tun.»

«Selbstverständlich. Meinst du, ich ließe mir acht Gran Morphium eintrichtern, ohne nachher einen Finger zu rühren?»

«Bravo, Bobby. Das ist der richtige Kampfgeist.»

«Und überdies gilt es, die Schmach der Magenpumpe zu tilgen!»

«Genug!», gebot Frankie. «Jetzt wirst du wieder indezent.» Seufzend schüttelte der Patient den Kopf.

«O Frankie, dir fehlt wirklich das echte weibliche Mitgefühl ...»

9

Frankie verlor keine Zeit. Am selben Abend noch streckte sie ihre Fühler aus.

«Papa, kennst du irgendwelche Bassington-ffrenchs?»

Lord Marchington, der gerade einen politischen Artikel las, knurrte, dass diese törichten Konferenzen die Nationen nur unnütz Zeit und Geld kosteten.

Frankie geduldete sich, bis dieser Artikel und etliche andere gelesen worden waren.

«Die Bassington-ffrenchs», wiederholte sie dann.

«Was ist mit ihnen?»

Das wusste Frankie ja leider nicht. Was sie jedoch wusste, war, dass ihr Vater mit besonderem Vergnügen widersprach; daher stellte sie schnell eine Behauptung auf.

«Sie sind eine Familie aus Yorkshire, wie?»

«Unsinn – Hampshire. Dann gibt's noch den Shropshirer Zweig und natürlich auch noch den irischen. Welches sind deine Freunde?»

«Ich weiß nicht genau», sagte Frankie, willig die Freundschaft mit unbekannten Leuten auf sich nehmend.

«Du weißt nicht genau? Was heißt das?»

«Ach, Papa, die Menschen treiben sich heute gern überall herum. Woher soll man wissen, wo sie ansässig sind?»

«Ja, sie treiben sich herum. Das stimmt! Zu meiner Zeit stellte man entsprechende Fragen, und im Handumdrehen hatte man ein paar verwandtschaftliche Beziehungen ausgegraben. Das ergab dann gleich ein gewisses Band.»

«Wie sinnig!», schwärmte Frankie. «Heutzutage fehlt leider die Zeit für solche genealogisch-geographischen Nachforschungen.»

«Ja. Heutzutage habt ihr für nichts anderes Zeit, als diese giftigen Cocktails zu trinken.»

Lord Marchington stieß einen jähen Schmerzensschrei aus, als er sein gichtiges Bein bewegte, das sich für allzu ausgiebiges Schlürfen von altem Portwein rächte.

«Sind sie wohlhabend?»

«Die Bassington-ffrenchs? Kann ich nicht sagen. Die Shropshirer haben, glaube ich, ziemlich viel Geld eingebüßt. Erbschaftssteuer und dergleichen. Einer von den Hampshirern hat eine amerikanische Millionärstochter geheiratet.»

«So? Irgendein Bassington-ffrench war neulich mal hier. Wollte sich ein Haus ansehen.»

«Nanu? Was will er denn mit einem Haus in Marchbolt?»

Das möchte ich auch gern wissen, dachte Lady Frances.

Am folgenden Tag spazierte sie in das Büro von Messrs. Wheeler & Owen, Häuser- und Grundstücksmakler. Sie schenkte Mr. Owen, der sie empfing, ein bezauberndes Lächeln und ließ sich in einen Sessel fallen.

«Was verschafft uns die Ehre Ihres Besuches, Lady Frances? Womit können wir Ihnen dienen? Sie wollen doch nicht etwa das Schloss verkaufen? Hahaha!», lachte Mr. Owen über diesen Scherz.

«Sehr gern, wenn ich dürfte», entgegnete die junge Besucherin. «Ich mache mir nichts aus Schlössern. Aber nein, ich komme wegen einer anderen Sache. Ich glaube, ein Freund von mir war neulich bei Ihnen – ein Mr. Bassington-ffrench. Es handelte sich wohl um ein Haus.»

«Ganz recht. Ich erinnere mich. Zwei kleine ff.»

«Jawohl.»

«Er erkundigte sich nach mehreren kleinen Grundstücken, doch da er schon am nächsten Tag nach London zurück musste, konnte er nur wenige der betreffenden Häuser besichtigen. Wenn ich ihn recht verstand, eilte die Sache nicht. Seit seiner Abreise haben wir zwei neue für ihn geeignete Objekte an die Hand bekommen, wovon ich ihm Mitteilung machte. Eine Antwort erhielt ich leider nicht.»

«Haben Sie ihm nach London geschrieben oder nach … seinem Landsitz?»

«Einen Moment, Lady Frances.» Er rief einen jungen Angestellten. «Frank, Mr. Bassington-ffrenchs Adresse.»

«Roger Bassington-ffrench, Esq. Merroway Court, Staverley, Hants», schnatterte der junge Mann eifrig.

«Ah, dann war es nicht mein Bekannter», warf Frankie ein. «Ein Vetter wahrscheinlich. Es kam mir gleich sonderbar vor, dass er hier gewesen sein sollte, ohne mich aufzusuchen.»

«Durchaus begreiflich», versicherte Mr. Owen.

«Warten Sie – war er nicht am Mittwoch hier?»

«Ganz recht, Lady Frances. Kurz vor halb sieben. Um halb sieben schließen wir nämlich. Ich habe es deshalb im Gedächtnis behalten, weil an jenem Tag der traurige Unglücksfall passierte. Mr. Bassington-ffrench hatte sogar bis zur Ankunft der Polizei bei der Leiche ausgeharrt. Er sah ganz mitgenommen aus, als er zu uns ins Büro kam. Eine erschütternde Tragödie, und nur durch die Nachlässigkeit der Stadtverwaltung verursacht. Nun, sie ist schwer deswegen getadelt worden. Eigentlich ein Wunder, dass sich an dieser gefährlichen Stelle nicht schon mehr Unglücksfälle ereignet haben!»

Frankie verließ Mr. Owen in sehr nachdenklicher Stimmung. Wie Bobby prophezeit hatte, schienen Mr. Bassington-ffrenchs Handlungen kristallklar zu sein. Er gehörte zum Hampshirer Zweig, hatte nicht nur seine richtige Adresse angegeben, sondern dem Makler gegenüber auch seine Rolle in dem Drama erwähnt. Bestand die Möglichkeit, dass Mr. Bassington-ffrench tatsächlich eine vollkommen unschuldige Person war…?

«Nein», sagte Frankie zu sich selbst, nachdem sie sich lange genug den Kopf zerbrochen hatte. «Ein Mann, der ein Grundstück zu kaufen wünscht, würde entweder früher hier eintreffen oder den nächsten Tag noch zur Besichtigung benutzen. Niemand sucht abends um halb sieben einen Häusermakler auf, um tags darauf in aller Frühe nach London zurückzufahren. Wozu dann überhaupt die ganze Fahrt? Warum dann nicht einfach schreiben?»

Ihr nächster Besuch galt der Polizeiwache.

Inspektor Williams war ein alter Bekannter, der sich rühmen konnte, ein mit Frankies Schmuck durchgebranntes Hausmädchen wieder eingefangen zu haben.

«Guten Tag, Inspektor.»

«Guten Tag, Lady Frances. Hoffentlich nicht wieder ein Diebstahl?»

«Bis jetzt noch nicht. Aber ich glaube, dass ich selbst bald einen Bankraub ausführen werde, da ich ständig knapp bei Kasse bin. Heute treibt mich die Neugier zu Ihnen, Inspektor. Sagen Sie mal, dieser Mann, der über die Klippen fiel – Pritchard oder so ähnlich hieß er...»

«Ganz recht, Pritchard.»

«Hat der nur eine Fotografie bei sich gehabt? Irgendwer wollte mir weismachen, es seien drei gewesen.»

«Eine, Lady Frances. Nicht mehr. Eine Fotografie seiner Schwester, die ihn hernach identifizierte.»

«Wie kann man dann von dreien reden...?»

«Ach, diese Reporter übertreiben immer schamlos. Manche saugen sich die Dinge buchstäblich aus den Fingern.»

«Ja, ja. Es gehen die wildesten Gerüchte um.» Sie machte eine kleine Pause und ließ dann ihre Phantasie schweifen. «Ich habe gehört, dass seine Taschen zum Bersten voll waren mit bolschewistischem Propagandamaterial. Eine andere Lesart lautet, er habe ganze Tüten voll Kokain bei sich gehabt, und eine dritte, man habe Bündel gefälschter Banknoten bei ihm gefunden. Ist etwas Wahres daran, Inspektor?», fragte sie scheinheilig.

«Nichts. Der Inhalt der Taschen war denkbar kläglich. Ein Taschentuch ohne Monogramm; etwas Wechselgeld, ein Päckchen Zigaretten und ein paar Geldscheine – lose, nicht in einer Brieftasche. Ohne das Bild wäre es eine harte

Nuss gewesen, seine Personalien festzustellen. Glückliche Fügung können Sie es nennen.»

«Ja, wirklich», sagte Frankie, obwohl sie, dank ihrer privaten Kenntnisse, den Ausdruck für durchaus unzutreffend hielt. «Ich habe gestern Mr. Jones, den Sohn des Pfarrers, besucht», wechselte sie das Thema. «Eine unglaubliche Sache!»

«Ja. So etwas ist noch nie da gewesen. Ein überall beliebter junger Gentleman, und wird vergiftet! Es treiben sich ja etliche verdächtige Gesellen in der Gegend herum. Dennoch habe ich nie von einem mordlustigen Irren gehört, der seine krankhaften Gelüste auf diese Art befriedigte.»

«Hat man schon irgendeinen Anhaltspunkt?» Frankie beugte sich weit nach vorn. «Inspektor, Sie ahnen nicht, wie interessant es ist, all dies aus erster Quelle zu erfahren!»

Inspektor Williams blähte sich vor Stolz und Freude. Nicht jeder Tag schenkte ihm den Genuss einer freundschaftlichen Unterhaltung mit der Tochter des Grafen.

«Man hat eine dunkelblaue Talbot-Limousine in der Nachbarschaft gesehen», berichtete er bereitwillig. «Ein Mann unweit Lock's Corner meldete es. Eine dunkelblaue Limousine, Nummer GG 8282, die in Richtung St. Botolph fuhr.»

«Und Ihre Meinung?»

«GG 8282 ist die Nummer vom Wagen des Bischofs von St. Botolph, Lady Frances.»

Eine Minute lang spielte Frankie mit der Idee eines mordlustigen Bischofs, der seine Opfer in den Reihen der Pfarrerssöhne suchte; aber seufzend verwarf sie sie wieder.

«Den Bischof verdächtigen Sie doch nicht, Inspektor?»

«Wir haben festgestellt, dass sein Wagen an dem fraglichen Nachmittag die Garage überhaupt nicht verlassen hatte.»

«Also bediente man sich einer falschen Nummer?»

«Jawohl. Aber auch das werden wir bald aufgeklärt haben.»

«Davon bin ich überzeugt», schmeichelte Frankie und erhob sich, um sich zu verabschieden.

Ins Schloss zurückgekehrt, holte sie das Marchbolter Adressbuch vom Schreibtisch der Bibliothek und nahm es mit in ihr eigenes Zimmer, wo sie emsig zu arbeiten begann.

Das Ergebnis war entmutigend.

Dreihundertzweiundzwanzig Evans gab es in Marchbolt.

«Verdammt!», schimpfte Frankie. Und nach diesem wenig damenhaften Ausdruck schmiedete sie Pläne für die Zukunft.

10

Eine Woche später stellte sich Bobby Jones bei Badger in London ein. Von Frankie hatte er mehrere rätselhafte Mitteilungen erhalten die so eilig und daher so undeutlich hingekritzelt waren, dass er deren Inhalt fast erraten musste. Immerhin begriff er so viel, dass Frankie einen Plan entworfen hatte und dass er – Bobby – nichts unternehmen sollte, bis er Genaueres von ihr hören würde. Das passte ihm vorzüglich, da er ohnehin keine Zeit gehabt hätte, etwas zu unternehmen, denn der unglückliche Badger steckte bereits wieder in allerhand Nöten, und Bobby plagte sich redlich, das von seinem Freund angerichtete Chaos zu ordnen.

Bei aller Arbeit war er aber ständig auf der Hut. Die geschluckten acht Gran Morphium machten ihn in Bezug auf Essen und Trinken außerordentlich argwöhnisch und hatten ihn bewogen, seinen Marinerevolver mitzunehmen.

Gerade als ihn das ganze Erlebnis wie ein phantastischer Albdruck anzumuten begann, schnaubte Frankies Bentley durch die Straße und hielt vor der Garagentür. Bobby, in verschmiertem Overall, kam zu ihrem Empfang heraus. Frankie saß am Steuer und neben ihr ein ziemlich ernst aussehender junger Gentleman.

«Tag, Bobby. Wie geht's? Darf ich dir George Arbuthnot vorstellen? Er ist Arzt, und wir werden ihn nötig haben.»

Bobby Jones begrüßte Frankies Begleiter ziemlich kühl.

«Bist du sicher. dass wir einen Arzt brauchen?», forschte er. «Vielleicht siehst du zu schwarz.»

«Ich brauche ihn für meinen Plan», berichtigte Lady Frances.

«Gibt's hier nicht irgendein Fleckchen, wo wir ungestört miteinander sprechen können?»

Bobby schaute unentschlossen umher.

«Mein ... Schlafzimmer.»

«Ausgezeichnet.»

Sie und George Arbuthnot kletterten aus dem Wagen und folgten Bobby eine Außenstiege hinauf und in ein winzig kleines Schlafzimmer, dessen einziger Stuhl mit der Garderobe des Bewohners beladen war.

«Setzen wir uns aufs Bett», schlug die junge Dame vor und ließ sich niederfallen. George Arbuthnot folgte ihrem Beispiel, worauf das Bett ächzend protestierte. «Also. Bobby, wir brauchen einen Wagen. Einer von den euren genügt.»

«Wie bitte? Du willst einen unserer Wagen kaufen?»

«Ja.»

«Das ist wirklich sehr nett von dir. Frankie», erwiderte

Bobby dankbar. «Aber das sollst du nicht. Es gibt eine Grenze der Freundschaft.»

«Lieber Junge, du verstehst mich falsch. Ich brauche wirklich einen Wagen.»

«Und der Bentley?»

«Der Bentley ist nicht geeignet.»

«Du bist verrückt, Frankie.»

«Durchaus nicht. Der Bentley ist nicht geeignet für das, was ich mit dem Auto vorhabe.»

«Was hast du denn vor?»

«Es zu Schrott zu fahren.»

Bobby stöhnte und legte beide Hände gegen die Schläfen. «Bin ich verrückt oder du …?

Jetzt sprach George Arbuthnot zum ersten Mal. Er hatte eine tiefe, melancholische Stimme.

«Sie meint, dass sie einen Autounfall haben wird», warf er ein.

«Woher weiß sie das denn im Voraus?», fragte Bobby verzweifelt.

«Alter Junge, nun hör mal zu», ergriff Frankie wieder das Wort. «Ich bin dem Bassington-ffrench auf der Spur.»

«Schau, schau!»

«Er lebt im Merroway Court, beim Dorf Staverley in Hampshire. Merroway Court gehört dem Bruder unseres Bassington-ffrench, und er lebt dort mit seinem Bruder und seiner Frau.»

«Wessen Frau?»

«Des Bruders Frau natürlich. Aber darauf kommt es nicht an. Das wichtigste ist, wie du oder ich oder wir beide uns in den Haushalt dort einschmuggeln. Ich bin schon da gewesen, um das Gelände zu erkunden. Staverley ist nur ein Dorf. Fremde, die dort ihre Zelte aufschlagen, würden in meilenweitem Umkreis Aufsehen erregen. Also das geht nicht. Und deshalb wird sich folgendes ereignen: Lady Frances Derwent, die ihren Wagen mehr tollkühn als gut steuert, saust mit ihm gegen die Parkmauer von Merroway Court. Vollständige Havarie des Wagens, weniger vollständige Havarie von Lady Frances, die, an einer Erschütterung und einem Nervenschock leidend, ins Haus getragen wird und nicht transportiert werden darf.»

«Wer sagt das?»

«George. Nun siehst du, wo George eingreift. Wir dürfen nicht riskieren, dass ein fremder Doktor erklärt, mir fehle nichts. Oder dass vielleicht irgendein Diensteifriger meine kraftlose Gestalt aufhebt und ins Ortskrankenhaus einliefert. Nein, was geschieht, ist folgendes: George kommt, ebenfalls in einem Wagen – besser, Bobby, du verkaufst uns noch einen zweiten – vorüber, hält an, als er mich und die Trümmer meines Autos sieht, springt heraus und übernimmt das Kommando. ‹Alle zurück›, ruft er, vorausgesetzt natürlich, dass überhaupt jemand da ist, der zurücktreten kann! ‹Ich bin Arzt. Wir wollen sie in jenes Haus dort tragen. Wie heißt es? Merroway Court? Gut! Ich muss eine gründliche Untersuchung vornehmen.› Dann werde ich in den erstbesten freien Raum geschleppt, unter Äußerungen des Mitleids oder bittersten Widerstandes seitens der Bassington-ffrenchs. Ist es Widerstand, so wird George ihn über den Haufen rennen. Nun untersucht er mich, verkündet die Diagnose: ‹Glücklicherweise ist die Sache glimpflicher abgelaufen, als ich zunächst fürchtete. Keine Knochen gebrochen; indes besteht die Gefahr einer Gehirnerschütterung. Zwei oder drei Tage unbedingte Ruhe sind vonnöten.› Nach dieser fingierten ärztlichen Anweisung fährt George davon, und mir bleibt es überlassen, mich bei den Mitgliedern des Hausstandes beliebt zu machen, so gut ich kann.»

«Und wann tauche ich auf?»

«Gar nicht.»

«Aber ich bitte dich, Frankie…»

«Mein liebes Kind, erinnere dich gefälligst, dass Bassington-ffrench dich kennt. Mich dagegen kennt er nicht. Außerdem wird meine Stellung riesig dadurch gestärkt, dass ich einem gräflichen Geschlecht entstamme. Hätte mir nie träumen lassen, dass sich das mal als nutzbringend erweisen könnte. Jawohl, Bobby, ich bin nicht irgendein hergelaufenes junges Weibsbild, das sich zu mysteriösen Zwecken ins Haus zu schleichen trachtet; nein, ich bin die Tochter von Lord Marchington und daher höchst ehrenhaft! Und George ist ein wirklicher Doktor, so dass auch in diesem Punkt kein Verdacht entstehen kann.»

«Oh, daran ist nichts auszusetzen. Nur…»

«Mein Plan verdient höchste Anerkennung», sagte Frankie stolz.

«Gewiss, gewiss. Doch ich soll ganz untätig bleiben?»

Bobby Jones fühlte sich benachteiligt – etwa wie ein Hund, dem unerwartet ein Knochen fortgenommen wurde. Dies Verbrechen ging doch in erster Linie ihn an…!

«Untätig bleiben?», wiederholte Frankie seine Worte. «Durchaus nicht, Darling! Du lässt dir einen Schnurrbart wachsen.»

«Was…?»

«Ja. Wie lange wird das dauern?»

«Zwei oder drei Wochen vermutlich.»

«Barmherziger! So langsam wächst ein Bart…? Kannst du das Wachstum nicht beschleunigen?»

«Nein. Warum darf ich keinen falschen benutzen?»

«Weil man dessen Falschheit immer merkt. Entweder verdreht er sich, oder er fällt ab, oder er riecht nach Klebstoff. Halt! Ich glaube, es gibt neuerdingst eine Methode, bei der sozusagen Haar für Haar einzeln befestigt wird. Dadurch wirkt der Bart durchaus echt. Bobby, der Perückenmacher von einem Theater versteht sich auf so etwas.»

«Er wird denken, ich wolle mich der Justiz entziehen.»

«Was er denkt, ist gleichgültig.»

«Und wenn ich den Bart habe – was dann?»

«Dann schmückst du dich mit einer Chauffeurslivree und fährst den Bentley nach Staverley.»

Bobbys Gesicht strahlte.

«Meine Überlegung ist folgende», führte Frankie aus. «Einem Chauffeur schenkt niemand viel Beachtung. Zudem hat Bassington-ffrench dich nur zwei Minuten gesehen, und die Frage, ob es ihm gelingen würde, die Fotografie rechtzeitig zu vertauschen, dürfte ihn mehr beschäftigt haben als dein Gesicht, mein Lieber. Du warst für ihn nichts als ein junger, Golf spielender Dachs. Er hat dir nicht wie die Caymans gegenübergesessen und dich, wie sie, ausgehorcht und dabei genau beobachtet. Ich möchte wetten, dass Bassington-ffrench dich in Chauffeurslivree auch ohne Schnurrbart nicht wieder erkennen würde. Mit dem Schnurrbart aber droht keinerlei Gefahr. Na, wie gefällt dir mein Plan?»

«Ausgezeichnet, Frankie.»

«Freut mich. Dann wollen wir uns mal dem Wagenkauf zuwenden ... O weh, ich glaube, George hat dein Bett zerbrochen!»

«Nicht so schlimm!», versicherte Bobby gastfreundlich. «Es war kein besonders gutes Bett.»

Sie kletterten die Stiege wieder hinunter und betraten die Garage, wo ein nervöser junger Mann sie mit einem vagen «Hau, hau, hau», begrüßte. Seine äußere Erscheinung wurde leicht beeinträchtigt durch den Umstand, dass seine Augen eine entschiedene Abneigung bekundeten, in dieselbe Richtung zu blicken.

«Badger, du erinnerst dich doch noch an Frankie?»

Bestimmt erinnerte Badger sich nicht, doch er sagte wiederum liebenswürdig: «Hau, hau, hau!»

«Das letzte Mal, als ich Sie sah, steckten Sie mit dem Kopf im Schlamm, und wir mussten Sie an den Beinen herauszerren», ließ Frankie sich vernehmen.

«Wirklich …? o … oh, das m-m-muß in W-w-wales gewesen sein.»

«Ja, es war in Wales.»

«Ich war schon immer ein m-m-m-iserabler R-r-r-eiter.»

«Frankie möchte einen Wagen kaufen», lenkte Bobby die Unterhaltung aufs Geschäftliche zurück.

«Zwei Wagen», verbesserte die Lady. «George braucht auch einen, weil sein eigener in Reparatur ist.»

«Wir können ihm einen leihen». schlug Bobby Jones vor.

«Sehen Sie sich mal unseren V-v-v-orrat an», fiel der Kompagnon ein.

Frankie ließ sich sofort durch den Glanz von Scharlachrot und Apfelgrün blenden. «Die sehen ja sehr schneidig und elegant aus», rief sie angenehm überrascht.

«Der Schein trügt», bemerkte Bobby trocken, was ihm einen vorwurfsvollen Blick seines Partners eintrug.

«Hier ist ein äußerst p-p-p-reiswerter Chrysler», schlug Badger vor. Aber Bobbys Ehrlichkeit widersetzte sich diesem Angebot.

«Badger, der Wagen, den Frankie kauft, muss wenigstens sechzig Kilometer weit fahren. Dieser Standard pfeift zwar auch auf dem letzten Loch, doch ich denke, Frankie, er wird dich noch bis Staverley bringen. Der Essex dort ist zu schade für deinen Plan.»

«Schon gut, ich nehme den Standard.»

Badger Beadon zog seinen Freund ein wenig zur Seite.

«W-w-was denkst du über den P-r-eis? Ich möchte eine Freundin von dir nicht allzu sehr ausplündern. Z-z-zehn Pfund?»

«Mit zehn Pfund bin ich durchaus einverstanden», mischte Frankie sich ein. «Ich werde ihn gleich bezahlen.»

«Erste Mal, dass ich einen A-a-aristokraten sehe, der b-b-bar bezahlen k-k-kann», kommentierte Badger ehrfürchtig.

Bobby begleitete die Besucher zum Bentley.

«Wann wird dein Unfall stattfinden, Frankie?», erkundigte er sich.

«Je eher, desto besser. Morgen Nachmittag vermutlich!»

«Sei doch nett, Frankie, und lass mich dabei sein!»

«Du bist ein unausstehlicher Quälgeist!», schalt sie. «Wie willst du dich denn unkenntlich machen ...? Warte – ich hab's! Ein Motorradfahrer mit großer Lederkappe und riesiger Schutzbrille! Was meinen Sie dazu, George?»

George Arbuthnot sprach zum zweiten Mal.

«*All right*», sagte er. Und seine Stimme klang noch melancholischer als zuvor.

II

Als Treffpunkt für die Teilnehmer des schweren Unglücksfalles wurde eine zwei Kilometer vom Dorf Staverley entfernte Stelle ausgewählt, wo der Weg nach Staverley von der nach Andover führenden Hauptstraße abzweigte.

Alle drei kamen dort sicher an, obwohl Frankies Standard bei jedem Hügel unverkennbare Zeichen von Altersschwäche bekundet hatte. Es war ein Uhr mittags.

«Wir dürfen bei unserer Inszenierung nicht unterbrochen werden», hatte Frankie gesagt. «Zwar wird wohl auch sonst kaum jemand diesen Weg benutzen, zur Lunchzeit sind wir aber unbedingt sicher.»

Einen halben Kilometer ging es noch auf dem Nebenweg weiter, bis die Anstifterin des Ganzen ihnen den Ort zeigen konnte, an dem sie verunglücken würde.

«Einen besseren gibt's meiner Meinung nach nicht», erklärte sie. «Ihr seht, dass der Weg in schnurgerader Linie hügelabwärts führt und dann scharf um die Ausbuchtung jener Mauer biegt. Es ist die Parkmauer von Merroway Court. Wenn wir den Wagen den Hügel hinuntersausen lassen, jagt er unweigerlich in die Mauer hinein. Dann erleben wir einen Zusammenprall, bei dem wahrscheinlich Mauer und Wagen in Trümmer gehen.»

«Das glaube ich auch», pflichtete Bobby ihr bei. «Aber einer von uns sollte an der Ecke Schmiere stehen, damit wir sicher sind, dass nicht gerade jemand aus der entgegengesetzten Richtung kommt.»

«Gut. George kann mit seinem Wagen bis dort hinunterfahren und ihn wenden, als wolle er bergauf. Wenn er dann mit einem Taschentuch winkt, wissen wir, dass die Bahn frei ist.»

«Frankie, du bist so bleich», meinte Bobby Jones besorgt. «Fühlst du dich nicht wohl?»

«Ich bin schon für den Unfall geschminkt, mein Lieber. Oder willst du, dass ich blühend vor Gesundheit ins Haus getragen werde?»

«Wie umsichtig Frauen doch sind!», lobte Bobby. «Du siehst aus wie ein kranker Affe.»

«Und du bist ein Grobian», erwiderte Lord Marchingtons Tochter. «Nun werde ich mich am Tor von Merroway Court aufpflanzen. Es liegt gerade an dieser Seite der Ausbuchtung und hat glücklicherweise kein Pförtnerhäuschen. Wenn George mit seinem Taschentuch wedelt und ich mit meinem, lässt du den Wagen lossausen, Bobby.»

«Wird gemacht. Ich werde auf dem Trittbrett stehen, um ihn zu steuern, bis das Tempo brenzlig wird.»

«Verletz dich nur nicht beim Abspringen», warnte Frankie.

«Nein, nein, ich werd mich hüten. Es würde die Sache nur unnötig erschweren, wenn ein wirklicher Unfall am Ort des fingierten stattfände.»

«Los, George, fahren Sie ab.»

George Arbuthnot nickte, sprang in den zweiten Wagen und fuhr langsam den Hügel hinunter. Bobby und Frankie blickten ihm nach.

«Nicht wahr, du lässt dich zu keiner Unbedachtsamkeit hinreißen?», sagte der Pfarrerssohn in plötzlich aufsteigender Angst.

«Keine Sorge. Übrigens scheint es mir besser, wenn ich dir nicht direkt schreibe, sondern etwaige Briefe an George oder meine Zofe richte.»

«Ob George eine Leuchte in seinem Beruf werden wird?»

«Warum nicht?»

«Weil solche Maulfaulheit keinem Kranken gefällt.»

«Vielleicht überwindet er sie im Laufe der Zeit», gab Frankie zurück. «So, jetzt muss ich auch fort. Ich werde es dich wissen lassen, wenn ich den Bentley haben will. Auf Wiedersehen, Bobby.»

«Auf Wiedersehen, Frankie.»

Sie sahen sich einen Augenblick in die Augen. Dann ging auch sie hügelabwärts.

George hatte seinen Wagen bereits gewendet und fuhr ihn rückwärts um den Mauervorsprung herum. Sekundenlang verschwand Frankie, erschien gleich wieder und schwenkte ihr weißes Taschentuch. Ein zweites Taschentuch wedelte hinten am Knick. Nun startete Bobby Jones den Wagen, stieg aufs Trittbrett und löste die Bremse. Das alte Vehikel bewegte sich nur widerstrebend voran, aber der Hang war steil, und die Geschwindigkeit wuchs. Schließlich sprang Bobby ab. Führerlos jagte der Wagen weiter und prallte mit beträchtlicher Wucht gegen die Mauer.

Bobby sah, wie Frankie auf die Unfallstelle zulief und sich mitten in die Trümmer warf, sah weiter, wie Georges Auto um die Ecke bog und anhielt. Er seufzte. Dass er jetzt nach London zurückmusste, passte ihm gar nicht. Nichtsdestoweniger stieg er gehorsam auf sein Motorrad und fauchte von dannen ...

Auf dem Schauplatz des Unglücks nahmen derweilen die Dinge ihren Fortgang.

«Soll ich mich ein bisschen wälzen, damit ich staubig werde?», fragte Lady Frances Derwent.

«Ja, das könnte nichts schaden. Geben Sie mir Ihren Hut.»

George Arbuthnot nahm ihn und brachte ihm eine schreckliche Beule bei, während Frankie einen Schrei ausstieß.

«Bravo, das ist die Erschütterung», lächelte George. «Und jetzt still liegen. Ich glaube, eine Radfahrerglocke gehört zu haben.» Tatsächlich kam fast in derselben Sekunde ein etwa siebzehnjähriger Bursche vergnügt pfeifend um die Mauerecke gestrampelt. Mitten in seiner Melodie brach er ab, sprang vom Rad und genoss entzückt das Schauspiel, das sich seinen Augen bot.

«Oho!», schrie er. «Hat's da einen Unfall gegeben?»

«Nein», erwiderte der junge Mediziner sarkastisch. «Die Dame hat den Wagen absichtlich gegen die Mauer gefahren.»

Der Bursche, der diese schlichte Wahrheit naturgemäß als Ironie auffasste, sagte: «Sieht böse aus, was? Ist sie tot?»

«Noch nicht. Sie muss irgendwo untergebracht werden, und zwar umgehend. Ich bin Arzt. Was ist das für ein Besitztum?»

«Merroway Court. Gehört Mr. Bassington-ffrench. Er ist Friedensrichter.»

«Wir müssen sie dorthin schaffen», gebot George. «Helfen Sie mir.»

Bereitwillig lehnte der Bursche sein Rad gegen die Mauer, und mit Arbuthnot zusammen schleppte er Frankie die von Ulmen eingefasste Auffahrt hinauf bis zu einem schönen alten Herrenhaus.

Ihr Kommen war bereits bemerkt worden, denn ein älterer Butler empfing sie auf der untersten Stufe der Freitreppe.

«Haben Sie ein Zimmer, wo ich die Dame untersuchen kann? Sie ist mit ihrem Wagen verunglückt.»

Der Butler eilte bestürzt in die Halle zurück, gefolgt von den beiden jungen Männern mit ihrer Last. Dann trat aus einem Salon zur Linken eine Frau, groß, mit rötlichem Haar und graublauen Augen.

Sofort erfasste sie die Sachlage. «Wir haben ein Schlafzimmer im Erdgeschoss frei», sagte sie. «Selbstverständlich steht es zu Ihrer Verfügung. Soll ich einen Arzt rufen?»

«Nicht nötig. Ich bin selbst Arzt. Zufällig kam ich gerade an der Unglücksstelle vorüber.»

«Darf ich vorangehen?» Sie führte sie in einen behaglich möblierten Raum, der zum Garten hinaus lag. «Sind ihre Verletzungen gefährlich?»

«Das vermag ich vorläufig noch nicht zu sagen.»

Mrs. Bassington-ffrench verstand den Wink und entfernte sich. Mit ihr der Radfahrer. der ihr eine Beschreibung des Unfalls auftischte, als habe er ihm beigewohnt.

Inzwischen tauschten Arbuthnot und Frankie ein behutsames Gewisper aus.

«George, mein Guter, der Streich wird doch nicht etwa Ihre Karriere verderben?»

«Wahrscheinlich ja», erwiderte der junge Doktor trübe. «Das heißt, wenn es herauskommt.»

«Lassen Sie nicht den Kopf hängen, George: Es wird nicht herauskommen.»

George Arbuthnots Miene erhellte sich jedoch nicht. Er zog seine Uhr hervor und meinte: «Drei Minuten werde ich für meine angebliche Untersuchung veranschlagen.»

«Was geschieht mit dem Wagen?»

«Ich werde mich nach einer Garage umsehen, damit er abgeschleppt wird.»

«Schön.»

George studierte weiter seine Uhr.

«Die Zeit ist rum», erklärte er dann mit merklicher Erleichterung.

«Sie sind ein Engel gewesen, George. Ich weiß wirklich nicht, weshalb Sie mir diesen großen Dienst erwiesen haben.»

«Ich auch nicht. Unverantwortlicher Leichtsinn von mir! Adieu, liebe Patientin. Amüsieren Sie sich gut.»

«Ob ich's kann?», meinte Frankie. Sie dachte an diese kühle, unpersönliche Stimme mit dem leichten amerikanischen Akzent.

Die Eigentümerin dieser Stimme erwartete George Arbuthnot im Wohnzimmer.

«Es freut mich, dass die Sache glimpflicher verlaufen ist, als ich befürchtet hatte», berichtete der junge Doktor. «Eine leichte Gehirnerschütterung, die schon im Abklingen begriffen ist. Indes halte ich es für erforderlich, dass die Dame mindestens einen Tag ganz ruhig liegen bleibt.» Er machte eine Pause. «Sie scheint eine Lady Frances Derwent zu sein.»

«Oh, dann kenne ich einige ihrer Vettern, die Draycotts.»

«Bereitet es Ihnen Ungelegenheiten, wenn Sie ihr ein paar Tage Gastfreundschaft gewähren?»

«Durchaus nicht, Dr. ...»

«Arbuthnot. Ich werde übrigens den Wagen von einer Garage abschleppen lassen.»

«Sehr freundlich, wenn Sie sich darum kümmern würden, Dr. Arbuthnot. Morgen telefoniere ich dann wohl am besten mit unserem Arzt, damit er sie weiterbehandelt.»

«Das ist nicht nötig. Ruhe braucht sie, nichts als Ruhe.»

«Trotzdem – ich möchte nichts vernachlässigen. Auch ihre Verwandten müssen benachrichtigt werden.»

«Das übernehme ich gleichfalls. Und was den Arzt betrifft ... mir scheint, sie bekennt sich zur Christian Science und wird daher keinen Doktor haben wollen. Ich hatte den Eindruck, dass sie, als sie zu sich kam, schon über meine Untersuchung ungehalten war. Im Übrigen aber gebe ich Ihnen mein Wort, dass ihr nichts Ernstliches fehlt.»

«Wenn Sie wirklich meinen ...», erwiderte Mrs. Bassington-ffrench ziemlich ungläubig.

«Bestimmt. Darf ich mich jetzt verabschieden ...? Herrje, ich habe eins meiner Instrumente im Krankenzimmer gelassen.»

Er rannte zurück und stürzte an Frankies Lager.

«Sie sind eine glühende Anhängerin der Christian Science», flüsterte er schnell. «Vergessen Sie es nicht, Frankie.»

«Warum denn?»

«Es ging nicht anders.»

«Gut. Ich werde es nicht vergessen.»

12

So, da bin ich also mitten im feindlichen Lager gelandet, dachte Frankie. Nun hängt alles weitere von mir ab. Ein Klopfen an der Tür vereitelte weitere Gedankengänge, und dann trat Mrs. Bassington-ffrench über die Schwelle.

Die Patientin richtete sich ein wenig in ihren Kissen auf.

«Es tut mir so Leid», sagte sie mit matter, kraftloser Stimme, «dass ich als Störenfried hier eingebrochen bin.»

«Sie stören gar nicht.» Wieder hörte Frankie das leichte amerikanische Näseln und entsann sich, dass ihr Vater erwähnt hatte, einer der Hampshirer Bassington-ffrenchs sei mit einer amerikanischen Erbin verheiratet. «Dr. Arbuthnot hat mir versichert, Sie würden, wenn Sie sich ruhig verhielten, in ein paar Tagen wieder ganz auf dem Posten sein. Es ist ein wahres Glück, dass er kurz nach Ihrem Unfall vorbeikam.»

«Nicht wahr...? Natürlich brauchte ich seine Hilfe nicht wirklich, denn...»

«Meine Liebe, Sie dürfen jetzt nicht sprechen. Ich werde Ihnen meine Zofe mit allem Nötigen schicken, und dann legen Sie sich richtig zu Bett.»

«Sie sind zu liebenswürdig.»

Frankie fühlte etwas Gewissensbisse, als sie wieder allein war.

Eine nette, sympathische Frau, sagte sie zu sich selbst. Und wundervoll arglos! Wäre sie weniger nett, so würde es mir leichter fallen, sie zu beschwindeln. Doch es hilft nichts – ich darf von meinem Plan nicht abweichen.

Es folgte ein recht stumpfsinniger Nachmittag und Abend in dem verdunkelten Raum. Zweimal kam auch die Hausherrin herein, um sich persönlich davon zu überzeugen, dass keine Verschlimmerung im Zustand der Patientin eingetreten sei. Aber sie blieb nie lange.

Am nächsten Tag bat Frankie, man möge die Jalousien hochziehen, damit das Tageslicht ungehindert hereinkönne. Überdies äußerte sie den Wunsch nach Gesellschaft. Kurz darauf saß Mrs. Bassington-ffrench am Bett ihres Gastes und blieb eine geraume Zeit. Sie entdeckten viele gemeinsame Bekannte, und am Ende dieses Tages fühlte Frankie, dass sie und die Herrin von Merroway Court sich angefreundet hatten.

Verschiedentlich erwähnte Mrs. Bassington-ffrench ihren Gatten und ihren kleinen Sohn Tommy. Fraglos hing sie mit ganzem Herzen an ihrem Heim, und dennoch trat bisweilen ein ängstlicher Ausdruck in ihre Augen, als wäre ihr Glück irgendwie getrübt.

Am dritten Tag stand Lady Frances Derwent auf und lernte den Herrn des Hauses kennen – ein großer Mann, liebenswürdig, zuvorkommend, aber ein wenig zerstreut. Er verbrachte offenbar die meiste Zeit in seinem Studierzimmer, schien aber trotz seiner einsiedlerischen Neigungen seine Frau sehr zu lieben.

Tommy, der blond gelockte, muntere Knabe, war sieben Jahre alt und wurde von Sylvia Bassington-ffrench vergöttert.

«Es ist hübsch hier», sagte Frankie mit einem Seufzer. Sie lag auf einem bequemen Liegestuhl im Garten. «Ich weiß nicht, ob es die Erschütterung ist, die mein Kopf aushalten musste, oder etwas anderes – jedenfalls habe ich ein merkwürdiges Verlangen nach Ruhe. Ich möchte Tage und Tage hier so liegen.»

«Tun Sie es», entgegnete Sylvia in ihrem ruhigen, arglosen Ton. «Wirklich, ich meine es ganz ernst. Warum wollen Sie so schnell in das Gehetze und Getriebe der Stadt zurück…? Für mich ist es ein großes Vergnügen, Sie bei mir zu haben. Sie sind so lustig und amüsant. Ihre Gegenwart heitert mich auf.»

Also braucht sie Aufheiterung, lautete die Schlussfolgerung, die Frankie aus dem Gesagten zog. Gleichzeitig schämte sie sich ihrer Unaufrichtigkeit.

«Ich habe das Gefühl, dass wir schon richtig gute Freundinnen geworden sind», setzte Mrs. Bassington-ffrench hinzu. Und Frankie schämte sich noch mehr.

Es war gemein, was sie tat… gemein… gemein… gemein. Sie wollte die Sache aufgeben, in die Stadt zurückfahren. Doch da sprach die Dame des Hauses weiter: «Und fürchten Sie nicht, dass es allzu eintönig sein wird. Morgen kommt mein Schwager. Er wird Ihnen sicher gefallen. Jeder hat Roger gern.»

«Lebt er ständig bei Ihnen?»

«Hin und wieder. Er ist ein ruheloser Mensch. Den Tunichtgut der Familie pflegt er sich selbst zu nennen, und in gewissem Sinn hat er Recht. Ihm fehlt jede Ausdauer; ich glaube, dass er in seinem ganzen Leben noch nie richtig gearbeitet hat. Bei alten Familien findet man häufig einen Spross wie ihn. Und gewöhnlich sind es Leute mit viel Charme. Roger ist außerdem sehr hilfsbereit. Ich wüsste wirklich nicht, was ich ohne ihn gemacht hätte, als Tommy dieses Frühjahr krank war.»

«Tommy ist krank gewesen? Dieser gesunde Junge?»

«Er fiel von der Schaukel. Sie muss an einem morschen Ast befestigt gewesen sein, der unter seinem Gewicht nachgab. Mein Schwager war außer sich, weil er das Kind gerade schaukelte, als das Unglück geschah… hoch in die Luft, wie es die Kleinen lieben. Zunächst glaubten wir, Tommys Rückgrat sei schwer verletzt worden; aber endlich genas er, ohne dass ein dauernder Schaden zurückblieb.»

«Frischer und gesünder als er kann man kaum sein», lächelte Frankie, als sie in der Entfernung ausgelassenes Kindergekreisch hörte.

«Wenn Sie wüssten, wie glücklich ich darüber bin! Es war nicht der erste Unfall, der ihm zustieß. Vergangenen Winter wäre er beinahe ertrunken.»

«Tatsächlich?», sagte Frankie nachdenklich.

Sie dachte nicht mehr daran, in die Stadt zurückzukehren – das Gefühl von Schuld gegenüber ihrer Gastgeberin war wie vom Winde verweht.

Unfälle...! Waren Unfälle Rogers Spezialität?

«Wenn Ihre Einladung wirklich von Herzen kommt, würde ich ganz gern noch ein Weilchen bei Ihnen bleiben», sagte sie zu Sylvia. «Aber wird Ihr Gatte nichts dagegen einzuwenden haben?»

«Henry?» Mrs. Bassington-ffrenchs Lippen kräuselten sich merkwürdig. «Nein. Henry hat bestimmt nichts dagegen. Ihm ist das alles gleichgültig – letzten Endes.»

Frankie sah die Sprecherin verstohlen an.

Sie hätte noch mehr gesagt, wenn sie mich besser kennen würde. überlegte sie im Stillen. Ich glaube, in diesem Haushalt ist manches nicht in Ordnung.

Zum Tee gesellte sich auch Sylvias Gatte zu ihnen, und Frankie beobachtete ihn aufmerksam. Irgendetwas stimmte nicht mit ihm. Kein besonders aufregender Typ: jovialer, sportliebender Landedelmann. Aber so ein Mann sollte eigentlich nicht nervös zuckend dasitzen; nicht bald in lang anhaltendes dumpfes Brüten verfallen, bald auf alles, was man zu ihm sagte, mit bitteren, sarkastischen Worten antworten. Freilich zeigte er sich nicht immer von dieser Seite. Später am Abend, beim Dinner, war er aufgeräumt, scherzte, lachte, erzählte Histörchen und sprühte vor Lebendigkeit. Allzu sehr sprühte er, fand Frankie. Diese Lebendigkeit war ebenso unnatürlich wie sein Benehmen am Nachmittag und passte ebenso wenig wie jenes zu Henry Bassington-ffrench.

Er hat so sonderbare Augen, wunderte Frankie sich. Sie erschrecken mich ein wenig.

Aber dessen ungeachtet hielt sie ihn nicht für irgendwie verdächtig. Es war ja nicht er, sondern sein Bruder, der an dem verhängnisvollen Tag in Marchbolt gewesen war. Was den Bruder betraf, so erwartete ihn Frankie mit kaum bezwingbarer Neugier. Nach ihrer und Bobbys Ansicht war der Mann ein Mörder! Mit einem Mörder würde sie am selben Tisch sitzen und plaudern!

Zeitweilig beschlich sie ein Gefühl der Bangigkeit.

Doch wie sollte er schließlich etwas erraten? Wie konnte er ihr Hiersein mit einem erfolgreich durchgeführten Verbrechen in Verbindung bringen?

Roger Bassington-ffrench kam am folgenden Nachmittag an, und Frankie machte seine Bekanntschaft nicht sofort, weil sie sich in ihrem Zimmer befand – angeblich, um zu ruhen.

Als sie auf den Rasen, wo der Tee serviert wurde, hinaustrat, sagte Sylvia lächelnd: «Das ist unser Invalide, Roger. Mein Schwager – Lady Frances Derwent.»

Frankie sah einen großen, schlanken jungen Mann mit vergnügten Augen vor sich. Obwohl sie begriff, was Bobby gemeint hatte, als er sagte, Roger fehle ein Monokel oder ein Schnurrbart, neigte sie mehr dazu, das tiefe Blau seiner Augen zu registrieren. Dann schüttelten sie sich die Hände.

«Man hat mir schon von Ihrem Versuch, die Parkmauer niederzulegen, berichtet.»

«Ich will zugeben, dass ich die schlechteste Fahrerin der

Welt bin», erwiderte Frankie. «Doch ich steuerte einen grässlichen alten Seelenverkäufer. Mein eigener Wagen wird gerade überholt, und als vorübergehenden Ersatz kaufte ich ein Auto aus zweiter Hand.»

In diesem Moment kam Tommy herbeigelaufen und stürzte sich mit einem Freudengeheul auf seinen Onkel.

«Hast du mir eine Eisenbahn mitgebracht? Du hast es mir versprochen, Onkel Roger. Du hast es mir ganz fest versprochen», sagte Tommy.

«O Tommy, wer wird wohl so betteln!», verwies Sylvia ihn.

«Lass ihn», gab ihr Schwager zur Antwort. «Ich hab's ihm wirklich versprochen, Also, kleiner Mann, die Eisenbahn ist da. Nachher bekommst du sie.» Nun wandte er sich abermals an die Hausherrin. «Trinkt Henry den Tee nicht mit uns zusammen?»

«Ich glaube, nein. Mir scheint, er fühlt sich heute gar nicht wohl.» Sylvia Bassington-ffrench seufzte tief. «O Roger, ich bin so froh, dass du wieder zurück bist!», stieß sie jäh hervor.

Roger legte sekundenlang seine Hand auf ihren Arm.

«Ich bin immer da, wenn du mich brauchst, Sylvia.»

Nach dem Tee spielten er und Tommy mit der neuen Eisenbahn. Frankie sah ihnen zu, von Zweifeln gequält.

Bestimmt war dies nicht der Mensch, der andere heimtückisch in den Abgrund stürzte! Dieser sympathische junge Mann konnte keinen kaltblütigen Mord verübt haben!

Aber dann ... waren sie und Bobby auf der falsche Fährte.

Nein, nein, Roger Bassington-ffrench hatte Pritchard bestimmt nicht die Klippen hinuntergestoßen.

Doch wer war der Täter?

Dass Pritchard gestoßen worden war, stand für sie nach

wie vor fest. Aber wer hatte es getan? Und wer hatte das Morphium in Bobbys Bier geschüttet?

Bei dem Gedanken an Morphium drängte sich ihr plötzlich die Erklärung für Henry Bassington-ffrenchs eigenartige Augen mit den winzigen Pupillen auf.

Sollte Sylvias Gatte etwa Rauschgift nehmen ...?

13

Seltsam genug – schon am nächsten Tag erhielt sie eine Bestätigung ihres Verdachts, und zwar durch Roger. Sie hatten zusammen Tennis gespielt und nippten jetzt, in bequemen Korbstühlen sitzend, an ihrer Limonade.

Das Gespräch streifte bald diesen, bald jenen belanglosen Gegenstand, und mehr und mehr empfand Frankie den Zauber eines Menschen, der wie Roger Bassington-ffrench die ganze Welt bereist hatte. Der Familientunichtgut, dachte sie, unterschied sich sehr vorteilhaft von seinem schwerfälligen, ernst veranlagten Bruder. Jetzt trat eine Pause ein, und als Roger wieder das Wort ergriff, sprach er in gänzlich anderem Ton.

«Lady Frances», sagte er, «ich kenne Sie erst seit vierundzwanzig Stunden, aber ich fühle instinktiv, dass Sie die Frau sind, von der ich einen Rat erbitten kann.»

«Einen Rat?»

«Ja. Ich bin mir nicht klar über den Weg, den ich einschlagen soll.»

Er hielt inne. Vornübergeneigt, ließ er seinen Schläger zwischen den Knien hin und her pendeln, und eine senkrechte Furche stand auf seiner Stirn.

«Es handelt sich um meinen Bruder, Lady Frances.»

«Ja?»

«Er nimmt Morphium oder irgendein anderes Rauschgift. Ich bin mir dessen sicher.»

«Was veranlasst Sie, das zu glauben?»

«Alles. Sein Aussehen. Seine ungewöhnlichen Stimmungswechsel. Und haben Sie seine Augen gesehen? Die Pupillen sind klein wie Stecknadelköpfe.»

«Ja, das ist mir allerdings aufgefallen.»

«Morphium oder irgendein anderes Opiat muss es sein.»

«Seit wann ist er dem Gift verfallen?»

«Vermutlich seit ungefähr sechs Monaten. Ich erinnere mich, dass er über Schlaflosigkeit klagte. Über unerträgliche Schlaflosigkeit. Damals wird es wohl angefangen haben.»

«Und wie verschafft er es sich?», fragte Frankie.

«Wenn ich mich nicht irre, erhält er es durch die Post. Haben Sie nicht bemerkt, wie reizbar und nervös er bisweilen an gewissen Tagen zur Zeit der Teestunde ist?»

«O ja.»

«Ich vermute, dass sich diese Nervosität einstellt, wenn sein Vorrat erschöpft ist und er auf Nachschub wartet. Sobald dann gegen sechs die Nachmittagspost eintrifft, geht er in sein Zimmer und kommt zum Dinner in total veränderter Stimmung zum Vorschein.»

Frankie nickte. Ja, sie erinnerte sich jener unnatürlichen Lebendigkeit.

«Aber woher kommen die Sendungen?», warf sie hin.

«Das weiß ich nicht. Kein anständiger Arzt würde ihm das Gift verschreiben. Es gibt aber fraglos in London dunkle Bezugsquellen – sofern man einen hohen Preis zahlt.»

Plötzlich fiel Frankie ein dass sie Bobby gegenüber etwas von einer Bande von Rauschgiftschmugglern hatte verlauten lassen. Wie sonderbar, dass sie bei ihren Nachforschungen so rasch auf eine derartige Spur stieß...! Sonderbar war allerdings auch, dass der Hauptverdächtige sie darauf aufmerksam machte. Und dieser Umstand bestärkte sie darin, Roger Bassington-ffrench von der Anklage des Mordes freizusprechen.

Nichtsdestoweniger blieb der unerklärliche Tausch der Fotografie. Das Beweismaterial gegen ihn bestand also nach wie vor, ermahnte sie sich. In die andere Waagschale konnte man nur die Persönlichkeit des Mannes werfen. Und hieß es nicht, dass Mörder sehr oft bestrickende Leute seien?

«Warum erzählen Sie mir das eigentlich?», fragte sie ihn.

«Weil ich nicht weiß, wie ich mich Sylvia gegenüber verhalten soll», erwiderte er schlicht.

«Sie meinen, dass sie ahnungslos ist?»

«Selbstverständlich ist sie ahnungslos. Soll ich ihr die Augen öffnen?»

«Es ist schwer –»

«Ungeheuer schwer», fiel er ihr ins Wort. «Deshalb möchte ich ja Ihren Rat. Sylvia hat eine große Zuneigung zu Ihnen gefasst. Aus den Leuten rundherum macht sie sich nichts, aber Sie haben ihr gleich gefallen. Was soll ich tun, Lady Frances? Sie aufklären heißt ihr eine riesige Sorge aufbürden.»

«Aber vielleicht könnte sie Ihren Bruder beeinflussen», gab Frankie zu bedenken.

«Das bezweifle ich. Bei einem Süchtigen versagt jeder Einfluss, und käme er auch von dem liebsten, teuersten Menschen. Wenn Henry doch nur in eine Entziehungskur einwilligen würde! Wir haben ganz in der Nähe eine entsprechende Anstalt, die von einem Dr. Nicholson geleitet wird.»

«Vielleicht willigt Ihr Bruder ein.»

«Vielleicht. Die Hauptsache ist, den richtigen Moment zu erwischen – den Moment, in dem den Morphiumsüchtigen selbst Gewissensbisse packen. Ich glaube, dass Henry leichter einwilligen würde, wenn er denkt, Sylvia wisse von nichts... wenn man ihm damit drohen könnte, es ihr zu eröffnen. Hat die Kur, die unter dem Etikett Nervenbehandlung laufen könnte, Erfolg, so braucht meine Schwägerin die bittere Wahrheit möglicherweise gar nicht zu erfahren. Nicholsons Anstalt liegt ungefähr drei Kilometer von hier entfernt. auf der anderen Seite des Dorfes. Nicholson ist Kanadier, glaube ich, und ein sehr tüchtiger Mann. Außerdem haben wir das Glück, dass Henry ihn mag... Pst! Da kommt Sylvia.»

«Habt ihr sehr viel Energie bewiesen?», fragte Mrs. Bassington-ffrench, als sie bei ihnen anlangte.

«Drei Spiele. Und dreimal wurde ich besiegt», gab Frankie Bescheid.

«Sie spielen trotzdem sehr gut», sagte Roger.

«Ich bin schrecklich träge beim Tennis», gestand Sylvia lachend. «Wir wollen an irgendeinem Tag mal die Nicholsons herüberbitten. Moira spielt leidenschaftlich gern. Was gibt es?», forschte sie erstaunt, da sie den Blick, den die beiden wechselten, aufgefangen hatte.

«Nichts. Zufällig sprach ich eben mit Lady Frances über die Nicholsons.»

«Sie sind Kanadier, nicht wahr?», fragte Frankie.

«Er bestimmt. Moira halte ich für eine Engländerin; doch es ist möglich, dass ich mich täusche. Moira Nicholson ist ein entzückendes zartes Geschöpf mit großen, sehnsüchtigen Augen. Manchmal denke ich, dass sie sich nicht sehr glücklich fühlt, was mich nicht wundert. Die Umgebung, in der sie lebt, muss bedrückend wirken.»

«Dr. Nicholson hat eine Art Sanatorium, hörte ich.»

«Ja… für nervöse Störungen und Morphinisten oder sonst einem Rauschgift Verfallene. Er soll mit seinen Kuren gute Erfolge aufzuweisen haben. Vielleicht zwingt er den Kranken seinen Willen auf und führt so ihre Heilung herbei.»

«Gefällt er Ihnen ebenso gut wie seine Frau?»

«Nein», erklärte Sylvia entschieden. Und nach einem Moment setzte sie nachdrücklich hinzu: «O nein!»

Später zeigte sie Frankie das Bild einer schönen, großäugigen Frau, das auf dem Flügel stand.

«Das ist Moira Nicholson. Ein ansprechendes Gesicht, nicht wahr? Neulich brachten Freunde von uns einen Bekannten mit, der von ihrem Gesicht wie hypnotisiert war. Ich werde sie für morgen zum Dinner bitten, denn ich möchte Ihr Urteil über ihn hören, Frankie.»

«Ihn?»

«Ja. Wie gesagt, mir gefällt er nicht; und dennoch sieht er keineswegs unsympathisch aus.»

Irgendetwas in Sylvias Ton ließ Frankie stutzen. Sie streifte sie mit einem forschenden Blick, aber Mrs. Bassington-ffrench wandte sich ab und nahm ein paar vertrocknete Blumen aus der Vase.

Ich muss meine Ideen mal schriftlich festhalten, dachte Frankie, als sie, mit der Toilette fürs Dinner beschäftigt, den Kamm durch ihr dichtes, dunkles Haar zog. Und dann wird's höchste Zeit, dass ich ein paar Experimente durchführe, fügte sie entschlossen hinzu.

War Roger Bassington-ffrench nun der Schurke, den sie und Bobby in ihm vermuteten?

Wer den Mordanschlag auf Bobby ausgeführt hatte, musste über Morphium verfügen oder es sich leicht verschaffen können. Nun, das passte sehr gut auf Roger. Wenn sein Bruder die Morphiumvorräte per Post erhielt, würde es für Roger nicht schwer sein, ein Paket zu entwenden.

«Merke», kritzelte Frankie auf ein Blatt Papier. «1. Es gilt herauszufinden, wo Roger Bassington-ffrench sich am 16., als Bobby vergiftet wurde, befand. 2. Ich muss ihm ein Bild des Toten zeigen und die etwaige Wirkung beobachten. Außerdem muss ich Acht geben, ob Roger zugibt, damals in Marchbolt gewesen zu sein.»

Es fröstelte sie ein wenig bei diesem zweiten Entschluss. Deckte sie damit vielleicht ihre Karten auf...? Andererseits hatte sich die Tragödie in ihrer engsten Heimat abgespielt, und es konnte nicht überraschen, wenn sie zufällig davon sprach.

Sie knüllte das Papier zusammen und verbrannte es sorgfältig.

«Wissen Sie», sagte sie nachher beim Dinner zu Roger, «ich werde das Gefühl nicht los, dass wir uns schon früher mal irgendwo begegnet sind. Sogar vor gar nicht langer Zeit. Waren Sie nicht auf dem Gartenfest von Lady Shane, das sie am 16. gab?»

«Unmöglich», fiel Sylvia ein. «Am 16. war Roger hier. Ich weiß das so genau, weil wir an jenem Tag eine Kindergesellschaft hatten und Roger aufopfernd mit den Kleinen gespielt hat.»

Sie lächelte ihren Schwager dankbar an, und er lächelte zurück.

Über den einen Punkt herrscht also Klarheit, dachte Frankie. Roger Bassington-ffrench war am Tag von Bobbys Vergiftung nicht in Wales.

Den zweiten Punkt schnitt sie etwas später an, als sie vom Landleben sprach, seiner Eintönigkeit und dem Interesse, das man infolgedessen jedem außergewöhnlichen Vorkommnis entgegenbrächte.

«Vergangenen Monat fiel bei uns ein Mann über die Klippen», plauderte sie. «Und uns alle regte die Sache so auf, als sei sie ein welterschütterndes Ereignis. Aufs Äußerste gespannt ging ich zu der amtlichen Leichenschau, aber ehrlich gestanden kam meine Neugier nicht auf ihre Kosten.»

«Geschah das vielleicht in Marchbolt?», fragte Sylvia plötzlich.

Frankie nickte. «Schloss Derwent liegt nur sieben Kilometer von Marchbolt entfernt», setzte sie erläuternd hinzu.

«Roger, das muss dein Mann gewesen sein!», rief Sylvia, woraufhin Frankie ihren Tischnachbarn mit gut gespieltem Erstaunen anblickte.

«Ich war nämlich dort, als es geschah», erklärte er ihr, «blieb sogar bei dem Toten, bis die Polizei kam.»

«Oh – ich dachte, einer von den Söhnen des Marchbolter Pfarrers wäre bei ihm geblieben.»

«Er musste fort, zum Orgelspielen oder dergleichen. Und so löste ich ihn ab.»

«Wie klein die Welt doch ist...! Ich hörte wohl von einem Fremden, der an der Unfallstelle gewesen sei, aber den Namen erfuhr ich nicht. Also Sie waren das!»

«Vielleicht haben Sie mich in Marchbolt schon gesehen», warf Roger hin.

«Kaum. Denn zur Zeit des Unglücksfalles genoss ich das Großstadtleben. Erst ein paar Tage später kehrte ich von London zurück. Waren Sie etwa bei der Leichenschau?»

«Nein. Am Morgen nach der Tragödie reiste ich wieder ab.»

«Roger spielte mit der Idee, sich dort ein Haus zu kaufen», sagte Sylvia. Und ihr Mann ergänzte:

«Eine unglaublich verschrobene Idee!»

«Gar nicht», widersprach Roger lachend.

«Du weißt ganz genau, dass dich nach vierzehn Tagen die Reiselust ergriffen hätte und du auf und davon gegangen wärst.»

«Einmal muss doch auch ich sesshaft werden, liebe Sylvia.»

«Dann werde lieber in unserer Nähe sesshaft. Und nicht in einem Winkel von Wales.»

Roger Bassington-ffrench lachte abermals, um sich dann mit einer Frage an Frankie zu wenden.

«Gab's keine interessanten Begleitumstände bei dem Unfall? Selbstmordverdacht oder dergleichen?»

«Nein. Ein regelrechter Unglücksfall. Der Mann soll sich auf einer Wanderung befunden haben, wie die Verwandten, die ihn hernach identifizierten, aussagten. Eine traurige Geschichte, denn der Verunglückte war sicher kerngesund und hätte noch Jahrzehnte leben können. Haben Sie sein Bild in den Zeitungen gesehen?»

«Ich erinnere mich nicht mehr», sagte Sylvia.

«Warten Sie – ich habe oben einen Zeitungsausschnitt.»

Frankie war ganz in Rage geraten. Sie rannte nach oben und kehrte gleich darauf mit dem Zeitungsblatt zurück, das sie der Hausherrin reichte. Roger trat näher und blickte Sylvia über die Schulter.

«Finden Sie nicht, dass er gut aussieht?», fragte Frankie naiv.

«O ja», stimmte Sylvia ihr zu. «Weißt du, wem er ähnelt, Roger? Jenem Alan Carstairs, den die Rivingtons eines Tages zum Lunch mitbrachten.»

«Hier auf dem Bild ähnelt er ihm ein wenig. Aber in Wirklichkeit sahen sie völlig verschieden aus.»

«Zeitungsbilder entsprechen nie der Wirklichkeit», meinte Sylvia, als sie den Ausschnitt Frankie zurückgab.

Und damit war der Marchbolter Unglücksfall als Thema der Unterhaltung ausgereizt.

Unschlüssig ging Frankie zu Bett. Sie hatte keinerlei Befangenheit oder Verwirrung bei Roger oder seinen Angehörigen bemerkt, und auch der Hauskauf schien eine lautere Sache zu sein.

Das einzig lohnende Ergebnis war ein Name. Der Name Alan Carstairs.

14

Am folgenden Morgen bohrte Frankie weiter, als sie mit Sylvia alleine war.

«Wie war doch der Name, den Sie gestern erwähnten? Alan Carstairs…? Ich möchte wetten, dass ich ihn schon mal gehört habe.»

«Sehr leicht möglich. Carstairs ist auf seinem Gebiet eine Berühmtheit. Naturwissenschaftler, Forschungsreisender und Jäger. Ich kenne ihn nur flüchtig. Einige Freunde von uns brachten ihn mit. Ein stattlicher Mann, sonnenverbrannt, und zu dem bronzefarbenen Teint bildeten die blauen Augen einen pikanten Gegensatz. Auch er ist, glaube ich, Kanadier von Geburt. Vergangenes Jahr machte er eine Afrikareise mit John Savage, dem Millionär, der aus Angst vor einem Krebsleiden Selbstmord beging. Carstairs kennt außer Afrika aber auch Südamerika. Australien – kurz, jede Ecke unseres Planeten.»

«Also ein sehr abenteuerlustiger Mensch», sagte Frankie. «Seltsam, dass er dem Toten von Marchbolt ähnelt.»

«Es hat wohl jeder von uns einen Doppelgänger», meinte Sylvia Bassington-ffrench.

Weitere Bemerkungen über Alan Carstairs unterließ Frankie klugerweise. Denn auch für einen berühmten Forscher darf man nicht allzu viel Interesse zeigen!

Ihr Herz hüpfte jedoch vor Vergnügen – sie fühlte, dass sie Fortschritte machte. Zweifellos war Alan Carstairs der Tote von Marchbolt. Er erfüllte alle Bedingungen. In Kanada geboren, hatte er in England keine nahen Verwandten, und sein Verschwinden würde geraume Zeit unbemerkt bleiben. Einen Mann, der bald in Südafrika, bald in Südamerika steckt, vermisst man nicht sofort.

Ihre nächste Aufgabe würde sein, mehr über diesen Alan Carstairs in Erfahrung zu bringen. Seine Verbindung mit den Bassington-ffrenchs war eine rein zufällige, lediglich darauf beruhend, dass Freunde ihn in Merroway Court eingeführt hatten. Rivington hießen diese Leute, und Frankie prägte sich den Namen zum späteren Gebrauch ein.

Allerdings musste man bei Nachforschungen über Carstairs ungeheuer vorsichtig zu Werke gehen. «Ich lege keinen Wert darauf, vergiftet zu werden», murmelte Frankie, eine Grimasse schneidend. «Der arme Bobby ist um nichts …»

Ihre Gedanken machten einen Sprung. Evans! Wer war Evans?

Das Mitglied einer Bande, die sich mit Rauschgiftschmuggel befasst, entschied Frankie nach längerem Grübeln. Vielleicht war irgendein Freund Carstairs' den Leuten zum Opfer gefallen, und er kam nach England, um die Sache aufzudecken; Evans mochte sich vom Schmuggel zurückgezogen haben und als sittsamer Bürger in Wales leben, wo Carstairs ihn aufsuchen wollte, um von ihm die Namen seiner einstigen Spießgesellen zu erfahren. Hierbei folgte ihm jemand und tötete ihn.

Jemand? Wer war dieser Jemand? Roger Bassington-ffrench …?

Sehr unwahrscheinlich. Viel eher als ihn hielt Frankie die Caymans für Mitglieder einer Schmugglerbande. Aber jene Fotografie? Wenn es doch nur eine Erklärung für jene Fotografie gäbe!

Abends wurden Dr. Nicholson und seine Frau zum Dinner erwartet. Als ihr Wagen vorfuhr, befand Frankie sich bereits fertig angekleidet in ihrem Zimmer und blickte, sobald sie den Wagen vorfahren hörte, zum Fenster hinaus.

Ein großer Mann stieg gerade aus einem dunkelblauen Talbot.

Nachdenklich trat Frankie vom Fenster zurück.

Carstairs war Kanadier gewesen. Dr. Nicholson war ebenfalls Kanadier. Und Dr. Nicholson besaß einen dunkelblauen Talbot.

Absurd vielleicht, darauf etwas aufzubauen – und dennoch …

Zehn Minuten später lernte sie in Dr. Nicholson einen Mann kennen, dessen ganzes Auftreten große Energie verriet. Er sprach wenig und sehr langsam; aber irgendwie wusste er jedem Wort einen bedeutungsvollen Ton zu geben, und hinter den starken Brillengläsern blitzten ein Paar kluge, forschende Augen.

Seine Frau war ein zierliches Geschöpf von etwa siebenundzwanzig Jahren, hübsch – nein, schön. Sie schien ziemlich nervös zu sein und plauderte etwas fieberhaft, um das zu verbergen.

«Wie ich höre, hatten Sie einen Unfall, Lady Frances», sagte Dr. Nicholson, als er neben Frankie am Tisch Platz nahm.

Frankie erläuterte den Hergang, und innerlich wunderte

sie sich, warum es sie eine gewisse Überwindung kostete. Sie fühlte sich befangen. Es kam ihr vor, als verteidigte sie sich gegen eine niemals erhobene Beschuldigung. Warum eigentlich? Nichts sprach dafür, dass der Doktor Grund hatte, ihrem Unfall mit Misstrauen zu begegnen.

«Sie haben sich sehr schnell wieder erholt», meinte er, nachdem Frankie ihm den Sachverhalt geschildert hatte.

«Ich betrachte sie noch als Rekonvaleszentin», mischte Sylvia sich ein. «Denn ich will sie nicht so bald fortlassen.»

Dr. Nicholsons Blicke wandten sich der Hausherrin zu.

«Ja», sagte er ernst. «Sie sollten sie so lange wie möglich bei sich behalten.»

Frankie saß zwischen Henry Bassington-ffrench und dem Arzt. Henry war in besonders mürrischer Laune. Seine Hände zuckten. Er aß fast nichts und nahm an der Unterhaltung nicht teil. Infolgedessen war Moira, die an seiner anderen Seite saß, ganz auf Roger angewiesen.

Jetzt sprach Dr. Nicholson über das Leben auf dem Land.

«Wissen Sie, was eine Kultur ist, Lady Frances?»

«Meinen Sie Bücher – Gelehrsamkeit?», fragte Frankie verwirrt.

«Nein, nein. Ich spielte auf Keime an. Sie entwickeln sich bekanntlich in besonders zubereitetem Serum. Mit dem Land verhält es sich ähnlich. Dort gibt es Zeit und Raum und endlose Muße – angemessene Bedingungen für die Entwicklung.»

«Die Entwicklung von Schlechtem und Bösem?»

«Das hängt von der Art der kultivierten Keime ab, Lady Frances.»

Blödsinniges Gespräch! dachte Frankie. Und warum fühle ich ein leichtes Gruseln dabei ...?

«Ich bin darauf gefasst, dass sich bei mir allerhand dunkle Eigenschaften entwickeln», sagte sie schnippisch.

«O nein, Lady Frances. Meines Erachtens werden Sie immer auf der Seite von Gesetz und Ordnung stehen.»

Täuschte sie sich? Oder lag wirklich ein leichter Nachdruck auf dem Wort Gesetz?

Plötzlich rief Mrs. Nicholson über die Tafel herüber: «Mein Mann gefällt sich neuerdings darin, Charaktere zu deuten.»

«Ganz recht, Moira», nickte der Arzt freundlich. Dann beschäftigte er sich wieder mit Frankie. «Ich hatte von Ihrem Unfall gehört, Lady Frances, und etwas befremdet mich dabei.»

«So?», stieß Frankie hervor, deren Herz wie rasend zu hämmern begann.

«Ja. Mein Kollege, der Sie hier ins Haus schaffte, muss ein schnurriger Kauz sein. Man wendet doch nicht seinen Wagen, ehe man einem Verunglückten zu Hilfe eilt!»

«Ich verstehe nicht, Dr. Nicholson.»

«Natürlich nicht. Sie waren ja bewusstlos. Aber der junge Reeves, der Radfahrer, kam von Staverley und wurde von keinem Auto überholt. Nichtsdestoweniger sieht er, als er um die Ecke biegt und bei der Unfallstelle anlangt, wie der Wagen des Arztes in Fahrtrichtung London steht. Verstehen Sie, Lady Frances? Da der Doktor nicht von Staverley gekommen ist, muss er den Berg hinabgefahren sein. In diesem Fall hätte sein Kühler aber Richtung Staverley weisen müssen, was er nicht tat. Mithin ist der Wagen gewendet worden.»

«Sofern er Staverley nicht schon vor Ihrem jungen Reeves verlassen hatte», gab Frankie zu bedenken.

«Dann würde sein Wagen schon an der fraglichen Stelle gestanden haben, als Sie bergab sausten. Stand er denn dort?» Die klugen Augen hinter den dicken Gläsern blickten Frankie forschend an.

«Ich erinnere mich nicht.»

«Jaspers, du fragst wie ein Detektiv», rügte Mrs. Nicholson. «Und alles um nichts.»

«Kleine Dinge interessieren mich eben», verteidigte sich ihr Gatte und verwickelte nun die Hausherrin in ein Gespräch.

Warum dieses Verhör? grübelte Frankie. «Kleine Dinge interessieren mich», hatte er gesagt. Oder steckte mehr dahinter?

Ihr fiel der blaue Talbot ein, zugleich der Umstand, dass auch Carstairs Kanadier gewesen war. Und es schien ihr, als sei Dr. Nicholson ein finsterer, unheimlicher Mann.

Nach dem Dinner mied sie seine Gesellschaft und schloss sich an die zarte, sanfte Mrs. Nicholson an, deren schwermütige Augen fast ständig ihrem Mann folgten – aus Liebe oder Furcht…? Nicholson widmete sich der Hausherrin, und um halb elf gab er seiner Frau ein Zeichen, das zum Aufbruch mahnte.

«Na, was halten Sie von unserem Doktor?», fragte Roger Bassington-ffrench, als der blaue Talbot mit seinen Besitzern abgefahren war. «Eine sehr energische Persönlichkeit, wie?»

«Mir geht es wie Sylvia», erwiderte Frankie. «Ich mag ihn nicht besonders; sie gefällt mir viel mehr.»

«Hübsch, aber ziemlich beschränkt», urteilte Roger. «Entweder betet sie ihn an, oder sie ängstigt sich vor ihm wie die Maus vor der Katze. Ich weiß nicht, was stimmt.»

«Trotzdem kann ich nicht leugnen, dass eine ungeheure Kraft von ihm ausgeht», mischte sich Sylvia in das Zwiegespräch. «Ich glaube, er hat sogar schon völlig hoffnungslose Fälle von Morphiumsucht geheilt.»

Jäh fuhr Henry Bassington-ffrench aus seiner Apathie auf.

«Ja», rief er, «und weißt du, was sich hinter den Mauern seiner Anstalt abspielt? Hast du eine Ahnung von den Folterqualen? Einem Mann, der an irgendein Narkotikum gewöhnt ist, entziehen sie es von heute auf morgen, bis er vor Schmerzen irrsinnig wird und mit dem Kopf gegen die Wand rennt! Das ist die brutale Methode deines kraftvollen Doktors! Er martert die Leute, bereitet ihnen Höllenqualen, treibt sie dem Wahnsinn in die Arme ...» Er zitterte am ganzen Körper. Plötzlich machte er kehrt und stürmte aus dem Zimmer.

«Was hat Henry?», sagte Sylvia erschrocken. «Warum geriet er so außer sich?»

Roger und Frankie wagten nicht, sich anzusehen.

«Er gefiel mir bereits den ganzen Abend nicht», meinte Frankie endlich. «Vielleicht hat er Migräne.»

«O Frankie, ich sorge mich schon seit längerem um ihn und wünschte, er hätte das Reiten nicht aufgegeben. Da fällt mir ein: Dr. Nicholson hat Tommy für morgen eingeladen. Sehr lieb ist es mir zwar nicht, wenn der Kleine in das Haus geht, das alle diese merkwürdigen Kranken beherbergt.»

«Der Doktor wird gewiss dafür sorgen, dass Tommy nicht mit ihnen in Berührung kommt», entgegnete Roger. «Er scheint sehr kinderlieb zu sein.»

«Ja. Sicher leidet er darunter, dass er keine eigenen Kinder hat. Und Moira vermutlich auch. Sie sieht so traurig aus und so zart und zerbrechlich.»

«Sie gleicht einer traurigen Madonna», sagte Frankie.

«Richtig. Es gibt keine bessere Beschreibung für sie.»

«Wenn Dr. Nicholson ein solcher Kindernarr ist, nahm er wohl auch an Tommys Fest am 16. teil, wie?»

«Nein, Frankie», erwiderte Sylvia Bassington-ffrench.

«Damals war er für ein oder zwei Tage fort. Eine Konferenz in London oder dergleichen.»

«Ach so!»

Bevor Lady Frances Derwent sich an diesem Abend schlafen legte, schrieb sie an Bobby.

15

Lieber Bobby!

Ich glaube, es wird Zeit, dass du herkommst. Ich habe Anweisung gegeben, dass man dir den Bentley überlässt, sobald du ihn verlangst. Verschaff dir eine Chauffeurslivree. Dunkelgrünes Tuch, weil es die Farbe für unsere Chauffeure ist. Am besten bestellst du die Livree auf Vaters Rechnung bei Harrods. Man tut gut, auch in Einzelheiten korrekt zu sein. Wie steht's mit dem Schnurrbart? Du brauchst ihn unbedingt.

Wenn du hier eintriffst, übergib mir möglichst offenkundig ein Schreiben von Papa. Berichte, dass der Wagen jetzt wieder tadellos läuft. Die hiesige Garage bietet nur für zwei Wagen Platz, und da der Familien-Daimler und Rogers Zweisitzer drin stehen, ist sie glücklicherweise voll, so dass du den Bentley in Staverley unterbringen wirst. Benutze deinen Aufenthalt im Dorf, um allerhand Erkundigungen einzuziehen, besonders über Dr. Nicholson, den Besitzer des Sanatoriums. Er scheint mir verdächtig. Besitzt einen dunkelblauen Talbot, war am 16., als dein Bier seinen gefährlichen Zusatz erhielt, nicht daheim und bekundet zudem ein auffällig lebhaftes Interesse für meinen Unfall.

Ich glaube den Toten identifiziert zu haben!

Auf Wiedersehen, mein lieber Mitdetektiv. Ich grüße dich herzlich als

Deine erfolgreich verunglückte Frankie

PS: Ich werde den Brief eigenhändig zur Post befördern.

Die Stimmung Bobbys, der telefonisch von George Arbuthnot erfahren hatte, dass Frankie programmgemäß in Merroway Court eingeliefert sei, aber die ihm aufgezwungene Untätigkeit bitter hasste, stieg schlagartig. Im Nu streifte er den Overall ab, jubelte Badger die Nachricht von seiner sofortigen Abreise zu und war im Begriff davonzueilen, als er sich des mit gleicher Post eingetroffenen väterlichen Briefes erinnerte. Er riss ihn ohne jeden Enthusiasmus auf.

Gewissenhaft berichtete der geistliche Herr von den Geschehnissen in Marchbolt, schilderte seine eigenen Nöte mit dem Organisten und ließ sich über die unchristliche Gemütsart eines seiner Pfarrkinder aus. Auch des neuen Einbands der Gesangbücher wurde Erwähnung getan. Und weiterhin hoffte Pfarrer Jones, dass Bobby stets mannhaft seiner Garagentätigkeit obläge und auf guten Bahnen wandle, und verblieb sein wohl wollender Vater…

Dann aber hatte er noch ein PS hinzugefügt:

«Übrigens sprach jemand bei uns vor, der sich nach deiner Londoner Adresse erkundigte. Ich war zur Zeit seines Besuches nicht zu Haus, und seinen Namen nannte er nicht. Mrs. Roberts beschrieb ihn als einen großen Herrn mit gebeugter Haltung und einem Kneifer. Er schien sehr zu bedauern, dich nicht anzutreffen, und sehr viel Wert auf ein Wiedersehen mit dir zu legen.»

Ein großer, gebeugter Herr mit Kneifer?

Bobby ging im Geist sämtliche Bekannte durch, aber die Beschreibung wollte auf keinen passen.

Plötzlich durchzuckte ihn ein Argwohn. War das der Vorbote eines neuen Mordanschlags? Suchten seine geheirnnisvollen Feinde ihn aufzuspüren…? Er nahm auf dem wackligen Bett Platz und verfiel in angestrengtes Grübeln. Sie – wer immer sie sein mochten – hatten eben erst entdeckt, dass er nicht mehr in Marchbolt wohnte, und sich von der arglosen Mrs. Roberts seine neue Adresse verschafft. Mithin überwachten sie möglicherweise bereits die Garage und würden ihm, wenn er jetzt fortging, folgen, was unbedingt verhindert werden musste.

«Badger, komm mal her!», schrie Bobby Jones.

«Sofort.»

Die nächsten fünf Minuten waren harte Arbeit, und nach weiteren zehn Minuten vermochte Badger Beadon die erhaltenen Anweisungen wortgetreu zu wiederholen.

Hierauf setzte Bobby sich ans Steuer eines zweisitzigen Fiats, Baujahr 1902, und fuhr schneidig die Mews, wo die Garage lag, hinunter. Auf dem St. James' Square parkte er den Fiat und begab sich schnurstracks in seinen Club. Dort erledigte er einige Telefongespräche, als deren Folge ihm ein paar Stunden später mehrere Pakete ausgehändigt wurden. Schließlich ging gegen halb vier ein Chauffeur in dunkelgrüner Livree Richtung St. James' Square und schritt rasch auf einen großen Bentley zu, der dort seit einer halben Stunde stand. Der Wächter ließ ihn gewähren, denn der Herr, der aus dem Bentley gestiegen war, hatte, leicht stotternd, bemerkt, dass sein Chauffeur ihn binnen kurzem abholen würde. Der altertümliche Fiat aber wartete noch immer ergeben auf seinen Besitzer.

Trotz des unangenehmen Zerrens seiner Oberlippe setzte sich Bobby vergnügt ans Steuer. Er sauste nordwärts, nicht, wie man hätte annehmen sollen, südwärts. Vielleicht eine übertriebene Vorsicht. Ja, er war sogar ziemlich sicher, dass niemand ihm folgte. Nach geraumer Zeit bog er von der großen Landstraße links ab und fuhr auf Umwegen nach Hampshire.

Es war kurz nach dem Tee, als der Bentley die Auffahrt von Merroway Court hinaufglitt, ein steifer, korrekter Chauffeur am Steuer.

«Hallo», warf Frankie leicht hin. «Das ist der Wagen ja.»

Von Sylvia und Roger begleitet, ging sie zur Haustür.

«Alles in Ordnung, Hawkins?»

Der Chauffeur fasste an die Mütze.

«Ja, M'lady. Er ist gründlich überholt worden.» Nun zog er einen Brief aus der Tasche. «Von Seiner Lordschaft, M'lady.»

Frankie nahm das Schreiben.

«Sie werden den Wagen in der Garage in Staverley unterbringen, Hawkins, und im ‹Anglers' Arms› logieren. Wenn ich das Auto brauche, rufe ich Sie dort an.»

«Sehr wohl, M'lady.»

Bobby wendete und brauste die Auffahrt wieder hinunter.

«Schade, dass wir keinen Platz haben!», bedauerte Sylvia Bassington-ffrench. «Ein herrlicher Wagen übrigens.»

Und Roger ergänzte: «Man kann allerhand aus ihm herausholen.»

«Ja.»

Frankie war hochzufrieden, da sich nicht das leiseste Zittern des Erkennens auf Rogers Gesicht gezeigt hatte. Sie selbst würde Bobby, wenn sie ihm zufällig begegnet wäre, auch kaum erkannt haben. Der kleine Schnurrbart, zusammen mit der dem wirklichen Bobby gänzlich fremden, steifen Gemessenheit, vervollständigte die Verkleidung durch die Chauffeurslivree. Sogar die Stimme hatte Bobby seinem neuen Beruf angepasst, und Lady Frances Derwent fand, dass der vierte Sohn des Pfarrers von Marchbolt ein viel talentierterer Schauspieler war, als sie je vermutet hätte.

Inzwischen bezog Bobby Jones als Edward Hawkins, herrschaftlicher Chauffeur, im «Anglers' Arms» Quartier. Leider war er hinsichtlich des Benehmens eines Chauffeurs im Privatleben schlecht informiert; doch sagte er sich, dass eine gewisse Hochnäsigkeit nicht schaden könne. Er versuchte, sich als höheres Wesen zu fühlen und dementsprechend zu handeln. Die bewundernde Haltung etlicher weiblicher Hilfskräfte des Gasthofs hatten eine unbedingt ermutigende Wirkung, und bald erfuhr er, dass Frankie und ihr Unfall das Hauptgesprächsthema in Staverley bildeten. Gnädigst geruhte Bobby, von dem Wirt Thomas Askew genauere Auskünfte entgegenzunehmen.

«Der junge Reeves hat alles mit eigenen Augen gesehen», erklärte Thomas Askew. Und Bobby segnete die angeborene Lügenhaftigkeit des Burschen, denn der berühmte Unfall wurde auf diese Weise durch einen Augenzeugen verbürgt.

«Er dachte, sein letztes Stündchen sei gekommen», fuhr der Wirt fort. «Gerade auf ihn los sauste das Auto, und dann rammte es die Mauer anstatt Reeves. Geradezu ein Wunder, dass die junge Lady nicht getötet wurde!»

«Sie hat immer Glück, Mr. Askew. Aber ich versichere Ihnen, dass ich, wenn Ihre Ladyschaft mich beiseite schiebt und sich selbst ans Steuer setzt, immer aufs Schlimmste gefasst bin.»

Mehrere anwesende Gäste schüttelten weise ihre Häupter und sagten, dass sie gleich vermutet hätten, die Lady müsse eine leichtsinnige Fahrerin sein.

«Sehr hübsch hier bei Ihnen, Mr. Askew», meinte Bobby freundlich und herablassend. «Hübsch und behaglich.»

Thomas Askew nahm dieses Kompliment dankbar entgegen.

«Ist Merroway Court der einzige größere Besitz in der Gegend hier?»

«Dort drüben liegt noch der Birkenhof, Mr. Hawkins. Er ist kein richtiger Familienbesitz, hat sogar jahrelang leer gestanden, bis dieser amerikanische Doktor ihn übernahm.»

«Ein amerikanischer Doktor?»

«Ja. Nicholson heißt er. Und wenn Sie mich fragen, Mr. Hawkins: Da im Birkenhof geschehen merkwürdige Dinge! Das Ächzen und Stöhnen und Schreien könnte einen Stein erweichen.»

«Warum schreitet denn die Polizei nicht ein?»

«Eh, nach außen hin hat alles seine Ordnung. Nervenkranke, verstehen Sie?» Damit steckte der Wirt sein Gesicht in einen Literkrug, und als er wieder daraus hervortauchte, wiegte er zweifelnd den Kopf.

«Ah, wenn man alles wüsste, was in solchen Anstalten vor sich geht!» Und auch Bobby führte den Zinnkrug zum Mund.

«Sehen Sie, Mr. Hawkins», fiel die Schankmamsell eifrig ein, «das sage ich auch. Was geht dort vor? Weshalb riss eines Nachts ein armes junges Geschöpf, nur mit dem Nachthemd bekleidet, aus, und weshalb jagten der Doktor und ein paar Pflegerinnen hinterdrein? ‹Oh, lasst es nicht zu, dass man mich wieder zurückbringt!› schrie die Unglückselige. Es schnitt einem ins Herz, Mr. Hawkins. Aber sie brachten sie doch wieder zurück. Nicholson erklärte, sie litte an Verfolgungswahn, bildete sich ein, alle Welt sei hinter ihr her. Weiß man, ob's stimmt…?»

Nun gab jeder der Anwesenden seine Meinung zum Besten, und jeder drückte seine Skepsis aus in Bezug auf

Nervenanstalten im Allgemeinen und die von Dr. Nicholson im Besonderen. Schließlich löste sich die Runde auf, und Bobby bekundete seine Absicht, noch einen kleinen Spaziergang zu machen.

Er wandte seine Schritte in die Richtung, wo der Birkenhof lag. Was er heute Abend gehört hatte, erschien ihm interessant. Allerdings hegen Dörfler gegen jeden Neuankömmling Vorurteile, und das umso mehr, wenn der Fremde einer anderen Nationalität angehört. Aber die Geschichte von dem entflohenen und wieder eingefangenen Mädchen ließ ihn nicht los. Wenn nun der Birkenhof wirklich ein Ort war, wo Leute gegen ihren Willen festgehalten wurden? Eine Reihe von Fällen echter Nervenkrankheit diente vielleicht als Deckmantel ...

Es dauerte nicht lange, so stand Bobby vor einem schmiedeeisernen Tor, das in eine hohe Mauer eingelassen war. Vorsichtig versuchte er, die Klinke nierderzudrücken. Verschlossen!

Warum auch nicht ...? Die meisten Parktore werden abends gegen unbefugte Eindringlinge gesichert.

Ganz jedoch verscheuchte diese Überlegung das unbehagliche Gefühl nicht. Bobby betrachtete die hohe, glatte Mauer, die keine das Hinüberklettern erleichternden Risse und Spalten aufwies, und schritt langsam an ihr entlang. Plötzlich stand er vor einem Pförtchen. Ohne wirkliche Hoffnung versuchte er auch hier sein Heil. Und siehe da! Die kleine Pforte war nicht verschlossen.

«Dich hat man übersehen!», schmunzelte Bobby.

Er schlüpfte hindurch und zog die Tür wieder vorsichtig zu. Ein schmaler Pfad führte von ihr fort durch dichtes Buschwerk, wand und drehte sich, machte nochmals einen scharfen Knick und mündete unerwartet auf einen freien Platz dicht beim Haus. Es war eine klare Nacht, und ehe

Bobby sich's versah, war er in das volle Licht des Mondes geraten. Im selben Moment bog eine Frauengestalt um die Hausecke. Sie bewegte sich sehr behutsam vorwärts – wie es Bobby schien, mit der nervösen Behändigkeit eines gejagten Tieres. Nun hielt sie jäh inne, stand erst stocksteif da und schwankte dann, als wäre sie dem Umsinken nahe.

Bobby Jones stürzte auf sie zu und fing sie auf. Ihre Lippen zitterten, und ihm schien, als habe er noch nie zuvor eine so entsetzliche Angst auf einem menschlichen Angesicht gesehen.

«Ich... fürchte mich», murmelte die Unbekannte. «Fürchte mich so unsagbar.»

«Weshalb denn?»

Die junge Frau schüttelte den Kopf und wiederholte: «Ich fürchte mich.»

Plötzlich schien sie irgendeinen Laut vernommen zu haben. Sie riss sich los, lauschte...

«Gehen Sie fort!», drängte sie. «Schnell, schnell!»

«Ich möchte Ihnen helfen.»

«Wirklich?» Sie betrachtete ihn aufmerksam. Es war als wolle sie in seiner Seele lesen. «Niemand kann mir helfen», klang es trostlos.

«Doch, ich kann es. Sagen Sie mir, was Sie so erschreckt.»

«Nicht jetzt. Oh, schnell – sie kommen! Sie können mir nur helfen, wenn Sie jetzt gehen. Bitte, bitte!»

Bobby fügte sich. Nach einem gewisperten «Ich wohne im ‹Anglers' Arms›» lief er auf dem schmalen Pfad zurück. Das letzte, was er von der Frau sah, war eine Geste, die zur Eile mahnte.

Plötzlich vernahm er Schritte. Jemand kam ihm von dem Pförtchen her entgegen. Ohne sich zu besinnen, kroch Bobby in das Buschwerk. Er hatte sich nicht geirrt.

Ein Mann tauchte auf, schritt dicht an ihm vorüber, aber die Dunkelheit gestattete nicht, sein Gesicht zu erkennen.

Nach zwei Minuten verließ Bobby seinen Schlupfwinkel. Er fühlte, dass er diese Nacht nichts mehr unternehmen konnte. Außerdem wirbelte ihm der Kopf.

Denn jene verängstigte Frau war das Original des Bildes, das er bei dem verunglückten Alex Pritchard gesehen hatte...

16

Der herrschaftliche Chauffeur ließ sich gerade ein reichliches Frühstück munden, als man ihm mitteilte, er würde am Telefon verlangt. Rasch spülte Bobby Schinken und Ei mit einem Schluck Kaffee hinunter und ging dann an den Apparat, der sich in einem kleinen, dunklen Gang befand.

«Hallo!», hörte er Frankies Stimme.

«Hallo, Frankie!», rief Bobby unvorsichtig zurück.

«Hier Lady Frances Derwent», erwiderte die weibliche Stimme kühl. «Ist dort Hawkins?»

«Ja, M'lady.»

«Ich brauche den Wagen um zehn Uhr für eine Fahrt nach London.»

«Sehr wohl, M'lady.»

Am anderen Ende der Leitung legte Frankie den Hörer nieder und wandte sich Roger Bassington-ffrench zu.

«Grässlich, dass ich nach London muss! Alles wegen Vaters Schusseligkeit.»

«Aber Sie kommen heute Abend zurück, nicht wahr?»

«Natürlich.»

«Ich hatte Sie schon bitten wollen, mich mitzunehmen.»

Frankie zögerte – den Bruchteil einer Sekunde –, bevor sie mit anscheinender Bereitwilligkeit entgegnete:

«Von Herzen gern.»

«Nach reiflicher Überlegung halte ich es indes für besser, wenn ich mich heute nicht von Merroway Court entferne», fuhr Roger fort. «Henry kommt mir noch sonderbarer vor als sonst, so dass ich Sylvia nicht mit ihm allein lassen möchte. Fahren Sie ohne Ihren Chauffeur?»

«Nein. Hawkins soll mich begleiten, weil ich gleich ein paar Besorgungen in London machen will. Da ist es bequemer, wenn ich ihn bei mir habe.»

«Zweifellos.»

Mehr sagte Roger nicht. Doch als der Wagen vorfuhr, begleitete er sie bis auf die unterste Stufe der Freitreppe.

«Kommen Sie auch wirklich zurück?», fragte er, indem er Frankies Hand nahm und eine Minute in der seinen behielt.

Sie lachte. «Selbstverständlich.»

«Hüten Sie sich vor weiteren Unfällen.»

«Wenn es Sie beruhigt. lasse ich Hawkins fahren.» Flink nahm sie neben Bobby Jones Platz, der korrekt seine Mütze berührte. Der Wagen setzte sich in Bewegung, und Roger Bassington-ffrench blickte ihm nach, bis nichts mehr von ihm zu sehen war.

«Bobby, hältst du es für möglich, dass Roger sich in mich verlieben könnte?», erkundigte sich Frankie.

«Hat er sich schon verliebt?»

«Weiß ich's ...?»

«Ich dachte, du kennst die Symptome», gab Bobby zur Antwort. Aber es klang ziemlich zerstreut, so dass Frankie ihn mit einem raschen Blick streifte.

«Junge – ist was passiert?»

«Ja, Frankie. Ich habe das Original der Fotografie entdeckt.»

«Was …? Redest du von dem Bild in Pritchards Tasche, das urplötzlich verschwand?»

«Ja.»

«Bobby!!! Auch ich habe zwar einiges zu berichten, aber nichts, was an Bedeutung deiner Entdeckung gleichkäme. Wo bist du ihr begegnet?»

«In Dr. Nicholsons Sanatorium.»

«Erzähle!»

Und Bobby schilderte die Ereignisse der vergangenen Nacht.

«Dann sind wir auf der richtigen Fährte», entschied Frankie, die atemlos gelauscht hatte. «Und Dr. Nicholson ist in die ganze Angelegenheit verwickelt! Bobby, ich habe Angst vor diesem Mann.»

«Beschreib ihn mir.»

«Er ist groß und verfügt, möchte ich sagen, über hypnotische Kraft. Seine klugen Augen beobachten einen, und man hat das Gefühl, als ob sie durch einen hindurchschauen wie durch Glas.»

«Wann hast du ihn kennen gelernt?»

«Er war zum Dinner eingeladen und bekundete ein verdächtiges Interesse für meinen Unfall und alle seine Begleitumstände. Bobby, ich fange an, in ihm das Haupt einer Bande von Rauschgiftschmugglern zu wittern. Diese so genannte Heilanstalt ist vermutlich ein nützliches Tarnunternehmen, das ihm gestattet, ganz gesetzlich einen gewissen Vorrat an Morphium, Opium und dergleichen zu haben. Und während er vorschützt, Rauschgiftsüchtige zu heilen, versorgt er sie in Wirklichkeit mit dem Zeug.»

«Das klingt recht einleuchtend.»

«Es wird dir noch mehr einleuchten, wenn ich dir alles über Henry Bassington-ffrench erzählt habe.»

Nun übernahm Bobby Jones die Rolle des Zuhörers.

«Ahnt seine Frau etwas?», forschte er, nachdem Frankie ihm die Sonderbarkeiten, Launen und Ausbrüche des Besitzers von Merroway Court geschildert hatte.

«Vielleicht. Vielleicht auch nicht!»

«Ist sie klug?»

«Die Frage habe ich mir bisher noch nicht gestellt, Bobby. Nein, klug ist Sylvia wohl nicht. Aber in gewisser Hinsicht ganz gewitzt. Jedenfalls eine freimütige, angenehme Frau.»

«Und unser Bassington-ffrench?»

«O Bobby, das ist ein heikler Punkt!», sagte Frankie nachdenklich. «Bisweilen denke ich, wir haben den Mann völlig falsch eingeschätzt.»

«Red keinen Unsinn!», verwies Bobby Jones sie barsch. «Falsch eingeschätzt …! Niemand als er kann die Fotografie vertauscht oder entwendet haben.»

«Gewiss. Aber mehr haben wir ihm nicht vorzuwerfen.»

«Es genügt, mein Kind.»

«Ja. Doch ich kann mir nicht helfen – immer wieder habe ich das Gefühl, dass er unschuldig ist und mit der ganzen Sache nichts zu schaffen hat.»

«Sehr interessant!», höhnte Bobby. «Hast du mir vorhin eigentlich gesagt, er sei in dich verliebt? Oder du in ihn?»

Frankie errötete bis unter die Haarwurzeln.

«Sei nicht albern, Bobby. Ich darf doch wohl überlegen, ob es für sein Verhalten nicht eine ganz unschuldige Erklärung geben kann.»

«Nein, die gibt es nicht. Vor allem jetzt nicht mehr, wo wir das lebende Original der Fotografie in der Nachbarschaft entdeckt haben. Wenn wir nur ahnten, wer der ermordete Mann wirklich gewesen ...»

«Das weiß ich», fiel sie ihm ins Wort. «Ein gewisser Alan Carstairs.» Und von neuem begann sie zu erzählen.

Der herrschaftliche Chauffeur grinste vergnügt.

«Mädchen, wir kommen voran! Anhand des uns zur Verfügung stehenden Materials können wir noch mehr Schlüsse ziehen.» Er schwieg einen Moment, und wie in stummer Übereinstimmung verlangsamte der Wagen seine Fahrt.

«Weißt du, was wichtig ist... Ob dieser Carstairs zufällig die Rivingtons nach Staverley begleitete oder ob er sie absichtlich bewog, ihn mitzunehmen.»

«Das Letztere hieße, dass er dem sauberen Nicholson und seiner Bande schon auf der Spur war», meinte Frankie gedehnt. «Oder einfach auf der Spur der Frau, deren Fotografie er in der Tasche trug.»

«Aber wenn er sie in Staverley aufgespürt hatte – warum dann seine Reise nach Wales?»

Bobby Jones kratzte sich den Kopf, so dass die Chauffeursmütze verrutschte.

«Verdammt!», knurrte er. «Es gibt noch allerhand, was wir nicht wissen.»

«Evans», erinnerte Frankie. «Über diese Person tappen wir völlig im Dunkeln. Und ich glaube, dass Evans mit Wales zusammenhängt.»

Eine Weile saßen sie schweigend nebeneinander, bis Frankie plötzlich auf die Gegend aufmerksam wurde.

«Mein Lieber, wir sind ja schon bei Putney Hill! Wohin wollen wir, und was unternehmen wir?»

«Darüber hast du zu entscheiden», erwiderte Bobby alias Edward Hawkins. «Ich weiß ja nicht mal, weshalb wir überhaupt nach London fahren.»

«Die Fahrt war nur Vorwand, um mit dir reden zu können. Oder meinst du, ich hätte in angeregter Unterhaltung mit meinem Chauffeur über die Fluren von Staverley wandern sollen...? Auch Vaters Pseudo-Brief benutzte ich lediglich als Entschuldigung für unseren Abstecher nach London. In letzter Minute drohte die Gefahr, dass Bassington-ffrench mitgefahren wäre.»

«O weh!»

«Wäre auch nicht schlimm gewesen. Wir hätten ihn irgendwo abgesetzt und uns dann in das Stadthaus des edlen Geschlechts der Derwents gerettet. Das werden wir auch jetzt tun, Bobby, denn deine Garage wird möglicherweise überwacht, während wir in der Brook Street nur meine Zofe und das Hausverwalterehepaar antreffen werden.»

Das Ziel war bald erreicht. Frankie klingelte, wurde eingelassen, erschien nach ein paar Minuten wieder an der Tür und winkte auch Bobby, hereinzukommen. Dann gingen sie zusammen in den großen Salon im ersten Stock.

«Zieh eine der Jalousien hoch», befahl Frankie, während sie selbst die grauen Schutzhüllen von zwei Sesseln entfernte.

«So. Und nun nimm Platz. Ich habe vergessen, dir zu erzählen, dass Bassington-ffrench am Tag deiner Vergiftung in Staverley weilte, Nicholson indes nicht. Eine Konferenz in London angeblich. Und sein Auto ist ein dunkelblauer Talbot.»

«Und ihm steht genügend Morphium zur Verfügung, um dich und mich und noch etliche unserer Mitmenschen ins Jenseits zu befördern», sagte Bobby. «Streng genommen ist das zwar noch kein Beweis, doch es passt so hübsch.»

Frankie antwortete nicht. Sie ging zu einem Tischchen und kehrte mit dem Telefonbuch zurück.

«Was hast du vor?»

«Ich will den Namen Rivington nachschlagen.» Ihre flinken Finger blätterten schon die Seiten um. «A. Rivington & Sons, Baumeister; A. A. C. Rivington, Zahnarzt; Dr. Rivington, Shooters Hill. Halte ich für unwahrscheinlich, Bobby. Miss Florence Rivington; Colonel H. Rivington, Onslow Square. Auch der ist möglich. Und schließlich noch William Rivington in Hampstead. Mir scheint, Onslow Square und Tite Street sind die wahrscheinlichsten. Die Rivingtons müssen unverzüglich besucht werden.»

«Ganz recht. Aber welchen Grund geben wir an? Rasch, denk dir ein paar schöne Lügen aus; das verstehst du besser als ich.»

Frankie überlegte – doch nicht lange.

«Fühlst du dich imstande, als jüngerer Teilhaber einer Anwaltsfirma aufzutreten?», forschte sie.

«Das ist wenigstens eine Kavaliersrolle», erwiderte Bobby Jones. «Ich war schon auf Schlimmeres gefasst. Trotzdem ganz passt es nicht.»

«Wieso?»

«Mein Kind, Rechtsanwälte machen niemals persönliche Besuche. Sie verfertigen lange Schriftsätze, schicken sie dir mit der Post zu oder schreiben, du möchtest bitte in ihrem Büro vorsprechen.»

«Nun, die Anwaltsfirma, der du angehörst. weicht eben von diesen Gepflogenheiten ab», erklärte Frankie. «Warte eine Minute.»

Sie ließ ihn allein, und als sie wiederkam, hielt sie eine Visitenkarte in der Hand.

«Hier. Nimm, Bobby. Du bist ein junger Sozius der Firma Spragge – Jenkinson & Spragge, Bloomsbury Square.»

«Hast du die Firma erfunden, Frankie?»

«Bewahre! Es sind Vaters Rechtsanwälte. Und einen jungen Spragge gibt es nicht. Der einzige Spragge ist alt wie

Methusalem und frisst mir aus der Hand. Wenn irgendetwas schief geht, renke ich es ohne Schwierigkeiten wieder ein. Spragge ist ein großer Snob. Er liebt Lords und Herzöge, wenn er auch wenig Geld an ihnen verdient.»

«Und die Kleidung? Soll ich Badger anrufen, damit er mir Anzug und Hut bringt?»

Lady Frances Derwent blickte unschlüssig auf das glänzend gebohnerte Parkett hinab.

«Lieber Bobby, ich will weiß Gott deine Anzüge nicht beleidigen», sagte sie zögernd. «Oder dir deine Armut unter die Nase reiben oder irgendetwas Derartiges. Aber meinst du, dass ein Londoner Anwalt von einer gut gehenden Firma Anzüge deines Marchbolter Schneiders tragen würde? Ich glaube, wir machen lieber eine Anleihe in Vaters Garderobenschrank – ihr habt ungefähr die gleiche Größe.»

Eine halbe Stunde später stand Bobby in makellosem, leidlich passendem Cut und gestreiften Hosen vor Lord Marchingtons Ankleidespiegel und musterte sich kritisch.

«Nicht übel, wie?», bemerkte er, zu Frankie gewandt.

«Nein, gar nicht übel. Den Schnurrbart wirst du wohl behalten müssen, obwohl sämtliche Anwälte meiner Bekanntschaft glatt rasiert herumlaufen.»

«Natürlich bleibt der Schnurrbart», erklärte Bobby energisch. «Er ist ein Kunstwerk und kann nicht im Nu wiederhergestellt werden. Glaubst du, Frankie, dass dein Vater auch die Freundlichkeit haben wird, mir einen Hut zu leihen …?»

17

«Wenn es nun aber das Pech will, dass Mr. M. R. Rivington, Onslow Square, selbst Anwalt ist?», sagte Bobby Jones, auf dem Treppenabsatz Halt machend.

«Versuch es lieber erst bei dem Colonel in der Tite Street», riet Frankie. «Jünger des Mars wissen über Rechtsanwälte weniger Bescheid.»

Infolgedessen nahm Bobby ein Taxi nach Chelsea. Colonel Rivington war nicht daheim, wohl aber seine Gattin. Das fesche Hausmädchen nahm Bobbys Karte in Empfang, in deren rechter Ecke die Worte standen: Sehr dringend!

Die Karte samt Lord Marchingtons Kleidung machten Eindruck auf das Mädchen. Es argwöhnte nicht einen Moment, dass Bobby vielleicht gekommen sei, um Miniaturen zu verkaufen oder Mr. Rivington zum Abschluss einer Lebensversicherung zu überreden. Er wurde in ein schön und kostbar möbliertes Wohnzimmer geführt, wo sich kurz darauf Mrs. Rivington, ebenso schön und kostbar gekleidet, einfand.

«Ich bitte die Störung gütigst zu entschuldigen, Mrs. Rivington», sagte der Pfarrerssohn. «Aber die Sache drängt, und wir wollten eine Verzögerung durch den Postweg vermeiden.»

Wird sie nicht den fadenscheinigen Vorwand wittern?, fragte Bobby sich ängstlich, nachdem er diese Einleitung geschmeidig vorgetragen hatte. Doch Mrs. Rivington verfügte offenbar über mehr gutes Aussehen als Hirn und nahm die Dinge so hin, wie sie ihr dargestellt wurden.

«Nehmen Sie doch bitte Platz», erwiderte sie. «Ich erhielt gerade eben erst die telefonische Mitteilung von Ihrem Büro, dass Sie nach hier unterwegs seien.»

Bravo, Frankie! dachte Bobby Jones. Das war ein genialer Einfall von dir! Er ließ sich in dem angebotenen Sessel nieder und trachtete, sich juristisch zu gebärden.

«Es handelt sich um unseren Klienten Mr. Alan Carstairs», begann er, und zu seiner Freude flötete Mrs. Rivington: «Ja?»

«Vielleicht hat er erwähnt, dass wir seine Interessen wahrnehmen?»

«Ich erinnere mich nicht genau», sagte Mrs. Rivington und klimperte kokett mit ihren langen Wimpern. «Doch ist mir Ihr Name durchaus geläufig. Sie vertraten Dolly Maltravers, als sie jenen grässlichen Schneider erschoss, nicht wahr? Ich vermute daher, dass Sie auch die geringfügigsten Einzelheiten der Affäre kennen.» Und nun blickte sie ihn mit unverhohlener Neugier an.

«Wir wissen viel, sehr viel, was niemals vor Gericht zur Sprache kommt», entgegnete Bobby.

«Das glaube ich.» Mrs. Rivington beugte sich ein wenig zu ihm hinüber und dämpfte die Stimme.

«Sagen Sie mir, war sie wirklich ... ich meine, trug sie nur das, was jene Frau angab?»

Bobby setzte eine feierliche Miene auf. «Die Geschichte wurde vor Gericht widerlegt.»

«Tatsächlich?», stieß Mrs. Rivington entzückt hervor, worauf Bobby, in dem Gefühl, dass nun bereits freundschaftliche Beziehungen hergestellt waren, auf den Zweck seines Besuches zurückkam.

«Was Mr. Alan Carstairs angeht, so verließ er, wie Sie wohl wissen, England ziemlich plötzlich.»

«Nein, das wusste ich nicht. Wir haben ihn längere Zeit nicht gesehen. Einen Monat ist es sicher schon her.»

«Sie nahmen ihn auch einmal mit nach Staverley, Mrs. Rivington?»

«Ja. Ja. Halt – ich glaube; damals sahen wir ihn zum letzten Mal. Er wohnte im Savoy, rief uns an, um sich mit uns zu verabreden, und da Hubert und ich am nächsten Tag nach Schottland reisen wollten, zum Lunch aber schon nach Staverley geladen waren und abends mit einigen schrecklichen Leuten speisen mussten, denen wir nicht absagen konnten, schlug ich Hubert, der sehr viel von Carstairs hält, eine sehr einfache Lösung vor. ‹Mein Lieber›, sagte ich, ‹nehmen wir ihn doch mit zu den Bassington-ffrenchs; sie werden nichts dagegen haben.› So machten wir es auch, und sie hatten natürlich nichts dagegen.»

Rasch warf Bobby ein: «Deutete er Ihnen die Gründe für seinen Aufenthalt in England an?»

«Nein. Hatte er besondere Gründe? O ja, ich weiß! Wir dachten, es habe mit seinem Freund, dem Millionär, zu tun, der so tragisch endete. Ein Doktor eröffnete ihm, er sei krebsleidend, und aus Angst vor dieser grausigen Krankheit beging er Selbstmord. Ein herzloses Verhalten von einem Arzt, nicht wahr? Und wie oft ist so eine Diagnose grundfalsch! Unser Doktor sagte neulich, dass mein kleines Töchterchen an Masern erkrankt wäre, und hinterher entpuppte sich das Ganze als harmlose Hitzepickel. Daraufhin habe ich selbstverständlich beschlossen, den Arzt zu wechseln.»

Wieder glückte es Bobby, eine Frage einzuschieben.

«Kannte Mr. Carstairs die Bassington-ffrenchs?»

«Nein Aber sie gefielen ihm, wenngleich er auf dem Heimweg ziemlich wortkarg war. Ich glaube, er hat irgendetwas gesehen, was ihn aufregte. Er ist nämlich Kanadier, und meiner Meinung nach sind Kanadier sehr sensibel.»

«Haben Sie eine Ahnung, was diese Aufregung hervorrief?»

«Nicht die leiseste. Oft genügen ja die albernsten Dinge, nicht wahr?»

«Unternahm er vielleicht einen Spaziergang in die Umgebung?»

«Nein. Was für eine merkwürdige Idee!» Sie sah ihn betroffen an. «Wissen Sie, weshalb mich Ihre Frage so seltsam berührt? Weil Carstairs, der sich im Allgemeinen sehr gleichgültig gegen seine Mitmenschen verhält, eine Unmenge Erkundigungen über einige in nächster Nähe von Merroway Court lebende Personen einzog. Er bestürmte die Bassington-ffrenchs förmlich mit Fragen.»

«Und wie hießen die Betreffenden? Nicholson etwa?»

«Ganz recht, ganz recht. Dr. Nicholson. Und seine Fragen bezogen sich nicht nur auf den Doktor, sondern auch auf dessen Frau. Wie lange sie schon dort lebten, woher sie gekommen seien – kurz, alles Mögliche.»

Bis jetzt hatte Bobby die Dame ohne Schwierigkeiten ausgehorcht, doch leider bekundete sie plötzlich eine ungelegene Neugier.

«Was wollten Sie denn eigentlich über Carstairs wissen?», forschte sie.

«Seine Adresse», versetzte Bobby, schnell gefasst. «Wie gesagt, wir nehmen seine Interessen wahr und haben gerade ein wichtiges Kabel aus New York erhalten. Diese Dollarschwankungen … verstehen Sie?» Mrs. Rivington nickte. «Und daher», fuhr Bobby rasch fort, «möchten wir Verbindung mit ihm aufnehmen, Anweisungen erbitten. Und er versäumte es, seine Adresse zu hinterlassen. Da er jedoch gelegentlich Ihren Gatten als seinen Freund erwähnte, dachten wir, Sie hätten vielleicht letzthin ein Lebenszeichen von ihm bekommen.»

«Nein. Carstairs gehört wohl überhaupt zu den Menschen, die nicht viel schreiben.»

«Dann bitte ich wegen der Störung um Entschuldigung.»

«Oh, Sie störten gar nicht. Wenn Sie wüssten, wie mich das interessiert, was Sie mir über Dolly Maltravers sagten», lächelte Mrs. Rivington huldvoll.

«Ich sagte nichts über sie», stellte Bobby wahrheitsgemäß fest.

«Mit Worten nicht. Anwälte sind ja immer so diskret.»

Und aus Mrs. Rivingtons hübschem Mund quoll ein kurzes, gurgelndes Lachen.

Ob sich dieser schöne Dummkopf nicht doch noch einmal wundert, weshalb ich wegen Carstairs' Adresse nicht einfach angerufen habe, überlegte Bobby, als er die Tite Street hinunterschritt.

In Lord Marchingtons Haus zurück, erörterte er die Angelegenheit mit Frankie ausführlich von jedem Gesichtspunkt aus.

«Es sieht so aus, als sei er rein zufällig nach Merroway Court gekommen», meinte diese nachdenklich.

«Ich weiß. Indes wurde dort durch irgendeine Bemerkung seine Aufmerksamkeit auf die Nicholsons gelenkt.»

«Woraus hervorgeht, dass Nicholson und nicht Bassington-ffrench der Kern des Geheimnisses ist», ergänzte Frankie.

«Versuchst du immer noch deinen Helden schneeweiß zu waschen?»

«Mein Lieber, ich halte mich nur an den Sachverhalt.»

«Den genauen Sachverhalt kennen wir ja noch gar nicht», erinnerte er. Dann ging er in Lord Marchingtons Ankleidezimmer, zog den Cutaway und die gestreifte Hose aus und hängte alles wieder an seinen Platz. Eine Viertelstunde später saß er in seiner grünen Chauffeurslivree am

Steuer des Bentley und fuhr mit Lady Frances nach Staverley zurück.

«So früh erwarten sie mich nicht», sagte sie. «Wenn Roger sich tatsächlich in mich verliebt hat, wird er sich geschmeichelt fühlen. Er wird sich einbilden, ich könnte eine längere Trennung von ihm nicht ertragen.»

«Vielleicht kannst du sie auch nicht ertragen!», knurrte Bobby. «Die wirklich gefährlichen Verbrecher haben den Weibern ja immer den Kopf verdreht!»

Darauf antwortete Frankie nicht. Und da auch Bobby Jones keine Neigung verspürte, das Gespräch wieder in Gang zu bringen. saßen sie stumm nebeneinander – zwei Gegner eher als zwei Verbündete.

Es war drei Uhr, als sie in Merroway Court ankamen. Das Haus erschien ihr unnatürlich still.

Sie öffnete die Tür der Bibliothek und machte auf der Schwelle jäh Halt. Auf dem Sofa saß Dr. Nicholson, der Sylvias Hände in den seinen hielt. Jetzt ließ er sie los, und Sylvia sprang auf.

«Er hat es mir gesagt», erklärte sie, auf Frankie zuschreitend. «O Frankie, es ist zu schrecklich!»

Und ihr Gesicht in den Händen verbergend, schluchzte sie verzweifelt auf.

18

Bei Bobbys Rückkehr in den Gasthof kam der Wirt eilfertig angetrabt. «Eine Dame wartet auf Sie, Mr. Hawkins. Wir haben sie in das kleine Wohnzimmer meiner Frau geführt.»

Eine Dame? Frankie hätte Flügel haben müssen, um vor

ihm im Wirtshaus einzutreffen, und andere Damen kannte er in Staverley nicht.

Verdutzt öffnete er die Tür des Zimmers, das Mrs. Askew als ihr privates Heiligtum betrachtete, und vor Überraschung fehlten ihm zunächst die Worte. In dem altväterlichen Lehnstuhl saß ein zartes, in Schwarz gekleidetes Figürchen: die Frau der Fotografie.

Ihre kleinen Hände zitterten und fuhren nervös auf den Armlehnen hin und her, und große. verstörte Augen blickten den Eintretenden an.

«Sie sind es?», stieß Bobby endlich hervor.

«Ja, ich. Sie sagten … Sie sagten … dass Sie mir helfen würden», erwiderte sie in einem tonlosen, heiseren Wispern. «Vielleicht hätte ich nicht kommen sollen …»

Sofort fiel Bobby ihr ins Wort.

«Natürlich sollten Sie kommen. Es war das einzig Richtige. Und ich werde Ihnen helfen, soweit ein Mensch es vermag. Zittern Sie doch nicht so – hier sind Sie in Sicherheit.»

Ein schwaches Rosa färbte das Gesicht der jungen Frau, und unvermittelt fragte sie:

«Wer sind Sie? Chauffeur sind Sie nicht. Ich meine, Sie mögen wohl ein Chauffeur sein, doch nicht wirklich.»

Bobby Jones verstand den Sinn des konfusen Gestammels.

«Ach heutzutage nimmt man den Beruf, der sich einem gerade bietet», meinte er leichthin. «Früher war ich bei der Marine … Doch das ist nebensächlich. In jedem Fall dürfen Sie mir vertrauen – und mir alles erzählen.»

Das Rosa wurde zu einem dunklen Rot.

«Sie werden mich für verrückt halten.»

«Nein, nein.»

«Doch. Zu Ihnen, einem Wildfremden, ins Wirtshaus

gerannt zu kommen..., aber... ich habe solche Angst... solche Todesangst.»

Bobby ergriff ihre zitternden Hände.

«Beruhigen Sie sich doch. Hier geschieht Ihnen nichts. Sie sind in Sicherheit. Sie sind bei ... bei einem Freund.»

«Als Sie gestern Nacht in das Mondlicht hinaustraten», sagte sie hastig, «das war wie ein Traum von Befreiung...»

«Weiter, weiter», drängte Bobby, als sie abermals schwieg. «Erzählen Sie.»

«Wenn ich es Ihnen sage, werden Sie glauben, ich sei von dem Wahnsinn und den Wunderlichkeiten meiner Hausgenossen angesteckt worden.»

«Nein», versicherte der junge Mann abermals. «Bitte, bitte, sprechen Sie.»

Sie entzog ihm die Hand, setzte sich kerzengerade hin und stierte auf die Wand. «Ich fürchte, ermordet zu werden», beichtete sie mit sichtlicher Überwindung.

«Ermordet?»

«Nicht wahr, das klingt verrückt? Verfolgungswahn, wie?»

«Wer will Sie ermorden, wer?»

Ein oder zwei Minuten blieb sie stumm, die Hände im Schoß verkrampft.

«Mein Mann», hauchte sie endlich.

«Ihr Mann?» Ein Chaos von Gedanken brauste durch Bobbys Kopf. «Wer sind Sie?», forschte er plötzlich.

Ihre Augen wurden noch größer vor Erstaunen.

«Das wissen Sie nicht?»

«Nein.»

«Ich bin Moira Nicholson.»

«Dann sind Sie nicht als Patientin im Birkenhof?»

«Als Patientin? O nein!» Abermals lief eine Blutwelle über das zarte Gesicht. «Sie finden wohl, ich benehme mich wie eine solche?»

«Sie müssen mich nicht falsch verstehen oder meinen Worten eine Deutung geben, die ihnen nicht zukommt. Also Ihr Gatte ist Dr. Nicholson. Und weshalb vermuten Sie, er wolle Sie ermorden?»

«Ich lese es in seinen Augen, wenn er mich anblickt. Und außerdem haben sich sonderbare Vorfälle ereignet. Unfälle.»

«Unfälle?», wiederholte Bobby scharf.

«Ja. Nein, nein, ich bin nicht hysterisch». versicherte sie. «Sehen Sie, einmal fuhr er mit dem Wagen rückwärts, ohne angeblich bemerkt zu haben, dass ich hinter dem Auto stand. In letzter Sekunde konnte ich gerade noch zur Seite springen. Und dann war versehentlich eine gefährliche Medizin in die verkehrte Flasche geschüttet worden ... Oh, lauter solche Sachen. Ich weiß, dass sie mit Absicht geschehen. Und ständig auf der Hut sein zu müssen, jede Speise, jedes Getränk mit Angst zu sich zu nehmen, das ruiniert die Gesundheit.»

«Aus welchem Grund will Ihr Gatte sich Ihrer entledigen?»

Zu Bobbys Erstaunen machte sie keinerlei Ausflüchte, sondern erklärte rundheraus: «Weil er Sylvia Bassington-ffrench heiraten möchte.»

«Wie ...? Die ist doch schon verheiratet.»

«Ich weiß. Aber das wird er schon regeln.»

«Regeln! Auf welche Weise?»

«Genau weiß ich es nicht. Aber ich weiß, dass er versucht, Mr. Bassington-ffrench als Patienten in den Birkenhof zu bekommen.»

«Und dann?»

«Dann wird ihm etwas zustoßen.» Sie schauderte. «Mir scheint, er hat Mr. Bassington-ffrench irgendwie in der Hand.»

«Bassington-ffrench nimmt Morphium», sagte Bobby Jones.

«Ja...? Vermutlich bekommt er es von Jasper – wenn auch nicht direkt. Jasper ist viel zu schlau, um sich bloßzustellen. Wahrscheinlich weiß auch Mr. Bassington-ffrench nicht, dass das Gift von Jasper stammt; aber ich bin davon überzeugt. Und wenn der Kranke erst mal im Birkenhof ist...»

Moira Nicholson hielt inne, und ihre Hände krampften sich so fest ineinander, dass die Knöchel weiß hervorstachen.

«Im Birkenhof geschehen unheimliche Dinge», fuhr sie heiser fort. «Die Leute begeben sich in Jaspers Obhut, um gesund zu werden. Aber statt bergauf geht es bergab mit ihnen...»

Während sie sprach, hatte Bobby das Gefühl, als umwehe ihn eine böse, unsaubere Luft, und er spürte etwas von dem Schrecken, der Moira Nicholsons Leben so lange verdunkelt hatte.

«Ahnt Sylvia Bassington-ffrench, was Ihr Gatte wünscht und plant?», fragte er plötzlich.

Die zarte Frau zuckte die Schultern.

«Darüber bin ich mir nicht klar. Auf den ersten Blick scheint es, als ob sie an ihrem Mann und ihrem kleinen Jungen hängt und glücklich und zufrieden ist. Doch bisweilen frage ich mich, ob sie uns allen nicht eine Rolle vorspielt – ausgezeichnet vorspielt. Vielleicht ist das aber auch Unsinn – Einbildung meinerseits. In meiner Lage wird man natürlich misstrauisch.»

«Und der Schwager? Roger Bassington-ffrench?»

«Ich kenne ihn nur oberflächlich. Er ist nett, doch ganz der Mensch, den man leicht hinters Licht führen kann. Jasper bearbeitet ihn schon, damit er seinen Bruder Henry veranlasst, sich in Jaspers Pflege zu begeben.» Plötzlich beugte Moira sich vor und packte Bobbys Ärmel. «Verhindern Sie um Gottes willen, dass er in den Birkenhof kommt!», flehte sie. «Er gerät in Todesgefahr – ich weiß es.»

Bobby Jones dachte ein paar Minuten über die ungeheuerlichen Eröffnungen nach. «Wie lange sind Sie mit Nicholson verheiratet?», erkundigte er sich schließlich.

«Etwas über ein Jahr.»

«Haben Sie niemals erwogen, ihn zu verlassen?»

«Wo soll ich hingehen? Ich besitze kein Geld. Und wenn ich irgendwen ins Vertrauen zöge, würde der Betreffende mich für eine Phantastin halten und mir nicht glauben.»

«Nun, ich glaube Ihnen», sagte Bobby. Von neuem fing er an zu überlegen, und als habe er sich zu einem Entschluss durchgerungen, fuhr er fort: «Hören Sie. Ich will Ihnen ganz direkt eine Frage stellen, Mrs. Nicholson. Kennen Sie einen Mann namens Carstairs?» Er sah, wie ihr das Blut in die Wangen stieg.

«Warum fragen Sie mich danach?»

«Weil es sehr wichtig ist. Ich bin überzeugt davon, dass Sie Carstairs kannten und ihm Ihre Fotografie schenkten.»

Sie schwieg, saß mit niedergeschlagenen Augen da, regungslos wie eine Bildsäule. Nach einer Weile hob sie den Kopf und blickte Bobby offen ins Gesicht.

«Ja. das ist richtig», sagte sie. «Ich habe ihn vor meiner Ehe gekannt.»

«Hat er Sie hier einmal aufgesucht?»

«Ein einziges Mal.»

«Vor einem Monat etwa, nicht wahr?», fragte Bobby.

«Ja. Es muss vor ungefähr einem Monat gewesen sein. Wie er herausgefunden hat, dass ich hier lebe, weiß ich nicht, denn ich habe ihm seit meiner Heirat nicht mehr geschrieben.»

«Hat Ihr Gatte von Carstairs' Besuch erfahren?»

«Das glaube ich nicht. Jedenfalls machte er nie eine Anspielung.»

«Haben Sie mit Carstairs über Ihre unglückliche Ehe gesprochen?»

«O nein. Ich gab mir sogar alle Mühe, es ihn nicht ahnen zu lassen,.»

«Er kann es trotzdem gemerkt haben.»

«Das ist möglich», sagte sie leise.

Bobby Jones trat ans Fenster und sah ein paar Sekunden in den Wirtshausgarten hinaus. Dann wandte er sich wieder um und stellte eine weitere Frage: «Mrs. Nicholson, würden Sie Ihren Gatten einen eifersüchtigen Mann nennen?»

«Ja. Sehr eifersüchtig. Seine Eifersucht würde sich auch auf mich erstrecken, obwohl er sich nichts aus mir macht. Ich bin sein Eigentum, verstehen Sie? Ah, er ist ein sehr, sehr eigenartiger Mensch.» Plötzlich zuckte sie erschrocken zusammen. «Sie... Sie sind doch nicht etwa von der Polizei?»

«Ich...? O nein!» Bobby sah an seiner Chauffeurslivree hinunter. «Das hier ist eine ziemlich lange Geschichte.»

«Der Wirt sagte, Sie seien Lady Frances Derwents Chauffeur. Ich lernte sie beim Dinner in Merroway Court kennen.»

«Das weiß ich.» Eine Pause. «Wir müssen uns mit ihr in Verbindung setzen;. Mrs. Nicholson. Und für mich ist das ein bisschen schwierig. Darf ich Sie bitten, Lady Derwent anzurufen und sie zu veranlassen, sich irgendwo draußen mit Ihnen zu treffen?»

«Wenn Sie es für nötig halten», erwiderte Moira widerstrebend.

«Ja. es ist nötig. Dringend nötig.»

Mrs. Nicholson erhob sich.

«Gut. Ich werde anrufen.» Sie ging zur Tür und zögerte, die Hand auf der Klinke.

«Alan», sagte sie leise. «Alan Carstairs. Haben Sie ihn gesehen?»

«Ja. Aber nicht kürzlich.»

Sie weiß nicht, dass er tot ist, dachte er mitleidig. Woher sollte sie es auch wissen...? Und hastig setzte er hinzu:

«Telefonieren Sie mit Lady Frances. Dann werden Sie alles erfahren.»

19

Nach wenigen Minuten kehrte Moira Nicholson zurück.

«Ich habe Lady Frances erreicht», berichtete sie, «und als Treffpunkt einen kleinen Pavillon unweit des Flusses ausgemacht. Es wird sie natürlich befremdet haben, aber sie versprach, sofort zu kommen.»

«Gut», entgegnete Bobby. «Nun beschreiben Sie mir genau, wo der Pavillon liegt und wie man am besten hinkommt. Sie werden zunächst allein hingehen, ich komme ein Weilchen später nach.»

Auch dieser Anordnung fügte Moira sich ohne weiteres. Als sie fort war, schlenderte Bobby in den Schankraum hinüber und pirschte sich an Mr. Askew heran. Moiras Besuch konnte leicht zu Klatsch Anlass geben, und darum gebot die Klugheit, Gegenmaßnahmen zu treffen.

«Drollige Sache!», warf Bobby hin. «Ich bin mal bei dem Onkel von Mrs. Nicholson in Stellung gewesen, einem Kanadier.»

«Ach so!», rief Mr. Askew. «Ich wunderte mich auch schon.»

«Ja. Sie hatte mich im Vorbeifahren wiedererkannt und wollte mal nach mir schauen. Eine freundliche, angenehme Dame.»

«Sehr angenehm», bestätigte der Wirt. «Führt kein beneidenswertes Leben dort im Birkenhof.»

«Mein Geschmack wär's jedenfalls nicht!»

Nachdem Bobby seinen Zweck erreicht hatte, spazierte er gemächlich im Dorf umher und schlug schließlich die von Moira angegebene Richtung ein. Er fand den Pavillon ohne Schwierigkeiten, und während er mit Moira auf Lady Frances Derwent wartete, merkte er, wie die Frau ihn Aufklärung heischend ansah.

«Es gibt schrecklich viel zu erzählen», begann er und hielt linkisch inne.

«Ja?»

«Erstens bin ich kein richtiger Chauffeur, obwohl ich in London in einer Garage arbeite. Und mein Name ist nicht Hawkins, sondern Jones. Bobby Jones. Ich komme aus Marchbolt in Wales.»

Mrs. Nicholson hörte aufmerksam zu, doch die Erwähnung Marchbolts sagte ihr offenbar nichts. Mithin raffte Bobby all seinen Mut zusammen und kam tapfer zum Kern der Sache.

«Ich fürchte, dass ich Ihnen wehtun werde. Ihr Freund, dieser Alan Carstairs … er ist … tot.»

Er sah, wie sie emporfuhr, und wandte taktvoll die Augen von ihrem Gesicht ab. Ob es sie sehr hart traf? Hatte sie sich vielleicht – wer kennt die Frauen? – Hoffnungen auf den Mann gemacht …?

Moira schwieg geraume Zeit. Dann sagte sie leise, wie im Selbstgespräch: «Also deshalb kam er nicht wieder!»

Bobby wagte einen scheuen Seitenblick. Gottlob, sie bewahrte eine bewunderungswürdige Haltung! Traurig und nachdenklich sah sie aus, aber das war alles.

«Wie starb er?»

«Er fiel über die Klippen bei Marchbolt. Durch Zufall fanden ihn der dortige Doktor und ich. Mrs. Nicholson», setzte Bobby zögernd hinzu, «er hatte Ihr Bild in der Tasche.»

«Ja?» Sie lächelte süß und wehmütig. «Lieber, guter Alan! Er war sehr treu. … Wann geschah das Unglück?»

«Vor einem Monat. Um genau zu sein: am 3. Oktober.»

«Also kurz nach seinem Besuch hier.»

«Ja. Erwähnte er, dass er nach Wales fahren wollte?»

Sic schüttelte den Kopf.

«Kennen Sie jemanden, der Evans heißt?», forschte Bobby.

«Evans?» Moira runzelte die Stirn, als denke sie angestrengt nach. «Evans …? Nein, ich glaube nicht. Allerdings ist es ein sehr alltäglicher Name. Wer ist dieser Evans?»

«Das wissen wir leider nicht. Oh, da kommt Frankie!»

Lady Frances eilte mit großen Schritten den Pfad entlang. Als sie Bobby sah, der neben Mrs. Nicholson plaudernd auf der Bank saß, blieb sie wie angewurzelt stehen.

«Hallo, Frankie, gut, dass du da bist!», rief Bobby. «Da staunst du, was? Na, du wirst gleich noch mehr staunen! Höre: Mrs. Nicholson ist das Original jener bewussten Fotografie.»

«Wie …?» Frankie blickte die schöne, zarte Frau an und lachte plötzlich auf. «Bobby, jetzt begreife ich, warum du beim Anblick von Mrs. Cayman so entgeistert warst!»

Bobby nickte. Was für ein Narr er doch gewesen war! Wic hattc cr auch nur eine Sekunde glauben können, dass die Jahre eine Moira Nicholson in eine Amelia Cayman zu verwandeln vermochten!

Mrs. Nicholsons große Augen wanderten bestürzt zwischen den beiden Gefährten hin und her. «Wollen Sie mir nicht bitte …», begann sie schüchtern.

«Ja, ja, natürlich», sagte Bobby Jones. «Wirklich, es gibt so viel zu erzählen, dass man gar nicht weiß, wo man anfangen soll!»

Und er beschrieb ihr die Caymans und ihre Identifizierung des Toten.

«Aber … ich verstehe noch immer nicht ganz», stammelte Moira. «Wessen Leichnam war es denn nun – der ihres Bruders oder Alan Carstairs'?»

«Genau das ist der springende Punkt – da beginnen die schmutzigen Tricks», erläuterte der Pfarrerssohn.

«Und dann», fuhr Frankie fort, «wurde Bobby vergiftet.»

«Acht Gran Morphium», sagte Bobby Jones, sich erinnernd. Aber Frankie ließ ihn nicht weiterreden.

«Deine Krankengeschichte interessiert uns nicht, mein Lieber. Du bist fähig, stundenlang darüber zu schwatzen. Lass lieber mich erklären.» Sie holte tief Atem. «Also diese Caymans, Mrs. Nicholson, kamen nach der amtlichen Leichenschau zu Bobby und horchten ihn aus, ob der angebliche Bruder vor seinem Tod etwas gesagt habe. Bobby verneinte es. Hinterher entsann er sich jedoch, dass Pritchard – so nannten ihn die Caymans – von einem Evans gesprochen hatte, und teilte es ihnen mit. Einige Tage später wurde ihm eine Stellung in Peru oder irgendeiner anderen südamerikanischen Republik angeboten, und als er sie ausschlug, schüttete man eine Portion Morphium …»

«Acht Gran», präzisierte Bobby.

«… in sein Bier. Und nur weil er einen unglaublich abgebrühten Magen hat, kam er mit dem Leben davon. Und daraufhin schlossen wir messerscharf, daß Pritchard – oder Carstairs – hinuntergestoßen worden sein musste.»

«Aber wie?», fragte Moira.

«Begreifen Sie es nicht …? Nein? Nun, uns leuchtete es sofort ein. Aber vielleicht habe ich mich nicht klar genug ausgedrückt. Jedenfalls kamen wir überein, dass Roger Bassington-ffrench der Täter sein musste.»

«Roger Bassington-ffrench?» Moira schien ihren Ohren nicht zu trauen.

«Er war nämlich an jenem Tag in Marchbolt, und Ihr Bild verschwand, und kein anderer als er konnte es genommen haben.» Frankie holte abermals tief Atem. «Dann hatte ich zufällig dicht beim Park von Merroway Court einen Autounfall. Ein erstaunliches Zusammentreffen, nicht wahr? Ja, der Zufall leistet sich oft Unglaubliches!» Mit einem beschwörenden Blick sah sie Bobby Jones an. «Daher telefonierte ich mit Bobby und bat ihn, als mein Chauffeur hierher zu kommen, damit wir die Angelegenheit weiter untersuchen können.»

«Nun wissen Sie, wie die Dinge liegen», griff Bobby ein, Frankies Abweichen von der Wahrheit kameradschaftlich deckend «Und dass ich gestern Nacht, als ich auf dem Gelände des Birkenhofs herumspazierte, gleich auf Sie stieß – Sie, das Original der Fotografie –, na, das setzt allem die Krone auf!»

«Sie haben mich sehr rasch erkannt», sagte Moira lächelnd.

«Ich würde das Original jener Fotografie überall und zu jeder Stunde wiedererkannt haben», beteuerte Bobby.

Moira Nicholson errötete leicht. Dann blickte sie scharf von einem zum andern.

«Haben Sie mir die Wahrheit gesagt?», fragte sie misstrauisch. «Sind Sie wirklich zufällig hergekommen, ich meine infolge des Unglücksfalles? Oder kamen Sie, weil … weil …» – ihre Stimme zitterte – «weil Sie meinen Mann verdächtigen?»

Bobby und Frankie wechselten einen erstaunten Blick.

«Mrs. Nicholson, ich gebe Ihnen mein Ehrenwort, dass wir von Ihrem Gatten vor unserer Ankunft nichts wussten.»

«Verzeihen Sie meine Frage. Aber erinnern Sie sich des Abends, Lady Frances, als wir zum Dinner eingeladen waren und Jasper Sie unausgesetzt mit Fragen über Ihren Unfall plagte? Damals begriff ich nicht, was ihn dazu bewog. Heute denke ich, dass er an der Echtheit Ihres Unfalls zweifelte.»

«Nun, wenn Sie es genau wissen wollen: Er war nicht echt», gestand Frankie. «Uff! Jetzt ist mir leichter ums Herz! Es war alles ein sorgfältig ausgeklügelter und sorgfältig ausgeführter Bluff. Doch mit Ihrem Gatten hatte er nichts zu tun. Uns lag daran, Roger Bassington-ffrench unter die Lupe zu nehmen.»

«Roger?» Moira lächelte. «Das klingt absurd», sagte sie offen.

«Trotzdem: Tatsachen sind Tatsachen», sagte Bobby.

«Roger – o nein! Er mag schwach sein … oder wild. Er mag Schulden machen oder in einen Skandal verwickelt werden. Aber jemanden über die Klippe stoßen – nein, das kann ich mir einfach nicht vorstellen.»

«Ich auch nicht so recht», bekannte Frankie. Doch Bobby Jones beharrte dickköpfig:

«Aber er muss die Fotografie genommen haben. Ich werde Ihnen noch einmal den Sachverhalt schildern, Mrs. Nicholson.»

Er tat es. Langsam und genau. Als er geendet hatte, nickte Moira zustimmend.

«Ja. das ist freilich sonderbar.» Sie schwieg eine Minute, und dann sagte sie unerwartet: «Warum fragen Sie ihn nicht?»

20

Die kühne Einfachheit der Frage raubte ihnen den Atem. Schließlich begannen Bobby und Frankie gleichzeitig zu sprechen.

«Das ist unmöglich», sagte der Pfarrerssohn.

«Das geht unter keinen Umständen», sagte die Tochter Lord Marchingtons.

Hierauf verstummten beide, und an ihrer Stelle ergriff Moira das Wort.

«Ich verstehe Sie natürlich», meinte sie. «Es sieht tatsächlich so aus, als habe Roger das Bild genommen, aber ich glaube nicht eine Sekunde, dass er Alan in den Abgrund stürzte. Warum auch? Er kannte ihn ja kaum. Ein einziges Mal sahen sich die beiden – damals bei dem Lunch in Merroway Court. Nein, für die Tat fehlt jegliches Motiv.»

«Wer hat ihn dann hinuntergestürzt?», fragte Frankie.

Ein Schatten legte sich über Moiras feines Gesicht. «Ich weiß es nicht», presste sie hervor.

«Mrs. Nicholson. gestatten Sie, dass ich Frankie erzähle, was Sie mir vorhin im Gasthof anvertrauten?»

Moira senkte den Kopf.

«Wenn Sie wollen, Mr. Jones. Aber es klingt so hysterisch und sensationslüstern. In dieser Minute vermag ich es selbst kaum zu glauben.»

Und in der Tat mutete der Bericht, knapp und sachlich

vorgetragen, unter dem lichten Himmel der friedlichen englischen Landschaft unwirklich an. Jäh stand Mrs. Nicholson auf.

«Ich sehe ein, dass ich mich schrecklich albern benommen habe», sagte sie mit zitternden Lippen. «Bitte, vergessen Sie, was ich Ihnen erzählte, Mr. Jones. Die Nerven waren es – weiter nichts. Außerdem muss ich jetzt fort. Adieu!»

Mit schnellem Schritt entfernte sie sich. Bobby sprang gleichfalls auf, um ihr zu folgen, aber Frankie hielt ihn am Ärmel fest.

«Bleib hier, du Idiot. Überlass das mir.»

Sie lief hinter Moira her und kehrte einige Minuten später offenbar zufrieden zurück.

«Erledigt! Ich habe sie beruhigt. Es war ja auch peinlich, wie ihre geheimen Nöte und Ängste in Gegenwart einer dritten Person ausgeplappert wurden. Jetzt, da wir unter uns sind. will ich dir noch etwas verraten: Als ich vorhin die Bibliothek betrat, stieß ich dort auf Dr. Nicholson, der Sylvias beide Hände hielt. Das passt zu dem, was Moira dir eröffnete. Und noch etwas passt. Vor Tagen schilderte Sylvia zufällig, wie Moiras Bild, das auf dem Flügel steht, auf einen Gast großen Eindruck gemacht habe. Verlass dich drauf, Bobby, dieser Gast ist Carstairs gewesen. Er erkannte die Fotografie. Sylvia Bassington-ffrench erzählte ihm, es sei ein Bild von Mrs. Nicholson. Siehst du, da haben wir die Erklärung dafür, wie er Moira aufstöberte. Nun aber die Sache mit der aus der Tasche des Toten entwendeten Fotografie: Wenn Roger sie überzeugend aufzuklären vermag…»

«Du wirst ihn doch nicht etwa fragen wollen. Frankie?», rief Bobby Jones erschrocken. «Wäre das nicht leichtsinnig?»

«Bobby, wenn er es erklären kann – und ich werde ihn dabei scharf beobachten, so dass mir auch die kleinste Unsicherheit in seinem Benehmen auffallen muss –, also wenn er es erklären kann, dann gewinnen wir in Roger möglicherweise einen sehr wertvollen Verbündeten.»

«Wieso, Frankie?»

«Mein Lieber, deine kleine Nicholson mag ein sentimentaler Hasenfuß sein, der Übertreibungen liebt; aber nehmen wir einmal an, dass sie es nicht ist, dass alles, was sie erzählt, wahr ist, dass ihr Mann sie wirklich loswerden will, um Sylvia Bassington-ffrench zu heiraten. Wird dir gar nicht klar, dass in diesem Fall auch Henry in größter Gefahr ist? Koste es, was es wolle, wir müssen seine Überführung in den Birkenhof verhindern. Und gegenwärtig steht Roger Bassington-ffrench auf Nicholsons Seite.»

«Gut überlegt, Frankie», erkannte Bobby an.

«Es kommt mir vor, als seien wir zwischen die Deckel eines Buches geraten», sagte sie. «Wir befinden uns mitten in der Geschichte eines Dritten. Es ist ein schauderhaftes Gefühl.»

«Ich würde es eher ein Theaterstück nennen als ein Buch, Frankie. Mir kommt es vor, als beträten wir mitten im zweiten Akt die Bühne und hätten nicht die geringste Ahnung, was sich im ersten Akt abgespielt hat.»

Frankie nickte eifrig. «Wer weiß, ob es der zweite Akt ist, Bobby. Ich finde, er gleicht mehr dem Dritten. Wir müssen ein beträchtliches Stück zurückgehen, und zwar sehr schnell, denn der Vorhang droht endgültig zu fallen.»

«Mit Leichen zur Linken und Leichen zur Rechten», ergänzte Bobby Jones düster. «Und was uns auf die Bühne brachte, waren sechs Worte. Sechs dämliche Worte, die völlig nichtssagend für uns sind: ‹Warum haben sie nicht Evans geholt?› Frankie, beinahe drängt sich mir das Gefühl auf, dass Evans, obwohl der Ausgangspunkt, an sich ganz unwesentlich ist. Es wird sein wie in jener Geschichte von Wells, in der ein Prinz um das Grab seiner Geliebten einen wundervollen Palast oder Tempel baute. Als aber alles fertig war, gab es ein kleines Etwas, das irgendwie nicht zu dem Ganzen passte. Entfernt es!, befahl der Prinz. Und das kleine Etwas war das Grab selbst.»

21

Das Glück war ihr hold, denn nicht weit vom Haus entfernt traf sie auf Roger.

«So schnell wieder von London zurück?», sagte er.

«Ach, London war langweilig.»

«Haben Sie Sylvia schon gesehen? Ja? Nicholson hat ihr die Wahrheit über den guten, alten Henry mitgeteilt. Das arme Ding! Sie scheint nichts geahnt zu haben.»

«Ich weiß. Die beiden saßen zusammen in der Bibliothek, als ich hereinkam. Sylvia war ganz fassungslos.»

«Henry wird geheilt werden. Er ist dem Gift ja noch nicht so sehr lange verfallen. Man muss in ihm den Wunsch wecken, von dem grässlichen Zeug loszukommen, muss ihm klar machen, dass er sonst alles, was ihm lieb ist, verliert. Sylvia, Tommy, sein Heim. Nicholson ist der Mann, der den richtigen Ton treffen wird und einen Erfolg gewährleistet. Er sprach gestern mit mir darüber. Er hat schon erstaunliche Resultate zu verzeichnen, sogar mit Leuten, die Jahre hindurch Sklaven des Morphiums gewesen sind. Wenn Henry einwilligt, in den Birkenhof...»

Hier unterbrach Frankie ihn.

«Ich will Sie etwas fragen – selbst auf die Gefahr hin, dass Sie mich für dreist und zudringlich halten.»

«Bitte, fragen Sie.»

«Haben Sie eine Fotografie aus der Tasche des Mannes genommen, der in Marchbolt verunglückte?»

Sie ließ ihn nicht aus den Augen, registrierte jede Einzelheit seines Mienenspiels, und was sie sah, befriedigte sie.

Eine leichte Verdrießlichkeit, eine Spur von Verwirrung, aber nichts von Schuld oder Erschrecken.

«Wie in aller Welt haben Sie das erraten?», staunte er.

«Also Sie haben sie genommen?»

«Ja.»

«Warum?»

Wieder gewahrte sie eine leichte Verwirrung.

«Lady Frances, bitte, versetzen Sie sich mal in meine Lage. Da sitze ich auf dem Klippenhang und halte Wache bei einem fremden Toten. Etwas guckt aus seiner Tasche hervor. Ich sehe hin. Es ist das Bild einer Frau, die ich kenne; einer verheirateten Frau, deren Ehe ich nicht zu den glücklichsten zähle. Was wird geschehen? Eine amtliche Leichenschau. In aller Öffentlichkeit. Möglicherweise geht der Name der Unglückseligen durch alle Zeitungen! Ich folgte einer plötzlichen Eingebung, Lady Frances, nahm das Bild und zerriss es. Vielleicht handelte ich unrecht. aber Moira Nicholson ist so eine kleine zarte Blume, und ich wollte nicht, dass sie in Schwierigkeiten geriet.»

«Darum also!», sagte Frankie und atmete hörbar auf. «Wenn Sie nur wüssten …»

«Was?»

«Ach, lassen wir das im Moment. Es ist alles ziemlich verworren. Ja, warum Sie die Fotografie vernichteten, begreife ich jetzt, nicht aber, weshalb Sie der Polizei nicht den Namen des Mannes nannten.»

«Mein Gott, Lady Frances, ich kannte ihn doch gar nicht.»

«Sie hatten ihn doch eine Woche zuvor hier in Merroway Court gesehen!»

«Sind Sie verrückt?»

«Alan Carstairs … haben Sie Alan Carstairs nicht kennen gelernt?»

«Gewiss. Er kam mit den Rivingtons. Aber der Tote war nicht Alan Carstairs.»

«Jawohl, er war es!»

Sie starrten einander an. Dann sagte Frankie mit neu erwachtem Argwohn:

«Sie müssen ihn doch wiedererkannt haben!»

Ich habe sein Gesicht nicht gesehen.»

«Was …?»

«Nein. Man hatte ein Taschentuch darüber gebreitet.»

Ein Taschentuch …? Sie überlegte. Und plötzlich fiel ihr ein, dass Bobby in seinem ersten Bericht über die Katastrophe erwähnt hatte er habe das Gesicht des Verunglückten mit einem Tuch bedeckt. «Und Sie haben es nicht hochgehoben?», fuhr sie mit ihrem Verhör fort.

«Nein. Warum sollte ich?»

Oh, diese Männer! dachte Frankie. Wie wenig sie von Neugier geplagt werden! Wenn ich die Fotografie einer mir bekannten Person in der Tasche eines Toten gefunden hätte, würde ich unter allen Umständen sein Gesicht betrachtet haben …

«Arme, kleine Moira», sagte sie dann laut. «Wie sie vor Angst zittert!»

«Angst? Vor wem?»

«Vor ihrem Mann, der ihr nach dem Leben trachtet.»

«Aber Lady Frances!» Roger sah sie ungläubig an.

«Setzen wir uns auf diese Bank da», schlug Frankie vor.

«Ich werde Ihnen eine Unmenge erzählen und beweisen, dass Dr. Nicholson ein gefährlicher Verbrecher ist. Nachher können Sie selber urteilen.»

Sie gab ihm einen ausführlichen Bericht über alles, was seit dem Tag geschehen war, als Bobby und Dr. Thomas den Abgestürzten gefunden hatten. Nichts verschwieg sie, außer der Tatsache, dass ihr Unfall inszeniert gewesen war; aber sie ließ durchblicken, dass ihr längeres Verweilen in Merroway Court mit dem sehnlichen Wunsch zusammenhing, das Rätsel zu lösen.

Über einen Mangel an Interesse seitens ihres Zuhörers konnte sie sich nicht beklagen. Roger schien von der Geschichte ganz fasziniert zu sein.

«Ist das alles wahr?», fragte er. «Auch die Vergiftung dieses jungen Jones?»

«Die lautere Wahrheit.»

«Zürnen Sie mir nicht wegen meiner Ungläubigkeit, Lady Frances. Doch das Ganze klingt fast wie eine Räuberpistole. Immerhin – mit Ihrer ersten Schlussfolgerung haben Sie meines Erachtens Recht. Dieser Alex Pritchard oder Alan Carstairs muss ermordet worden sein, und da die Mörder annahmen, der junge Jones wüsste etwas, was ihnen gefährlich werden könnte, versuchten sie, ihn ein für alle Male mundtot zu machen – und werden es vermutlich ein zweites Mal versuchen, sobald sie herausgefunden haben, wo er steckt. Auf schwachen Füßen steht hingegen Ihr Verdacht gegen Nicholson.»

«Er ist ein so verbissener, finsterer Mann», erwiderte Frankie. «Dazu der blaue Talbot und des Doktors Abwesenheit am Tag von Bobbys Vergiftung. Ferner die Enthüllungen seiner Gattin.»

Roger Bassington-ffrench zuckte die Schultern.

«Die kleine Moira vermutet, dass ihr Mann Henry mit

Morphium versorgt, aber sie hat nicht die Spur eines Beweises», gab er zu bedenken. «Sie glaubt, dass er Henry als Patienten im Birkenhof haben möchte – ein sehr natürlicher Wunsch für einen Doktor. Jeder Doktor möchte recht viele Patienten haben, Lady Frances. Dann glaubt sie, dass Nicholson meine Schwägerin liebt. Nun, das vermag ich allerdings nicht zu beurteilen. Doch selbst wenn es der Fall sein sollte, bedeutet es nicht unbedingt, dass Jasper Nicholson ein gefährlicher Verbrecher ist. Es gibt eine ganze Reihe höchst ehrbarer Bürger, die sich in die Frau eines Mitmenschen verlieben.»

«Und ihre Annahme, dass er ihr nach dem Leben trachtet?», erinnerte Frankie.

«Die Frage ist, wie viel Beachtung dies verdient», sagte Roger, indem er sich eine Zigarette anzündete. «Der Aufenthalt im Birkenhof, inmitten einer Schar mehr oder weniger absonderlicher Menschen, ist geeignet, das seelische Gleichgewicht einer Frau zu erschüttern, besonders einer Frau von Moiras schüchternem, nervösem Typ. Ja, wenn Sie mir beweisen könnten, dass Nicholson am Tag der Tragödie in Marchbolt gewesen ist, oder wenn wir ein Motiv fänden, das ihn mit Carstairs in Verbindung bringt – dann würde sich das Bild ändern. Aber mir scheint, dass Sie die wirklich Verdächtigen übergehen. Die Caymans nämlich. Da ist erstens ihre falsche Identifikation der Leiche, und zweitens ihr Forschen, ob der arme Kerl vor seinem Tod noch irgendetwas gesagt habe.»

«Oh!», rief Frankie plötzlich. «Wissen Sie, was mir eben einfällt? Bis heute hatte ich angenommen, dass die Fotografie der Amelia Cayman anstelle von Moiras Bild in die Tasche des Toten gesteckt worden sei; aus dem aber, was Sie mir vorhin enthüllten, geht hervor, dass Carstairs zwei Fotografien bei sich gehabt haben musste. Die eine aus Liebe, die andere vermutlich wegen eines geschäftlichen Zweckes. Vielleicht wollte er das Bild der Cayman durch irgendwen identifizieren lassen. Tatsächlich, Sie haben Recht: Wir müssen eilig die Fährte der Caymans aufnehmen. Ich verstehe selbst nicht, wie ich das bislang außer Acht lassen konnte.» Das stimmte nicht ganz, da Frankie den Grund sehr genau wusste – sie hatte sich nur deshalb nicht mit den Caymans beschäftigt, weil ihr die Fährte Roger Bassington-ffrenchs wichtiger erschienen war. Doch fand sie es peinlich, das in diesem Augenblick einzugestehen. «Was werden wir in Bezug auf Mrs. Nicholson tun?», fragte sie stattdessen.

«Tun? Was meinen Sie, Lady Frances?»

«Sollen wir ihre Todesangst einfach nicht beachten …? Ich finde, Sie sind sehr hart, Mr. Bassington-ffrench!»

«Hart bin ich nicht», verteidigte Roger sich. «Aber Menschen, die sich nicht zu helfen wissen, ärgern mich.»

«Seien Sie doch gerecht! Was kann sie denn groß machen? Sie hat kein Geld und keine Zufluchtsstätte.»

«Wenn Sie an Moiras Stelle wären, fänden Sie einen Ausweg, Frankie. Sie würden nicht brav dableiben und abwarten, bis man Sie ermordet. Entweder liefen Sie davon und schlügen sich irgendwie durch, oder Sie ermordeten den anderen zuerst. Irgendetwas würden Sie jedenfalls tun», schloss er voller Wärme.

«Möglich», gab sie zu.

«Nein bestimmt! Sie verfügen über eine beneidenswerte Energie. Sie könnten aus einem Mann alles machen, was Sie wollen …»

Frankie fühlte sich geschmeichelt, und gleichzeitig überkam sie eine gewisse Verlegenheit, sodass sie das Thema hastig wechselte.

«Wie steht's?», sagte sie. «Sind Sie immer noch der Meinung, Ihr Bruder sollte in den Birkenhof gehen?»

«Nein», erwiderte Roger. «Schließlich gibt es ja genügend andere Sanatorien, wo er behandelt werden kann. Nicht das Wo ist das wichtige, sondern Henrys Einwilligung.»

«Und die, glauben Sie, sei schwer zu erlangen?»

«Ich fürchte. Sie haben neulich selbst seine Ansicht gehört.»

In diesem Moment trat Mrs. Bassington-ffrench aus dem Haus, schaute umher, und als sie Roger und Frankie erblickte, schritt sie quer über den Rasen auf sie zu. Man sah ihr an, welch kummervolle Stunden hinter ihr lagen.

«Roger», begann sie, «ich habe dich überall gesucht.»

Und als Frankie eine Bewegung machte, um sich zu entfernen, setzte sie hinzu: «Nein, meine Liebe, gehen Sie nicht. Wozu Heimlichkeiten? Ich glaube, Sie wissen ohnehin Bescheid. Sie vermuteten es wohl schon länger, ja?»

Frankie nickte.

«Und ich bin blind gewesen ... blind ... blind», sagte Sylvia bitter. «Gewiss, ich wunderte mich über die Veränderung, die mit Henry vor sich gegangen war, aber die Ursache ahnte ich nicht.» Sie schwieg, um dann mit leicht veränderter Stimme fortzufahren: «Nachdem Dr. Nicholson mir die Wahrheit offenbart hatte, suchte ich sofort Henry auf. Bis eben bin ich bei ihm gewesen.» Wieder eine Pause und ein Aufschluchzen, das tapfer bezwungen wurde. «Roger, es wird alles gut werden. Er hat eingewilligt. Morgen schon wird er sich in Dr. Nicholsons Behandlung begeben.»

«O nein!», riefen Roger und Frankie zur gleichen Zeit.

Sylvia betrachtete sie abwechselnd – in maßlosem Staunen.

«Ich habe mir die Geschichte durch den Kopf gehen lassen», fing Roger unbeholfen an, «und die Übersiedlung in den Birkenhof halte ich nicht für gut.»

«Meinst du, Henry könnte es allein schaffen.?»

«Das nicht. Doch es stehen uns andere Heilanstalten zur Verfügung, die nicht so nahe bei Merroway Court liegen. Mir scheint, dass Henrys Aufenthalt in diesem Bezirk ein Fehler sein würde.»

«Ganz meiner Meinung», unterstützte Frankie ihn.

«Oh, ich könnte es nicht ertragen, ihn weit fortzulassen», sagte Sylvia Bassington-ffrench. «Und Dr. Nicholson ist so gütig und verständnisvoll. Ich werde glücklich sein, wenn Henry sich in seiner Obhut befindet.»

«Ich dachte immer, Nicholson gefiele dir nicht, Sylvia», ließ Roger sich vernehmen.

«Niemand hätte netter und freundlicher sein können, als er es heute Nachmittag war. Mein albernes Vorurteil ihm gegenüber ist verschwunden.»

Es trat ein kurzes Schweigen ein, denn weder Roger noch Frankie wussten, was sie in diesem heiklen Moment sagen sollten. Es war Sylvia, die als erste wieder sprach.

«Der arme Henry! Er brach zusammen, als er merkte, dass ich die Wahrheit kannte, und stimmte mir zu, dass er um meinet- und Tommys willen dieses entsetzliche Laster besiegen müsse. Aber er sagte, ich hätte keine Vorstellung, was das bedeute. Vielleicht hat er Recht», setzte sie schlicht hinzu, «obwohl Dr. Nicholson mir die ganze Tragweite einer Sucht erklärt hat. Es wird eine Art Besessenheit; die Menschen sind nicht mehr für ihre Handlungen verantwortlich zu machen – so stellte er es mir dar. O Roger, es ist so entsetzlich. Doch Nicholson war wirklich rührend. Ich vertraue ihm.»

«Trotzdem halte ich es für besser…»

Sylvia trat dicht vor ihn hin.

«Ich verstehe dich nicht, Roger. Warum diese Sinnesänderung? Noch vor einer halben Stunde warst du Feuer und Flamme für eine Behandlung im Birkenhof.»

«Nun ... ich habe alles noch mal reiflich überlegt ...»

«Mein Entschluss steht jedenfalls fest», unterbrach Sylvia ihn. «Henry wird in den Birkenhof gehen und in kein anderes Sanatorium.»

«Wie du meinst», gab Roger nach. «Ich will Nicholson, der jetzt daheim sein dürfte, anrufen und das Ganze noch einmal mit ihm besprechen.»

Ohne eine Entgegnung abzuwarten, wandte er sich um und ging rasch ins Haus, während die beiden Frauen ihm nachblickten.

«Tatsächlich, ich begreife ihn nicht», sagte Sylvia unmutig. «Vor kurzem noch dieses Drängen, dass der Birkenhof der einzig richtige Ort für Henry sei, und jetzt dieses Sträuben.»

«Nichtsdestoweniger pflichte ich ihm bei», entgegnete Frankie. «Ich habe mal gelesen, dass sich die Kranken einer solchen Kur niemals in unmittelbarer Nähe ihres Heims unterziehen sollten.»

«Und ich finde, dass das Unsinn ist.»

Frankie sah sich in einer Zwickmühle. Sylvias unerwarteter Eigensinn erschwerte die Dinge; sie schien plötzlich ebenso heftig für Nicholson zu sein, wie sie ihn früher abgelehnt hatte. Mit welchen Argumenten konnte man sie bekämpfen ...? Frankie schwankte, ob sie Mrs. Bassington-ffrench die ganze Geschichte erzählen sollte – aber würde Sylvia ihr glauben? Selbst auf Roger hatte die Theorie von Dr. Nicholsons Schuld wenig Eindruck gemacht, und auf Sylvia, die neue Anhängerin des Doktors, würde sie noch weniger Eindruck machen. Sie wäre womöglich sogar imstande, ihn aufzusuchen und ihm das Ganze zu stecken.

Ein Eindecker flog ziemlich niedrig über sie hinweg, die Luft mit seinem lauten Motorengetöse erfüllend. Sylvia und Frankie schauten zu ihm empor, froh über die sich bietende Ablenkung. Sie gab Frankie Zeit, ihre Gedanken zu sammeln, und Sylvia Gelegenheit, ihren plötzlichen Ärger zu überwinden.

Als das Flugzeug jenseits der Bäume verschwand und sein Lärm mit zunehmender Entfernung schwächer wurde, wandte sich Mrs. Bassington-ffrench brüsk Frankie zu: «Warum wollt ihr Henry denn so weit fortschicken?»

Frankie überlegte blitzschnell. «Ich möchte weiter nichts, als dass ihm die beste Behandlung zuteil wird», erwiderte sie. «Und Dr. Nicholson halte ich für einen ziemlichen Quacksalber.»

«Ich nicht, Frankie. Meines Erachtens ist er ein sehr gescheiter, sehr tüchtiger Mann, wie Henry ihn braucht.» Und fast herausfordernd sah Sylvia ihren jungen Gast an.

In welch kurzer Zeit er sie sich gefügig gemacht hat!, dachte Frankie. All ihr früheres Misstrauen ist verflogen ...!

Glücklicherweise kam Roger gerade wieder aus dem Haus und bereitete diesem peinlichen Zwiegespräch ein Ende. Er schien etwas atemlos zu sein.

«Nicholson ist noch nicht daheim», berichtete er. «Ich bat um seinen Rückruf.»

«Ich sehe nicht ein, warum du Dr. Nicholson so dringend sprechen musst», äußerte seine Schwägerin. «Du bist es gewesen, der eine Behandlung im Birkenhof angeregt hat; jetzt ist alles abgemacht, und Henry hat eingewilligt.»

«Darf ich in der Sache nicht auch ein Wörtchen mitreden, Sylvia?», fragte er sanft. «Schließlich ist Henry mein Bruder.»

Aber Sylvia beharrte: «Die Anregung kam von dir.»

«Ja. Aber ich habe seither einiges über Nicholson gehört.»

«Was …? Aber lassen wir das – ich glaube dir nicht.»

Sie biss sich auf die Lippen, wandte sich auf dem Absatz um und ging rasch ins Haus.

«Das ist ja merkwürdig!», murmelte Roger.

«Sehr merkwürdig!»

«Wenn Sylvia sich zu etwas entschlossen hat, kann sie störrisch sein wie ein Maultier.»

«Was tun?», murmelte Frankie ratlos.

Sie nahmen wieder auf der Gartenbank Platz und fingen an zu beratschlagen. Roger stimmte Frankie zu, dass es ein falscher Schachzug sein würde, Sylvia sämtliche Vorfälle zu erzählen.

«Lieber greife ich den Doktor an», entschied er.

«Was wollen Sie ihm sagen?»

«Das weiß ich noch nicht; aber an Andeutungen werde ich es nicht fehlen lassen. Nein, mein Bruder soll nicht in den Birkenhof, auf keinen Fall! Verflucht, dass Sylvia gerade jetzt bockbeinig werden muss!»

«Es zeigt die hypnotische Kraft des Mannes.»

«Ja. Beweis hin, Beweis her – ich beginne zu glauben, dass Sie in Bezug auf Nicholson Recht haben. – Hallo, was ist das …?»

Sie waren beide aufgesprungen.

«Klang das nicht wie ein Schuss?», fragte Frankie beklommen. «Ein Schuss, der irgendwo im Haus abgegeben wurde?»

Seite an Seite rannten sie über den Rasen, liefen durch das französische Fenster ins Wohnzimmer und von dort in die Halle.

Hier stießen sie auf Sylvia, die, weiß wie Schnee, die hohe Rückenlehne eines Sessels umklammert hielt.

«Habt ihr's gehört?», wisperte sie. «Ein Schuss… in Henrys Arbeitszimmer.»

Während Roger die Schwankende stützte, ging Frankie zur Tür und drückte die Klinke runter.

«Abgeschlossen.»

«Das Fenster!», sagte Roger kurz.

Er ließ die halb ohnmächtige Sylvia auf den Sessel gleiten und raste durchs Wohnzimmer wieder ins Freie, Frankie dicht auf seinen Fersen.

Das Fenster von Henrys Arbeitszimmer war geschlossen, aber sie drückten ihr Gesicht dicht an die Scheibe und spähten hinein. Die Sonne, schon im Untergehen begriffen, ließ nicht mehr viel Licht ins Zimmer fallen; doch es genügte, um ein klares Bild zu gewinnen.

Drinnen lag Henry Bassington-ffrench mit dem Oberkörper quer über seinem Schreibtisch. Deutlich war an seiner Schläfe eine Schusswunde sichtbar, deutlich zu sehen auch der Revolver, der unten auf dem Teppich lag.

«Er hat sich erschossen. Wie fürchterlich!», flüsterte Frankie.

«Treten Sie etwas zurück, ich schlage das Fenster ein.»

Roger wickelte eine Hand in seinen Rock und versetzte der Glasscheibe einen wuchtigen Hieb, unter dem sie zersplitterte. Sorgsam brach er die restlichen Stücke heraus, dann stiegen er und Frankie ins Zimmer. In derselben Sekunde kam Sylvia mit Dr. Nicholson die Terrasse entlanggeeilt.

«Der Doktor ist gerade gekommen», rief sie atemlos. «Was ist mit Henry…»

Da sah sie die ausgestreckte Gestalt und stieß einen Schrei aus.

Dr. Nicholson schob Sylvia in die Arme Rogers, der rasch wieder durch das Fenster hinausgeklettert war.

«Führen Sie sie fort», befahl er kurz. «Und kümmern Sie sich um sie. Wenn sie will, geben Sie ihr einen Kognak.»

Nach diesen Worten betrat Nicholson selbst das Arbeitszimmer, wo Frankie, wie gelähmt vor Entsetzen, auf demselben Fleck verharrte.

«Das ist ein tragischer Ausgang», meinte er kopfschüttelnd. «Also hat er sich nicht die Kraft zugetraut, sein Laster zu meistern, der arme Kerl. Schlimm! Schlimm!» Er beugte sich über den Körper und richtete sich sofort wieder auf. «Da vermag keine ärztliche Kunst mehr etwas auszurichten. Der Tod trat unmittelbar nach dem Schuss ein. Aber mal sehen, ob er nicht kurz vorher noch etwas geschrieben hat; das pflegen sie meistens zu tun.»

Frankie raffte all ihren Mut zusammen und trat neben den Arzt. Ein Briefbogen, frisch beschrieben, lag neben Henry Bassington-ffrenchs Ellenbogen, und die hastig hingekritzelten Worte sagten alles:

> Ich fühle, dass dies die beste Lösung ist. Jene verhängnisvolle Gewohnheit ist zu stark geworden, als dass ich mich je von ihr befreien könnte. Es geschieht zu Sylvias und Tommys Bestem. Gott segne euch, meine Lieben. Und verzeiht mir…

Frankie fühlte ein Würgen in der Kehle.

«Wir dürfen nichts anrühren», klang Dr. Nicholsons Stimme an ihr Ohr, «wir müssen sofort die Polizei benachrichtigen.»

Seiner Geste gehorchend, ging Frankie zur Tür. Doch plötzlich hielt sie inne.

«Der Schlüssel steckt nicht im Schloss», sagte sie.

«Nein? Vielleicht steckt er in seiner Tasche.»

Er kniete nieder, fing behutsam an zu suchen und zog

aus der rechten Rocktasche des Toten einen Schlüssel, mit dem er zur Tür schritt.

Der Schlüssel passte.

Und während Dr. Nicholson schnurstracks zum Telefon ging, fühlte Frankie, wie ihre Knie zu zittern begannen …

23

Eine Stunde später rief sie Bobby Jones an.

«Ist Hawkins dort …? Hallo, Bobby, hast du schon gehört, was geschehen ist? Ja? Rasch, wir müssen uns irgendwo treffen. Morgen in aller Frühe wird's am besten gehen. Sagen wir um acht Uhr. An der gleichen Stelle wie heute Nachmittag.»

Sie legte den Hörer nieder, nachdem Bobby, mit Rücksicht auf etwaige neugierige Ohren, zum dritten Mal ehrerbietig «Jawohl, M'lady», gesagt hatte.

Am nächsten Morgen fand sich der Pfarrerssohn zuerst in dem kleinen Pavillon ein, aber auch Frankie ließ nicht lange auf sich warten. Sie sah bleich und übernächtigt aus.

«Ist es nicht grauenhaft, Bobby? Ich habe die ganze Nacht nicht schlafen können.»

«Erzähl die näheren Einzelheiten», bat Bobby. «Ich weiß lediglich, dass Mr. Henry Bassington-ffrench Selbstmord begangen hat. Stimmt das?»

«Ja. Sylvia hatte ihn überredet, eine Entziehungskur zu machen. Hinterher scheint er es jedoch mit der Angst bekommen zu haben. Er schloss sich in sein Arbeitszimmer ein, schrieb ein paar Abschiedsworte und erschoss sich. Bobby, es ist entsetzlich!»

«Ich kann's dir nachfühlen», sagte Bobby leise. Dann schwiegen sie ein Weilchen.

«Natürlich muss ich Merroway Court heute verlassen», sagte Frankie schließlich.

«Ja, das geht wohl nicht anders. Wie trägt sie es? Mrs. Bassington-ffrench, meine ich.»

«Sie wurde ohnmächtig. Seither habe ich sie nicht mehr gesehen., Sie tut mir unbeschreiblich Leid ... Ich denke, du solltest mit dem Bentley gegen elf vorfahren.»

Bobby antwortete nicht, gab auch durch kein Zeichen zu verstehen, dass er begriffen hatte, so dass Frankie ungeduldig wurde.

«Was fehlt dir? Du siehst aus, als ob du Meilen fort wärst.»

«Verzeih. Aber um die Wahrheit zu gestehen ...»

«Na?»

«Ich überlegte, ob wohl alles mit rechten Dingen zugegangen ist.»

«Mit rechten Dingen?»

«Ja. Ob es wirklich ein Selbstmord war.»

«Oh!» Frankie runzelte die Stirn und überlegte. «Ja», entschied sie endlich. «Es war einwandfrei Selbstmord.»

«Bist du sicher? Erinnere dich an Moiras gestrige Erzählung, nach der für Nicholson zwei Personen zu viel auf dieser Welt leben. Nun, eine davon hat das Feld geräumt!», schloss er mit eigenartiger Betonung.

Frankie versank von neuem in Grübeln, doch abermals schüttelte sie den Kopf.

«Es muss Selbstmord gewesen sein, Bobby. Als der Schuss fiel, saß ich mit Roger im Garten. Wir liefen sofort ins Haus. Die Tür von Henrys Zimmer war von innen abgeschlossen. Wir machten deshalb kehrt und versuchten unser Heil beim Fenster. Und erst als Roger die Fensterscheibe zertrümmert hatte, erschien Dr. Nicholson auf der Bildfläche.»

«Hm... Findest du nicht, dass Nicholson ziemlich plötzlich am Schauplatz des Ereignisses auftauchte?»

«Er hatte seinen Stock vergessen und wollte ihn holen.»

«Frankie!» Bobby Jones lief in dem kleinen Pavillon auf und ab. «Wenn nun aber in Wirklichkeit der Doktor Bassington-ffrench erschossen hätte?»

«Nachdem er ihm vorher einen Abschiedsbrief zu schreiben befahl?», spottete Frankie.

«Ich glaube, der ließe sich leicht fälschen, da man jede Abweichung von der sonst üblichen Handschrift auf die Erregung des Schreibers schieben würde.»

«Ja, das ist wahr. Weiter, Bobby.»

«Nicholson erschießt Bassington-ffrench, legt den Abschiedsbrief auf den Schreibtisch und schlüpft hinaus, wobei er die Tür hinter sich abschließt. Alsdann taucht er etliche Minuten später auf und tut so, als sei er gerade erst eingetroffen.»

«Nicht schlecht. Aber» – Frankie wiegte bedauernd den Kopf – «es hapert. Erstens steckte der Schlüssel in Henrys Tasche.»

«Wer hat ihn dort gefunden?»

«Nicholson.»

«Da haben wir's!», triumphierte Bobby. «Er brauchte ja nur so zu tun, als habe er ihn dort gefunden.»

«Du vergisst, dass ich ihn beobachtete. Ich bin sicher, dass der Schlüssel in der Tasche gesteckt hat.»

«So sagt man immer, wenn man einen Zauberkünstler beobachtet. Du siehst, wie das Karnickel in den Hut gesetzt wird...! Wenn Nicholson ein erstklassiger Verbrecher ist, streut er dir mit einer kleinen Handbewegung Sand in die Augen, liebes Kind.»

«Mag sein. Doch auch aus anderen Gründen ist die Sache unmöglich. Sylvia befand sich zur Zeit des Schusses im Haus und lief, sobald sie ihn gehört hatte, in die Halle. Wenn Nicholson, wie du vorhin sagtest, durch die Tür des Arbeitszimmers entschlüpft wäre, hätte sie ihn unbedingt sehen müssen. Sie sah ihn aber erst, wie er – während Roger und ich um das Haus herumrannten – die Auffahrt entlang auf die Haustür zuschritt. Nein, Bobby, es kostet mich Überwindung, aber: Der Mann hat ein Alibi.»

«Leuten, die ein Alibi haben, misstraue ich grundsätzlich», entgegnete Bobby, als ob er über die Erfahrung eines Inspektors von Scotland Yard verfügte.

«Ich auch. Dieses jedoch können wir nicht beiseite schieben.»

«Nein. Sylvia Bassington-ffrenchs Wort muss uns genügen», bestätigte Bobby Jones mit einem Seufzer. «Also regelrechter Selbstmord. Armer Teufel ...! Von welcher Seite rücken wir unserem Problem nun zu Leibe, Frankie?»

«Die Caymans», entgegnete Lady Frances lakonisch. «Hast du die Adresse behalten, von der aus er dir damals schrieb?»

«Ja. St. Leonhard's Gardens Nr. 17, Paddington. Es ist dieselbe, die das Ehepaar bei der Leichenschau nannte. Gib dich hinsichtlich dieser Adresse nur nicht trügerischen Hoffnungen hin, Frankie. Die Vögel sind sicherlich längst ausgeflogen. Leo und Amelia Cayman kamen ja nicht erst gestern auf die Welt!»

«Wenn das Nest auch leer ist – möglicherweise lehrt es mich doch noch etwas über seine einstigen Insassen.»

«Dich?»

«Jawohl, mein guter Bobby. Ich halte es für sinnvoller, wenn du dich dabei etwas bescheiden im Hintergrund herumdrückst. Dich kennt das saubere Pärchen, mich nicht.»

«Und wie willst du seine Bekanntschaft machen?»

«In politischer Mission», verkündete Lord Marchingtons Tochter. «Stimmenwerbung für die Konservative Partei. Ich werde mit Flugblättern antreten.»

«Guter Einfall. Aber du wirst ein leeres Nest vorfinden. Doch etwas anderes: Was geschieht mit Moira?»

«Gerechter Himmel!», rief Frankie. «Über all dem Neuen hatte ich sie ganz vergessen.»

«Das habe ich gemerkt», sagte Bobby, und aufmerksamen Ohren wäre die Missbilligung in seiner Stimme nicht entgangen. Er sah Moiras eigenartig schönes, fesselndes Antlitz vor sich. Tragik umwitterte es. Schon damals, als ihm aus Alan Carstairs' Tasche ihr Bild in die Hand fiel, hatte er diese Tragik empfunden. «Ich habe das Gefühl, Frankie, dass Moiras Leben an einem seidenen Faden hängt», fuhr er düster fort, «und dass jede Verzögerung verhängnisvoll sein kann. Wir müssen sie überreden, den Birkenhof zu verlassen – heute noch.»

«Ja, sie soll auf unser Schloss in Wales gehen. Dort ist sie allen Gefahren entrückt», stimmte Frankie zu.

«Wenn du das fertig brächtest!»

«Was heißt fertig bringen? Die Sache ist doch höchst einfach. Vater kümmert sich nicht viel um meine Gäste. Überdies wird ihm Moira gefallen, wie sie beinahe jedem Mann gefallen würde – sie ist so weiblich. Ich staune immer wieder, wie sehr Männer hilflose Frauen mögen.»

«Ich finde Moira gar nicht so besonders hilflos.»

«Nein? Bobby, du bist dumm. Sie gleicht einem kleinen Vogel, der sich auf seinem Zweig zusammenkauert und darauf wartet, von der Schlange verspeist zu werden.»

«Was kann sie denn tun?»

«Hunderterlei!», behauptete Frankie.

«Ohne Geld, ohne Freunde, ohne ...»

«Lass diese Salbaderei. Es klingt, als ob du sie einem Jungfrauen-Verein empfehlen wolltest!»

«Verzeih», sagte Bobby.

«Ich denke, wir nehmen die Sache recht bald in Angriff», begann Frankie nach einer Pause, ihren Ärger bezähmend.

«.Ja. Je schneller, desto besser. Wirklich, Frankie, es ist ungeheuer anständig von dir...»

«Fasle nicht. Ich habe gar nichts dagegen, der Frau zu helfen, solange du nicht tust. als habe sie weder Hände noch Füße, weder Zunge noch Hirn. Komm lieber schon um halb elf mit dem Wagen. Dann fahre ich zum Birkenhof, frage nach Moira. und wenn ich sie in Nicholsons Gegenwart sehe, erinnere ich sie an ihr Versprechen, mich zu besuchen, und nehme sie mit.»

«Ausgezeichnet, Frankie. Bin heilfroh, dass wir keine Zeit vergeuden. Mir graut vor einem neuerlichen Unglücksfall.»

«Also abgemacht; halb elf», sagte Frankie.

Als sie nach Merroway Court zurückkehrte, wurde dort gerade das Frühstück aufgetragen, und Roger schenkte sich eine Tasse Kaffee ein.

«Guten Morgen», begrüßte sie ihn. «Ich habe sehr schlecht geschlafen und stand schließlich um sieben Uhr auf, um einen Spaziergang zu machen. Wie geht es Sylvia?»

«Sie hat gestern Abend ein Schlafmittel bekommen und ist, glaube ich, noch nicht aufgewacht. Ein bitter harter Schlag für sie, denn sie betete Henry an.»

«Ich weiß. Übrigens werde ich heute Vormittag abfahren», erklärte Frankie und setzte Roger kurz ihre Pläne auseinander.

«Es tut mir Leid, dass Sie uns verlassen», versicherte er. «Sehr Leid. Sie nehmen eine traurige Erinnerung an Merroway Court mit. Die amtliche Leichenschau ist für Freitag festgesetzt. Ich werde Sie benachrichtigen, wenn man Ihre Anwesenheit verlangt. Es hängt vom Coroner ab.»

Er trank seinen Kaffee aus, aß einen kleinen Toast und ging dann hinaus, um den vielen Verpflichtungen, die in diesen Tagen auf ihn zukamen, gerecht zu werden. Frankie fühlte Mitleid mit ihm. Sie konnte nur zu gut ermessen, welches Geschwätz dieser Selbstmord nach sich ziehen würde.

Gleich darauf kam Tommy herein, und sie bemühte sich, den Kleinen zu zerstreuen.

Pünktlich um halb elf fuhr Bobby mit dem Bentley vor. Frankies Gepäck wurde hinuntergetragen. Sie verabschiedete sich von Tommy, ließ ein paar Zeilen für Sylvia zurück und nahm neben Bobby Platz.

Die Strecke bis zum Birkenhof bewältigte der große Wagen im Nu.

«Kein Wunder, dass Moira hier das Fürchten gelernt hat», bemerkte Frankie, als sie die hohe Mauer und das Eisentor sah.

Es dauerte einige Minuten, bis das Klingeln an der Haustür Erfolg hatte. Schließlich erschien eine Frau im Pflegerinnenkittel.

«Ich möchte zu Mrs. Nicholson.»

Die Frau zögerte, öffnete die Tür dann etwas weiter und ließ Frankie eintreten. Die Tür schloss sich hinter ihr. Es gab einen unangenehmen widerhallenden Laut, als sie einschnappte, und Frankie merkte, dass sie durch schwere Riegel gesichert war.

Nun bin ich eine Gefangene, sagte sie sich, von plötzlicher Angst ergriffen. Doch gleich darauf appellierte sie an ihre Vernunft. Unsinn! Bobby sitzt ja draußen im Wagen. Außerdem komme ich am helllichten Tag hierher. Mir kann nichts zustoßen.

Und mutig folgte sie der Pflegerin in den ersten Stock. Das kleine Wohnzimmer, in das sie geführt wurde und das geschmackvoll mit fröhlichem Chintz und Blumen in allen Vasen ausgestattet war, verscheuchte die letzte Furcht.

Fünf Minuten verstrichen. Dann öffnete sich die Tür – und Dr. Nicholson trat über die Schwelle.

Ganz gelang es Frankie nicht, das nervöse Zusammenzucken zu verbergen. Aber sie maskierte es nach Möglichkeit durch ein bewillkommnendes Lächeln und reichte dem Doktor die Hand.

«Guten Morgen, Lady Frances. Sie bringen mir doch hoffentlich keine schlechten Nachrichten über Mrs. Bassington-ffrench?»

«Sie schlief noch, als ich Merroway Court verließ. Ich möchte übrigens Ihre kostbare Zeit nicht in Anspruch nehmen, Dr. Nicholson. Mein Besuch gilt Ihrer Gattin.»

«Moira? Das ist sehr nett von Ihnen.»

Bildete sie es sich ein, oder stahl sich ein harter Ausdruck in die grauen Augen hinter den dicken Gläsern?

«Wenn sie noch nicht auf ist, werde ich geduldig warten», lächelte Frankie.

«Oh, sie ist längst auf.»

«Ja? Ich wollte sie nämlich überreden, mich zu begleiten. Sie hatte mir ihren Besuch versprochen.»

«Und würde ihr Versprechen sicher gern gehalten haben.»

«Würde?», wiederholte Frankie scharf.

Dr. Nicholson lächelte.

«Leider ist meine Frau heute Morgen fortgefahren.»

«Wohin?»

«Nach London vermutlich. Sie wissen ja am besten, wie Frauen sind, Lady Frances; sie brauchen Abwechslung. Schöne Geschäfte, Theater, Konzert. Für eine junge Frau wie Moira ist dieses Haus ein etwas trübseliger Aufenthaltsort, und hin und wieder sehnt sie sich nach ein bisschen Anregung.»

Frankie glaubte, noch nie in ihrem Leben ein derart unangenehmes Lächeln gesehen zu haben.

«Ich fahre auch nach London», sagte sie leichthin. «Würden Sie mir vielleicht Moiras Adresse geben?»

«Gewöhnlich steigt sie im Savoy ab. Aber vermutlich höre ich in ein oder zwei Tagen von ihr, obgleich das Schreiben nicht ihre stärkste Seite ist. Ich trete für absolute Freiheit zwischen Ehegatten ein, Lady Frances. Dessen ungeachtet werden Sie sie wahrscheinlich im Savoy antreffen.»

Er öffnete ihr die Tür und begleitete sie nach unten. Bei der schweren Haustür stand schon die Pflegerin bereit, um sie hinauszulassen. Das letzte, was Frankie hörte, war Dr. Nicholsons Stimme, sanft, verbindlich und – vielleicht – ein wenig ironisch.

«Überaus liebenswürdig von Ihnen, meine Frau einzuladen, Lady Frances.»

24

Es kostete Bobby Mühe, der korrekte, gleichmütige Chauffeur zu bleiben, als Frankie allein aus dem Haus trat.

«Zurück nach Staverley, Hawkins», befahl sie, laut genug, um von der Pflegerin gehört zu werden.

Der Wagen jagte die Auffahrt hinunter und durch das finstere Tor. Doch sobald die leere Landstraße vor ihnen lag, drosselte Bobby das Tempo.

«Nun?», forschte er. Und Frankie, ziemlich blass, erwiderte:

«Bobby, das gefällt mir nicht. Sie ist fort. Nach London, behauptet Nicholson.»

«Ohne ein Wort für uns …? Frankie, der Mann lügt! Oh, wir Dummköpfe, wir hätten sie gestern nicht zum Birkenhof zurückgehen lassen sollen!»

«Du glaubst doch nicht, dass sie tot ist?», fragte Frankie verzagt.

«Nein. Sie muss noch leben – wegen des schwierigen Beiseiteschaffens der Leiche und so weiter. Ihr Tod wird später, auf anscheinend natürliche Weise, erfolgen.»

«Und wie wollen wir sie retten?»

Bobby starrte nachdenklich über die herbstlichen Felder.

«Ich denke, dass du hier nichts tun kannst», sagte er endlich. «Du fährst am besten nach London und versuchst, wie du es vorhattest, die Caymans aufzuspüren.»

«O Bobby!»

«Es hilft nichts, liebes Kind. In Merroway Court kannst du nicht mehr bleiben; eine Übersiedlung ins Wirtshaus scheidet aus, denn du würdest dadurch sämtliche Zungen von Staverley und Umgebung in Bewegung setzen. Nein, du musst in die Stadt zurück, und ich werde bleiben.»

«Im Gasthof?»

«Nein, Frankie; dein Chauffeur verschwindet jetzt. Mein Hauptquartier werde ich nach Ambledever, zehn Kilometer von hier, verlegen, und wenn Moira noch in diesem scheußlichen Haus steckt, werde ich sie finden.»

Schweren Herzens willigte Frankie ein. Was Bobby sagte, war richtig: Sie selbst würde durch ein längeres Verweilen eher Schaden anrichten als nützen.

Zum letzten Mal erfüllte Bobby als Edward Hawkins seine Pflichten. Er fuhr Frankie in die Stadt, und als Frankie allein das väterliche Haus in der Brook Street betrat, kam sie sich irgendwie verloren vor.

Sie gehörte jedoch nicht zu jenen Menschen, die Gras unter ihren Füßen wachsen lassen. Nachmittags um drei konnte man eine modern, aber streng gekleidete junge Frau mit einem Kneifer auf der Nase und ernster Miene sich St. Leonhards Gardens nähern sehen, einen Stoß Flugblätter und Papiere in der Hand.

Die Häuser dort befanden sich ausnahmslos in einem ziemlich verfallenen Zustand; die besseren Tage, die sie einmal gesehen haben mochten, lagen fraglos schon weit zurück.

Frankie, die, zu den Nummern emporblickend, die Häuserzeile entlangschritt, machte plötzlich halt. Nummer 17 trug ein Schild, das ankündigte, dass das Haus zu verkaufen oder unmöbliert zu vermieten sei.

Sofort legte Lady Frances Derwent den Kneifer und die ernste Miene ab. Parteipolitische Betätigung war überflüssig geworden.

Sie notierte sich die Adresse von zwei der angegebenen Häusermakler, und nachdem sie einen neuen Schlachtplan entworfen hatte, begann sie dementsprechend zu handeln.

Messrs. Gordon & Porter, Praed Street, hießen die Makler, die sie zuerst mit ihrem Besuch beehrte.

«Guten Tag», sagte Frankie. «Sind Sie vielleicht in der Lage, mir die Adresse von Mr. Cayman zu geben? Er wohnte bis vor kurzem St. Leonhard's Gardens Nummer 17.»

«Ganz recht», erwiderte der junge Mann. «Allerdings wohnte er dort nicht lange. Mr. Cayman mietete das Haus für ein Vierteljahr, da er wegen einer Stellung im Ausland verhandelte. Mir scheint, die Sache ist auch perfekt geworden.»

«Dann ist Ihnen seine Adresse nicht bekannt?»

«Bedaure.»

«Aber er muss doch eine Adresse angegeben haben, ehe er das Haus bezog.»

«Ein Hotel. Soweit ich mich erinnere, ein Hotel nahe dem Paddington-Bahnhof.»

«Referenzen?»

«Nein. Er zahlte die Miete für ein Vierteljahr im Voraus und hinterlegte einen Betrag für Strom und Gas.»

«Oh!», sagte Frankie, und es klang recht verzweifelt.

Der junge Mann betrachtete sie mit neugierigem Staunen. Häusermakler besitzen eine gewisse Übung darin, den sozialen Stand ihrer Kunden zu erraten, und offenbar fand er Frankies Interesse für die Caymans sehr sonderbar.

«Cayman schuldet mir eine beträchtliche Menge Geld», schwindelte Frankie.

Sofort nahm das Gesicht des Jünglings einen entsetzten Ausdruck an. Hilflose Schönheit erregte sein Mitgefühl, und daher stöberte er Bündel von Korrespondenzen durch und gab sich alle erdenkliche Mühe. Doch kein Hinweis auf Mr. Caymans gegenwärtigen oder früheren Aufenthalt wurde gefunden.

Frankie versicherte ihn ihres wärmsten Dankes und ging wieder. Sie nahm ein Taxi und fuhr zu der nächsten Maklerfirma, bei der sie ein anderes Verfahren anwandte. Sie gab an, das Haus besichtigen zu wollen. Diesmal bannte sie den Ausdruck der Überraschung, den sie auch hier auf dem Gesicht des Geschäftsführers gewahrte, indem sie ihm auseinander setzte, dass sie ein billiges Grundstück für eine wohltätige Stiftung suche. Die Überraschung machte Verständnis Platz, und Frankie erhielt den Schlüssel von Nummer 17 St. Leonhard's Gardens und überdies die Schlüssel von zwei weiteren wohlfeilen Häusern ausgehändigt, die sie keineswegs zu besichtigen gedachte.

Ein Glück, dass man mir nicht einen Begleiter aufgedrängt hat! dachte Frankie, aber vielleicht ist das nur bei möblierten Häusern üblich.

Als sie die Haustür von Nummer 17 aufschloss, stieg ihr gleich der muffige, schale Geruch eines ungelüfteten Gebäudes in die Nase.

Was sich ihrem Blick dann bot, war hässlich und billig. Schlechte Tapeten und blasiger, schmutziger Ölfarbenanstrich. Frankie durchsuchte das Haus systematisch vom Boden bis zum Keller. Die Caymans hatten es vor ihrer Abreise nicht gesäubert. Alte Zeitungen lagen herum, krumme Nägel, Hammer und Zange. Doch auf persönliches Hab und Gut stieß Frankie nicht.

Eigentlich selbstverständlich! tröstete sie sich. Wenn Mr. und Mrs. Cayman sich gegen das Gesetz vergangen hatten, würden sie sich hüten, etwas zurückzulassen, das auf ihre Spur führen könnte.

Trotzdem war Frankie irgendwie enttäuscht, als sie die Schlüssel dem Makler zurückbrachte und unwahre Versicherungen äußerte, dass er in den nächsten Tagen von ihr hören würde.

Niedergeschlagen wanderte sie durch die Straßen und überlegte, was sie jetzt noch anfangen könnte. Dieses fruchtlose Grübeln wurde durch einen heftigen Platzregen unterbrochen. Weit und breit war kein Taxi in Sicht, und da Frankie einen ihrer Lieblingshüte trug, den sie vor Vernichtung bewahren wollte, eilte sie in die nahe U-Bahn, löste eine Fahrkarte bis Piccadilly Circus und kaufte am Bücherstand ein paar Zeitungen.

Entschlossen riss sie sich von dem quälenden Problem der Ermordung Alan Carstairs' los und schlug die Zeitung auf. Und während der Zug durch die Unterwelt brauste. überflog sie das Blatt.

Wettervorhersagen. Ein Autounfall. Geheimnisvolles

Verschwinden einer Schülerin. Lady Petterhamptons Gartenfest. Sir John Milkingtons Genesung nach seinem Jachtunglück ... die «Astradora» ... die berühmte Jacht, die vordem Mr. John Savage, dem Millionär, gehört hatte. War sie ein Schiff, das Unheil brachte? Ihr Erbauer hatte einen frühzeitigen, tragischen Tod gefunden – ihr erster Besitzer Mr. Savage, endete durch Selbstmord – Sir John Milkington war wie durch ein Wunder dem Tod entgangen ... Frankie ließ die Zeitung sinken.

Zweimal hatte sie den Namen John Savage letzthin erwähnen hören. Einmal von Sylvia Bassington-ffrench, als diese über Alan Carstairs sprach, und einmal von Bobby, als dieser seine Unterhaltung mit Mrs. Rivington wiederholte.

Alan Carstairs war ein Freund von John Savage gewesen. In Mrs. Rivingtons schönem, dummem Puppenkopf haftete eine vage Erinnerung, dass Carstairs' Anwesenheit in England mit dem Tod des Millionärs zu tun gehabt habe. Und warum verübte John Savage Selbstmord? Weil er glaubte, er habe Krebs.

Angenommen ... angenommen, Alan Carstairs hätte die Erklärung für den Tod seines Freundes nicht befriedigt? Angenommen, dass hier, in den Umständen von Savages Tod, der Stoff für den ersten Akt des Dramas, in dem sie und Bobby mitwirkten, zu suchen war?

Es wäre möglich, dachte Frankie. Ja, es wäre durchaus möglich.

Wie konnte man dieser neuen Entwicklung am besten gerecht werden? Wer John Savages Freunde oder Vertraute gewesen waren, wusste sie nicht.

Dann blitzte ein Gedanke auf – sein Testament! Wenn der Art, wie er aus dem Leben schied, etwas Verdächtiges anhaftete, würde das Testament möglicherweise einen Fingerzeig liefern.

Irgendwo in London – das wusste Frankie – gab es eine Institution, bei der man nach Entrichtung einer geringen Summe Einsicht in letztwillige Verfügungen nehmen konnte. Doch sie erinnerte sich nicht mehr. wo das war. Der Zug hielt, und Frankie merkte, dass sie sich schon beim Britischen Museum befand. Also, nichts wie raus!

Als sie wieder die Straße betrat, fiel ihr ein, dass ein Weg von fünf Minuten sie zum Büro von Messrs. Jenkinson & Spragge bringen würde. Frankie sah sich mit der einer Tochter von Stand geziemenden Ehrerbietung empfangen und gelangte sofort in das Allerheiligste des Seniorchefs, das nicht allen Sterblichen offen stand.

Mr. Spragge war außerordentlich liebenswürdig. Er hatte eine weiche, überzeugende Stimme, die seine aristokratischen Klienten ungemein beruhigend fanden, wenn sie zu ihm kamen, um aus einer Klemme befreit zu werden. Über Mr. Spragge ging das Gerücht, dass er mehr leumundschädigende Geheimnisse über adlige Familien kenne als irgendein anderer Mann in London.

«Dass mir der heutige Tag ein solches Vergnügen beschert, hätte ich nicht zu hoffen gewagt, Lady Frances», sagte Mr. Spragge. «Bitte, nehmen Sie doch Platz. Ist der Sessel auch bequem? Wirklich? Herrliches Wetter, nicht wahr? Ein richtiger St.-Martins-Sommer! Und wie befindet sich Lord Marchington? Munter und wohlauf, vermute ich.»

Frankie beantwortete diese und andere Fragen auf geziemende Weise. Dann nahm Mr. Spragge den Kneifer von der Nase und verwandelte sich in den juristischen Berater.

«Und nun, Lady Frances – was führt Sie zu mir?»

Erpressung?, fragten seine Augen. Indiskrete Briefe? Eine Liebschaft mit einem unstandesgemäßen jungen Herrn? Ungelegene Rechnungen Ihres Schneiders? Aber die Augen fragten dies in einer sehr verschwiegenen Art, wie es sich für einen Anwalt von Mr. Spragges Erfahrung gebührte.

«Ich möchte ein Testament einsehen», erklärte Lady Frances, «und ich weiß nicht, wo ich deswegen hingehen muss.»

«Somerset House. Aber um wessen Testament handelt es sich? Vermutlich bin ich imstande, Ihnen alles, was Sie über die verschiedenen Testamente in Ihrer Familie wissen wollen, zu sagen. Unsere Firma hatte die Ehre, schon viele, viele Jahre die entsprechenden letztwilligen Verfügungen aufzusetzen.»

«Es handelt sich um kein Familientestament.»

«Nein …?» Und so groß war Mr. Spragges Kunst, seinen Klienten Mitteilungen zu entlocken, dass Frankie, entgegen ihrer Absicht, ihm Näheres erzählte.

«Ich möchte das Testament von Mr. Savage sehen – John Savage.»

«Tatsächlich?» Mr. Spragges Erstaunen war echt. Und nicht nur echt, sondern ungewöhnlich. «Tatsächlich?», fragte er abermals. «Verehrte Lady Frances, können Sie mir nicht die Gründe hierfür angeben?»

«Nein», entgegnete Frankie langsam. «Das kann ich leider nicht.»

«Verzeihen Sie, Lady Frances – aber ich möchte Sie warnen.»

«Warnen?»

«Ja. Noch sind die Anzeichen vage, sehr vage; doch deuten sie unbestreitbar darauf hin, dass etwas nicht stimmt. Und ich möchte um nichts in der Welt Sie in eine fragwürdige Angelegenheit verstrickt sehen.»

Nun, was Letzteres betraf, so hätte ihm Frankie berichten können, dass sie bereits bis zum Hals in eine Angelegenheit verstrickt war, die er entschieden missbilligt haben würde. Doch sie begnügte sich, Mr. Spragge fragend anzustarren.

«Ich muss Ihren heutigen Besuch als ein merkwürdiges Zusammentreffen bezeichnen», fuhr der Anwalt fort, der seine sonstige allwissende Gelassenheit eingebüßt hatte. «Wie gesagt, noch sehe ich nicht klar. Aber» – seine Brust schwoll an vor Entrüstung – «irgendein Schwindler hat sich als Mr. Spragge ausgegeben und als solcher einen Besuch abgestattet. Vielleicht auch mehrere. Was sagen Sie dazu, Lady Frances?»

Doch Lady Frances, von einem panischen Schrecken ergriffen, vermochte überhaupt nichts zu sagen.

25

Endlich stammelte sie: «Wie haben Sie es herausbekommen?»

Es war durchaus nicht das, was sie zu sagen beabsichtigt hatte. Nein, eine Sekunde später hätte sie sich wegen ihrer Dummheit am liebsten die Zunge abgebissen. Aber die Worte waren gesprochen, und Mr. Spragge hätte kein Rechtsanwalt sein müssen, um nicht zu bemerken, dass sie ein Eingeständnis enthielten.

«Ah... Sie wissen also von der Sache, Lady Frances?»

«Ja.» Sie holte tief Atem und bekannte dann ehrlich: «Ich habe sie sogar eingefädelt, Mr. Spragge.»

«Lady Frances, wie ist das möglich...!» In seiner Stimme klang der Streit wider, den der beleidigte Jurist gegen den väterlichen Familienanwalt führte.

«Es war ein Scherz», erklärte Frankie matt. «Wir... wir wollten irgendetwas aushecken.»

«Und wer hat sich dazu hergegeben, mich zu verkörpern?»

Frankie sah den Frager an, und ihr Kopf arbeitete wieder klar.

«Der junge Herzog von ...», begann sie und brach sofort wieder ab.

«Nein – ich darf keine Namen nennen. Es wäre unfair.»

Aber sie merkte, dass der Wind sich zu ihren Gunsten gedreht hatte. Ob Mr. Spragge eine solche Dreistigkeit dem Sohn eines Pfarrers verziehen haben würde, konnte man immerhin bezweifeln; aber seine Schwäche für den alten Adel ließ ihm die Frechheit eines Herzogs in milderem Licht erscheinen.

«Oh, ihr übermütiges Volk!», murmelte er, mit dem Zeigefinger drohend. «Unbesonnenes junges Volk! In was für Gefahren begebt ihr euch ...! Sie würden über die juristischen Verwicklungen, die aus einem anscheinend harmlosen Ulk entstehen können, staunen, Lady Frances. Nichts als ein Ulk – ja! Aber vor Gericht ist er bisweilen furchtbar schwierig beizulegen.»

«Mr. Spragge. Sie sind ein wunderbarer Mensch!», sagte Frankie bewundernd. «Keiner unter Tausenden hätte es so aufgenommen wie Sie. Ich bin ganz beschämt.»

«Nein, nein, Lady Frances», wehrte Mr. Spragge väterlich ab.

«Doch. Vermutlich kam unser schändlicher Streich durch die Rivington ans Tageslicht, wie? Was hat sie Ihnen denn erzählt?»

«Ich glaube, der Brief ist noch hier. Vor einer halben Stunde erst hab ich ihn geöffnet.»

Frankie streckte die Hand aus, und Mr. Spragge legte den Brief mit der Miene eines Mannes hinein, der vorwurfsvoll sagt: Da – sieh selber, zu welcher Torheit du dich hast verleiten lassen!

Sehr geehrter Mr. Spragge!
Es ist wirklich zu dumm von mir, aber ich habe mich gerade erst wieder an etwas erinnert, das Ihnen an dem Tag, als Sie mich besuchten, möglicherweise hätte helfen können. Alan Carstairs erwähnte, dass er nach einem Gut oder Landhaus Chipping Somerton wollte. Es sollte mich freuen. wenn Ihnen mit dieser Auskunft noch nachträglich gedient wäre.
Ich benutze diese Gelegenheit, um Ihnen nochmals zu sagen, wie sehr mich das interessiert hat, was Sie mir über den Maltravers-Fall erzählten.
Mit freundlichen Grüßen
Edith Rivington

«Begreifen Sie nun, dass ich eine äußerst fragwürdige Sache witterte?», fragte Mr. Spragge streng – mit einer durch Wohlwollen gemäßigten Strenge. «Ob es den Maltravers-Fall betrifft oder meinen Klienten Mr. Carstairs ...»

«Wie? Mr. Carstairs war Ihr Klient?», fiel Frankie erstaunt ein.

«Gewiss. Er konsultierte mich, als er vor einem Monat in England war. Kennen Sie ihn, Lady Frances?»

«Ich denke, das darf ich ruhigen Gewissens bejahen!»

«Eine sehr fesselnde Persönlichkeit. Er brachte eine Atmosphäre von endlosen Weiten in mein Büro.»

«Nicht wahr, er hat Sie wegen Mr. Savages Testament um Rat gefragt?»

«Oh, dann sind Sie es also gewesen, die ihn zu mir schickte. Lady Frances?», rief der Anwalt erfreut. «Es tat mir Leid, dass ich nicht mehr für ihn tun konnte.»

«Was rieten Sie ihm denn...? Oder sind Sie zur Verschwiegenheit verpflichtet?»

«In diesem Fall nicht», lächelte Mr. Spragge. «Meine Meinung war, dass man da nichts machen könne. Nichts! Sofern nicht Mr. Savages Verwandte bereit wären, eine erkleckliche Summe für die Durchfechtung des Prozesses auszuwerfen, was sie vermutlich weder wollten noch konnten. Ich rate nur dann zur Einleitung einer Klage, wenn der Erfolg sozusagen verbürgt ist. Das Gesetz, Lady Frances, ist ein unsicheres Tier. Es hat Tücken, die den Laien überraschen. ‹Einigt euch außerhalb des Gerichtssaals› – so hat von jeher mein Wahlspruch gelautet.»

«Das Ganze war damals höchst eigenartig», meinte Frankie nachdenklich.

Sie hatte das Gefühl, als ginge sie barfuß über einen mit feinen Nägeln bedeckten Boden. Jeden Augenblick konnte sie auf einen treten – und dann war das Spiel aus.

«Solche Fälle kommen viel häufiger vor, als man denkt», erwiderte der Anwalt.

«Fälle von Selbstmord?»

«Nein, nein. Ich meinte Fälle von ungebührlicher Einflussnahme. Mr. Savage war ein kluger Geschäftsmann, aber Wachs in den Händen dieser Frau.»

«Seien Sie nett, und erzählen Sie mir die Geschichte mal von Anfang an», bettelte Frankie. «Mr. Carstairs geriet darüber immer so in Hitze, dass ich nie ein klares Bild gewinnen konnte.»

«Die Dinge liegen sehr einfach, und da sie eigentlich allgemein bekannt sind, begehe ich keine Indiskretion, wenn ich sie Ihnen wiederhole. Mr. Savage reiste im November vergangenen Jahres von den Vereinigten Staaten nach England zurück. Wie Sie gehört haben werden, war er ein sehr vermögender Mann ohne nahe Verwandte. Auf der Überfahrt machte er die Bekanntschaft einer Dame... eh... einer gewissen Mrs. Templeton, von der man nicht mehr weiß, als dass sie eine sehr gut aussehende Frau ist und irgendwo einen Gatten hat, der nie in Erscheinung tritt.»

Die Caymans! dachte Frankie.

«Seereisen sind gefährlich», fuhr Mr. Spragge fort, indem er lächelnd den Kopf wiegte. «Mr. Savage fühlte sich sehr zu Mrs. Templeton hingezogen. Er nahm die Einladung der Dame an, sie in ihrem kleinen Landhaus in Chipping Somerton zu besuchen. Wie oft er dort gewesen ist, habe ich nicht feststellen können; aber kurz und gut: Er geriet mehr und mehr unter Mrs. Templetons Einfluss.

Dann nahte die Tragödie. Mr. Savage fühlte sich seit einiger Zeit nicht wohl und fürchtete, er litte an einer bestimmten Krankheit...»

«Krebs?», warf Frankie ein.

«Ja, Krebs. Es wurde allmählich zu einer fixen Idee bei ihm. Damals war er gerade bei den Templetons. Sie überredeten ihn, nach London zu fahren und einen Spezialisten zu konsultieren. Er tat es. Und dieser Spezialist – ein Mann, der als einer der Besten in seinem Fach gilt – sagte später bei der amtlichen Leichenschau unter Eid aus, dass Mr. Savage keinen Krebs gehabt und er ihm dies auch mitgeteilt habe; dass Mr. Savage indes, ganz besessen von seinem Wahn, nicht an die Richtigkeit des ärztlichen Befundes hätte glauben wollen. Nun, die Sache wird sich vielleicht ein wenig anders abgespielt haben. Wenn die Symptome, über die Mr. Savage klagte, dem Doktor zu denken gaben, hat er möglicherweise ein langes Gesicht gezogen, von einer kostspieligen Behandlung gesprochen und hat – ungeachtet seiner beruhigenden Versicherung, es sei kein Krebs – den Eindruck erweckt, dass ein ernsthaftes Leiden vorliege. Das deutete Mr. Savage dann auf seine

Weise, das heißt, er bildete sich ein, die beruhigenden Worte des Arztes seien Lug und Trug, und er litte in Wirklichkeit doch an Krebs.

Jedenfalls reiste Mr. Savage in einem Zustand tiefster seelischer Not nach Chipping Somerton zurück. Er sah ein qualvolles, langes Siechtum vor sich. Ich hörte, er habe in seiner Familie Krebsfälle erlebt und daher die ganze grausige Pein dieser Krankheit kennen gelernt. So lässt sich verstehen, dass er entschlossen war, nicht die gleiche Qual durchzumachen. Er ließ einen Notar kommen – einen Mann von einwandfreiem Ruf –, und dieser setzte ein Testament auf, das Mr. Savage unterzeichnete und dem Notar zur Aufbewahrung übergab. Am selben Abend nahm er eine Überdosis Chloral, nachdem er in einem Brief erklärt hatte, dass er einen raschen Tod einem langen Krankenlager vorzöge.

Aufgrund dieses Testaments aber erhielt Mrs. Templeton nach Abzug der Erbschaftssteuer die stattliche Summe von siebenhunderttausend Pfund; das restliche Vermögen fiel an verschiedene wohltätige Stiftungen.»

Mr. Spragge lehnte sich in seinem Sessel zurück. Er begeisterte sich jetzt an seinem eigenen Vortrag.

«Die Geschworenen fällten das übliche mitfühlende Verdikt: Selbstmord, begangen in geistiger Verwirrung. Doch meines Erachtens dürfen wir daraus nicht schließen, dass er auch das Testament im Zustand geistiger Verwirrung abfasste. Es wurde in Gegenwart eines hochachtbaren Notars gemacht, nach dessen Ansicht der Verstorbene im Vollbesitz seiner geistigen Kräfte gewesen ist. Ungebührlichen Einfluss können wir ebenfalls nicht beweisen. Mr. Savage enterbte keine nahen oder seinem Herzen teuren Angehörigen – seine einzigen Verwandten sind entfernte Vettern, die irgendwo in Australien leben.

Mr. Carstairs behauptete nun, dass ein derartiges Testament dem Charakter Mr. Savages direkt zuwiderliefe. John Savage hätte nie etwas für die organisierte Wohlfahrt übrig gehabt und stets den Standpunkt vertreten, Vermögen müsse in erster Linie den Blutsverwandten zugute kommen. Indessen fehlten Mr. Carstairs für diese Behauptung dokumentarische Beweise, und überdies gab ich zu bedenken, dass die Menschen bisweilen ihren alten Grundsätzen untreu werden. Um diesen letzten Willen anzufechten, hätte man sowohl gegen Mrs. Templeton als auch gegen die verschiedenen Wohlfahrtseinrichtungen vorgehen müssen. Auch war das Testament inzwischen bestätigt worden.»

«Und alles ging dabei glatt vonstatten?», forschte Frankie.

«Ich sagte bereits, Lady Frances: Mr. Savages Verwandte leben nicht in England und wussten wenig über die Angelegenheit. Erst Mr. Carstairs nahm sich der Sache an. Er kehrte von einer Reise ins Innerste Afrikas zurück, erfuhr die Einzelheiten und kam nach England, um zu sehen, ob nicht etwas dagegen unternommen werden könne. Ich sah mich genötigt, ihm zu erklären, dass meiner Meinung nach da nichts zu machen sei. Sei im Besitz, und du bist im Recht. Lady Frances. Und Mrs. Templeton war im Besitz. Außerdem hatte sie England verlassen und lebte irgendwo in Südfrankreich. Ich schlug Mr. Carstairs vor, auch die Meinung anderer Anwälte einzuholen; doch er erwiderte, dass ihm mein Urteil genüge; er begreife, dass etwaige Einsprüche sofort hätten gemacht werden müssen und es jetzt zu spät sei. Ein Mann von der Weltläufigkeit Mr. Savages hätte sich eigentlich nicht so leicht von dieser Frau umgarnen lassen sollen, aber…» Traurig schüttelte Mr. Spragge den Kopf und sah im Geist zahllose Klienten, die auch über allerhand Erfahrung verfügten und dennoch zu ihm kamen, um vor den Folgen begangener Torheiten gerettet zu werden.

Frankie erhob sich.

«Männer sind unglaubliche Geschöpfe», sagte sie. Dann streckte sie dem Anwalt die Hand hin. «Adieu, Mr. Spragge. Ich werde nie vergessen, wie prachtvoll Sie sich gegen uns Taugenichtse benommen haben. Prachtvoll, Mr. Spragge. Wirklich, Sie sind ein Engel!» Sie drückte inbrünstig seine Hand und lief hinaus.

Mr. Spragge nahm an seinem Schreibtisch Platz. Er überlegte.

«Der junge Herzog von ...»

Es gab nur zwei Herzöge, die in Frage kamen. Welcher der beiden war es? – Und schon schlug Mr. Spragge den Adelskalender auf.

26

Am Abend dieses Tages kam ein junger Mann mit Schnurrbart, in einen billigen, dunkelblauen Anzug gekleidet, in der rührigen kleinen Stadt Ambledever an. Der junge Mann betrat ein Hotel nahe dem Bahnhof, wo er sich als George Parker eintrug. Nachdem er sein Handköfferchen deponiert hatte, schlenderte er hinaus und zur nächsten Garage, wo er sich ein Motorrad lieh.

Um zehn Uhr ratterte ein Motorradfahrer mit Lederkappe und Brille durch das Dorf Staverley und hielt an einer einsamen Stelle der Straße, nicht weit vom Birkenhof entfernt. Eilig schob er sein Rad hinter dafür geeignetes Buschwerk, vergewisserte sich, dass niemand sein Tun beobachtet hatte, und ging dann an der hohen Mauer entlang, bis er ein Pförtchen erreichte. Wieder war es unverschlossen. Und mit einem erneuten Blick nach rechts und links schlüpfte Bobby Jones hindurch. Er steckte die Hand in die rechte Rocktasche und fühlte befriedigt den Revolver.

Auf dem Gelände des Birkenhofs herrschte tiefster Friede.

Bobby grinste, als er sich der blutrünstigen Geschichten erinnerte, in denen der jeweilige Bösewicht sich durch einen Leoparden oder sonst ein aufregendes Raubtier gegen Eindringlinge sichert.

Dr. Nicholson schien sich mit Riegeln und Stangen zu begnügen, und sogar dabei unterliefen ihm Nachlässigkeiten. Denn das kleine Pförtchen sollte fraglos abgeschlossen sein. Keine zahmen Pythonschlangen, dachte Bobby. Kein Raubtiergezücht, keine elektrisch geladenen Drähte – der Mann ist schamlos rückständig!

Er stellte diese Überlegungen mehr an, um sich aufzuheitern, als aus anderen Gründen. Jedes Mal, wenn er an Moira dachte, schien es sein Herz zusammenzuschnüren.

Ihr Gesicht … die zitternden Lippen … die großen, verstörten Augen … Gerade hier hatte er sie zum letzten Mal gesehen, und mit einem kleinen, angenehmen Schauer dachte er daran, wie er den Arm um sie gelegt hatte, um sie zu stützen.

Moira … wo war sie jetzt? Was hatte dieser Unhold mit ihr gemacht? Herrgott, hoffentlich lebte sie überhaupt noch. Bobby strich vorsichtig um das Haus herum. Er sah im oberen Stockwerk mehrere erleuchtete Fenster, und ein einziges helles Viereck im Erdgeschoss. Die Vorhänge waren zugezogen, doch in der Mitte klaffte ein Spalt. Entschlossen setzte Bobby den Fuß auf den vorspringenden Mauersims, packte das Fensterbrett und zog sich hoch.

Er sah die Schulter und den Arm eines Mannes, die sich bewegten, als ob er schriebe. Jetzt veränderte der Mann seine Stellung... Es war Dr. Nicholson.

Nicht ahnend, dass man ihn beobachtete, schrieb der Doktor weiter. Bobby prägte sich jeden Zug dieses Gesichts ein: das kraftvolle Profil, die große, kühne Nase, das etwas eckige Kinn. Die Ohren waren klein, flach anliegend, und die Läppchen fest mit der Wange verwachsen. Ohren mit dieser Eigentümlichkeit hatten, so erinnerte er sich dunkel, bestimmte Bedeutung. Der Doktor schrieb und schrieb – ruhig und stetig. Hin und wieder zögerte er, als suche er nach dem richtigen Wort. Dann glitt die Feder von neuem übers Papier. Einmal nahm er seine Brille ab, putzte sie und setzte sie wieder auf.

Schließlich ließ Bobby sich geräuschlos zu Boden gleiten. Wenn es ihm gelang, sich ins Haus zu stehlen, während der Doktor am Schreibtisch saß, konnte er später in der Nacht das Gebäude in aller Ruhe erforschen.

Abermals unternahm er einen Rundgang und entdeckte ein nicht erleuchtetes, aber offen stehendes Fenster im ersten Stock. Zu seiner Freude stand dicht dabei ein Baum, der das Einsteigen begünstigte.

In der nächsten Minute kletterte Bobby am Stamm empor, schwang sich von Ast zu Ast. Alles ging gut, und er streckte gerade die Hand aus, um den Fenstersims zu erhaschen, als der Ast, auf dem er herumturnte, ein unheilvolles Knacken hören ließ, abbrach und – samt Bobby – in eine Gruppe von Hortensienbüschen sauste, die den Fall abschwächten.

Das Fenster von Nicholsons Arbeitszimmer lag ein Stück weiter weg auf derselben Seite. Bobby vernahm einen Ausruf und das Geräusch eines sich öffnenden Fensters. Seiner schmerzenden Glieder nicht achtend, sprang er hoch, befreite sich aus dem Hortensiengestrüpp und rettete sich quer über einen dunklen Schattenfleck auf den Pfad, der zu dem Pförtchen führte. Eine kurze Strecke lief er darauf entlang und tauchte dann seitwärts in den Büschen unter.

Stimmen wurden laut, Lichter bewegten sich bei den zertrampelten und geknickten Hortensien. Bobby rührte sich nicht und hielt den Atem an. Vielleicht dehnten sie ihre Suche auch auf den Pfad aus, und wenn sie das offene Pförtchen entdeckten, würden sie glauben, der Eindringling habe auf diesem Weg das Weite gesucht.

Aber die Minuten verstrichen, und niemand kam. Nun stellte eine sonore Männerstimme eine Frage, die Bobby nicht verstand. Wohl aber verstand er die Antwort, in einem rauen, brummigen Bass gegeben: «Alles in Ordnung, Sir. Ich habe die Runde gemacht.» Die Geräusche verstummten, die Lichter verschwanden. Alles schien ins Haus zurückgekehrt zu sein.

Vorsichtig wagte Bobby sich aus seinem Versteck hervor. Lauschend stand er auf dem Pfad. Stille ringsum! Er machte zwei Schritte in Richtung Haus.

Und dann traf ihn aus der Dunkelheit etwas auf den Schädel. Er fiel vornüber… hinein in schwärzeste Finsternis.

27

Am Freitagmorgen fuhr der grüne Bentley vor dem Station Hotel in Ambledever vor.

Frankie hatte Bobby unter dem vereinbarten Namen George Parker telegrafiert, dass sie bei Henry Bassington-ffrenchs Leichenschau als Zeugin erscheinen müsse und ihn auf der Durchfahrt aufsuchen würde. Eigentlich hatte sie ein Antworttelegramm erwartet, aber es blieb aus.

«Mr. Parker, Miss?», sagte der Hausknecht. «Ich glaube nicht, dass der Herr bei uns wohnt. Aber ich werde mich erkundigen.»

Wenige Minuten später kehrte er zurück.

«Er kam hier Dienstagabend an, Miss. Gab seinen Koffer ab und erwähnte, dass er möglicherweise erst spät in der Nacht wiederkäme. Sein Koffer ist noch da, aber er selbst hat nichts mehr von sich hören lassen.»

Frankie fühlte, wie sich alles um sie herum zu drehen begann. Ihr Gesicht war aschfahl geworden, so dass der Mann mitleidig fragte: «Ist Ihnen schlecht, Miss?»

«Nein, nein», stieß sie mühsam hervor. «Hat er irgendeine Nachricht hinterlassen?»

Der Mann ging von neuem ins Haus.

«Ein Telegramm ist für ihn eingetroffen», berichtete er, als er wieder an ihren Wagen trat. «Das ist alles ... Kann ich irgendetwas für Sie tun, Miss?»

Frankie schüttelte den Kopf. Nur rasch fort! Allein sein, um überlegen zu können!

«Danke», sagte sie und ließ den Motor an.

Mit weisem Nicken blickte der Hausknecht dem Wagen nach. «Das alte Lied!», brummte er. «Hat ihr wahrscheinlich erst das Blaue vom Himmel versprochen und sie dann sitzen lassen. Ein flottes Ding übrigens! Wie er wohl aussieht?»

Er fragte die junge Dame im Empfangsbüro, aber die konnte sich nicht mehr erinnern.

Inzwischen fuhr Frankie weiter nach Staverley – von Angst gequält.

Warum war Bobby nicht ins Hotel zurückgekehrt...?

Nur zwei Erklärungen gab es: Entweder er jagte einer Spur nach, und diese Jagd hatte ihn von Ambledever fortgeführt, oder... oder etwas war schief gegangen. Der Bentley wich gefährlich von seiner Bahn ab, und erst im letzten Augenblick bekam Frankie ihn wieder in ihre Gewalt.

Blödsinnige Schwarzseherei! Natürlich fehlte Bobby nichts. Er verfolgte eine Fährte – das war alles...

Aber warum, fragte eine andere Stimme, hatte er ihr nicht ein Wort der Beruhigung geschickt?

Dafür eine Erklärung zu finden war schwierig. Doch es gab Erklärungen. Erschwerende Umstände... keine Zeit oder Gelegenheit... Bobby wusste, dass sie, Frankie, sich nicht unnötig aufregen würde. Alles war in schönster Ordnung bestimmt!

Die Förmlichkeiten der amtlichen Leichenschau zogen wie im Traum an ihr vorüber. Sie sah Roger, sie sah Sylvia, rührend und schön in ihrem Witwenschleier. Die Verhandlung wurde mit viel Takt geführt. Die Bassington-ffrenchs erfreuten sich allgemeiner Beliebtheit, und man tat alles, um die Gefühle der Witwe und des Bruders zu schonen.

Frankie und Roger sagten aus, desgleichen Dr. Nicholson. Hierauf wurde der Abschiedsbrief des Toten vorgelesen, und ohne Zögern fällten die Geschworenen ihren Spruch: «Selbstmord, begangen in geistiger Verwirrung.»

Das «mitfühlende» Verdikt, wie Mr. Spragge prophezeit hatte.

In Frankies Hirn verbanden sich die beiden Geschehnisse.

Zwei Selbstmorde, begangen in geistiger Verwirrung. Gab es einen Zusammenhang zwischen ihnen?

Dass dieser Selbstmord echt war, wusste sie. Bobbys Theorie eines Verbrechens musste man als unhaltbar fallen lassen. Bezeugte nicht die Witwe selbst Dr. Nicholsons Alibi?

«Ich glaube, da sind ein paar Briefe für Sie gekommen, Frankie», sagte Sylvia Bassington-ffrench nach der Verhandlung. «Nicht wahr, Sie sind nicht böse, wenn ich mich ein bisschen hinlege? Ich fühle mich so erschöpft.»

Nicholson begleitete sie, etwas von einem Beruhigungsmittel murmelnd, und Frankie wartete nur ab, bis die Tür sich hinter den beiden geschlossen hatte.

«Bobby ist verschwunden», flüsterte sie dann Roger zu.

«Verschwunden?»

«Ja.»

«Wo und wie?»

Sie erklärte es in wenigen hastigen Worten.

«Was halten Sie davon?», fragte sie ängstlich.

«Das bedeutet nichts Gutes», entgegnete er langsam.

Frankie fühlte, wie ihr Herz momentan aussetzte.

«Meinen Sie ...», wisperte sie mit bebenden Lippen. «Ich finde, dass er... pst! Da kommt Dr. Nicholson.»

Der Arzt betrat das Zimmer fast geräuschlos.

«Gut, dass es vorüber ist», meinte er. «Es war ein Segen, dass Dr. Miller als Coroner amtierte.»

«Vielleicht», sagte Frankie mechanisch.

«Von der Persönlichkeit des Coroners hängt ungemein viel ab, Lady Frances. Er hat weitestgehende Vollmachten, und es steht in seinem Belieben, die Angelegenheit leicht oder kompliziert zu machen. Heute lief alles glatt.»

«Ein gut inszeniertes Theaterspiel also», kam es eisig aus Frankies Mund. Nicholson musterte sie überrascht.

«Ich weiß, was Lady Frances fühlt», mischte Roger sich ein. «Ich fühle das Gleiche. Mein Bruder wurde ermordet, Dr. Nicholson.»

Er stand hinter dem anderen und sah deshalb nicht,

wie Frankie, den bestürzten Ausdruck in des Doktors Augen.

«Ja, es ist mein Ernst», fuhr Roger Bassington-ffrench fort, ohne Nicholson Zeit zu einer Entgegnung zu lassen. «Das Gesetz mag es nicht als Mord betrachten, doch in Wirklichkeit ist es ein solcher. Jene verbrecherischen Schufte, die meinen Bruder verleiteten, ein Sklave des Morphiums zu werden, mordeten ihn genauso, als wenn sie ihn niedergeschlagen hätten.»

Dr. Nicholson nickte zustimmend. Jetzt wandte er sich an Frankie.

«Sie kamen wieder mit dem Wagen hierher, Lady Frances? Diesmal ohne Unfall?»

Frankie hätte ihn wegen seines Lächeln erwürgen können. «Ja», erwiderte sie schneidend. «Allzu viele Unglücksfälle sind gefährlich.»

«Vielleicht überließen Sie heute Ihrem Chauffeur das Steuer?»

«Mein Chauffeur ist verschwunden, Dr. Nicholson. Er wurde zuletzt im Birkenhof gesehen.»

Der Doktor zog die Brauen hoch.

«Wirklich? Habe ich eine Attraktion unter meinem Küchenpersonal?» Es klang, als mache er sich über Frankie lustig. «Ich wüsste allerdings nicht, wer die Schöne sein könnte!»

«Auf jeden Fall wurde er dort zuletzt gesehen.»

«Mit welch dramatischer Betonung Sie das sagen, Lady Frances! Wahrscheinlich schenken Sie dem Dorfklatsch mehr Beachtung, als ihm gebührt. Ich habe auch die wildesten Gerüchte gehört. Zum Beispiel, dass meine Frau und Ihr Chauffeur sich unten am Fluss angeregt unterhalten haben sollen.» Er machte eine Pause. «Ihr Chauffeur war, glaube ich, ein sehr anziehender junger Mann, Lady Frances.»

Wie ...? Will er mir einreden, seine Frau sei mit meinem Chauffeur davongelaufen? Will er darauf hinaus ...?

Laut sagte sie: «Hawkins ist nicht mit den üblichen Chauffeuren zu vergleichen!»

«So scheint es !», gab Nicholson zurück. Dann wandte er sich an Roger. «Ich muss fort. Glauben Sie mir, dass ich an dem Leid, das Sie und Mrs. Bassington-ffrench betroffen hat, tiefsten Anteil nehme.»

Roger begleitete ihn in die Halle hinaus, und Frankie folgte ihnen langsam. Auf dem Tisch draußen lagen ein paar Briefe, an sie adressiert. Der eine war eine Rechnung. Der andere ...

Nur mit Mühe unterdrückte sie einen freudigen Aufschrei. Der andere zeigte Bobbys Handschrift.

Nicholson und Roger standen bereits auf der Schwelle der Haustür, und so riss sie den Brief auf.

Liebe Frankie,

endlich bin ich auf der richtigen Fährte. Folge mir so rasch wie möglich nach Chipping Somerton. Benutze lieber den Zug, nicht den Wagen; der Bentley ist zu auffallend. In Chipping Somerton musst du zu einem Haus gehen, das Tudor Cottage heißt. Ich werde dir genau erklären, wie du es findest. Frag nicht irgendwen nach dem Weg. (Hier folgten etliche peinlich genaue Angaben.) Alles klar? Sprich zu niemandem darüber. Niemandem! Verstanden?

Dein Bobby

Das Wort ‹niemandem› war dreimal unterstrichen.

Frankie zerknüllte das Schreiben erregt in ihrer Faust. Gott sei Dank, Bobby lebte!

Er befand sich auf einer Fährte, und zufällig auf derselben wie sie auch. Nach ihrem Besuch bei Mr. Spragge war sie in Somerset House gewesen, um in John Savages Testament Einblick zu nehmen. Rose Emily Templeton war da als Erbin genannt, Ehefrau von Edgar Templeton, Tudor Cottage, Chipping Somerton. Roger Bassington-ffrench kam von der Haustür zurückgeschlendert.

«Ein interessanter Brief?», fragte er beiläufig.

Frankie zögerte. Sicherlich hatte Bobby nicht auch Roger gemeint, als er sie beschwor, niemandem etwas zu erzählen.

Dann aber erinnerte sie sich des dreimaligen Unterstreichens...

«Nein», log sie. «Durchaus unwichtig.»

Noch ehe vierundzwanzig Stunden verstrichen waren, bereute sie diese Lüge bitterlich.

Desgleichen grollte sie im Laufe der nächsten Stunden Bobby, weil er ihr verboten hatte, den Wagen zu benutzen. Chipping Somerton lag – Luftlinie – gar nicht so sehr weit von Staverley entfernt, doch musste man dreimal umsteigen, und das Warten auf den öden, kleinen Stationen war für Frankies ungeduldiges Temperament schwer zu ertragen. Indes erkannte sie die Berechtigung von Bobbys Befehl an. Der luxuriöse Bentley hätte überall Aufsehen erregt.

Es begann schon dunkel zu werden, als Frankies Zug, ein außerordentlich lahmer Zug, in den kleinen Bahnhof von Chipping Somerton schnaufte. Zudem rieselte ein beharrlicher Landregen herab.

Frankie knöpfte ihren Mantel bis zum Kinn zu, schlug den Kragen hoch, las beim Licht der Bahnsteiglampe Bobbys Brief noch einmal durch, um sich die einzuhaltende Richtung genau einzuprägen, und trabte dann los.

Zuerst bog sie von der Chaussee nach links ab und stieg

einen steilen Hügel hinauf. Oben teilte sich der Weg, und Bobbys Anweisungen entsprechend, nahm sie die rechte Gabelung und sah endlich die kleine Häusergruppe des Dorfes unter sich liegen sowie geradeaus ein Fichtenwäldchen. Nach weiteren zehn Minuten gelangte sie an ein hölzernes Tor und entdeckte den Namen Tudor Cottage auf seiner Querleiste.

Frankie drückte die Klinke herunter und trat ein. Hinter einem Fichtengürtel erkannte sie die Umrisse des Hauses. Mutig ging sie weiter und blieb, eng an einen Stamm gedrückt, stehen, als das Gebäude vollständig sichtbar wurde. Und während ihr Herz ein wenig schneller schlug, ahmte sie täuschend ähnlich den Ruf einer Eule nach. Ein paar Minuten verstrichen, und nichts ereignete sich. Sie wiederholte den Ruf.

Da öffnete sich die Haustür, und sie sah eine Gestalt in Chauffeurslivree vorsichtig herauslugen. Bobby! Er winkte und zog sich wieder in das dunkle Innere zurück, die Tür angelehnt lassend.

Frankie löste sich von ihrem Baum. Nicht ein einziges Fenster war erleuchtet. Ringsum Dunkel und Stille. Vorsichtig tastete sie sich über die Schwelle, hinein in das Pechschwarz der Diele.

«Bobby?», wisperte sie.

Ihre Nase war es, die sich warnend meldete. Woher kannte sie diesen Geruch – diesen schweren, süßlichen Geruch?

Just als ihr Hirn die Antwort «Chloroform!», gab, packten sie von hinten starke Arme. Sie öffnete den Mund, um zu schreien, und ein nasser Wattebausch legte sich darüber. Der süße, widerliche Geruch strömte in ihre Nase.

Verzweifelt wehrte sie sich, um sich schlagend und tretend, sich windend und drehend. Aber es half nichts. Sie fühlte, wie sie unterlag. In ihren Ohren begann es zu trommeln, ihre Kehle rang nach Luft.

Und dann wusste sie nichts mehr...

28

Die Nachwirkungen von Chloroform sind alles andere als romantisch.

Als Frankie wieder zu sich kam lag sie auf einem harten Holzboden, an Händen und Füßen gefesselt. Es gelang ihr, sich auf den Bauch zu wälzen, wobei ihr Kopf unliebsame Bekanntschaft mit der Kante eines verbeulten Kohlenkastens machte. Und nun folgten die Nöte, die fast keinem Chloroformierten erspart bleiben. Nach etlichen Minuten war sie imstande – wenn auch nicht aufrecht zu sitzen – so doch Umschau zu halten. Offenbar befand sie sich in einem Bodenraum. Das einzige Licht – ein blasser Schimmer nur – kam von einem großen Dachfenster. In wenigen Minuten würde es stockfinster sein. Ein paar kaputte Bilder lehnten an der Wand. An einer anderen stand ein eisernes Bett. Ferner gewahrte sie noch ein paar zerbrochene Stühle und den schon erwähnten Kohlenkasten.

Aus einer Ecke drang ein schwaches Stöhnen.

Frankies Fesseln, nicht ganz stramm anliegend, gestatteten ein mühseliges, krebsartiges Fortbewegen, und wie ein Wurm wand sie sich über die staubigen Holzdielen.

«Bobby!», rief sie.

Ja, es war Bobby, ebenfalls an Händen und Füßen gefesselt. Hiermit nicht genug, trug er auch noch eine Stoffbandage über dem Mund.

Ein wenig hatte er diese bereits gelockert, und Frankies Finger und Zähne vollendeten das Werk.

«Frankie!», ächzte der Pfarrerssohn.

«Ich bin froh, dass wir zusammen sind. Wie hat man dich erwischt? Nachdem du mir den Brief geschrieben hattest?»

«Brief? Ich habe dir überhaupt keinen Brief geschrieben. Höre, wie es mir erging, und hinterher habe die Güte, mir dein Missgeschick anzuvertrauen!»

Er beschrieb ihr sein Abenteuer im Birkenhof und dessen verhängnisvollen Abschluss.

«Als ich wieder zu mir kam, steckte ich in diesem grässlichen Loch hier», sagte er. «Auf einem Tablett entdeckte ich Speis und Trank. Und da mir der Magen knurrte, griff ich zu. Ich glaube, es war irgendein Betäubungsmittel drin, denn ich schlief sofort danach ein. Was ist denn heute für ein Tag?»

«Freitag.»

«Und am Dienstagabend wurde ich niedergeschlagen. Verdammt, da bin ich ja tagelang bewusstlos gewesen. Nun berichte, wie sie dich hierher lockten.»

Frankie begann mit den Informationen, die sie von Mr. Spragge erhalten hatte, und schilderte dann alles weitere, ihre Reise, ihre Ankunft, die Gestalt in Chauffeurslivree. «Und dann chloroformierten sie mich», schloss sie. «O Bobby, mir war ja so übel vorhin! Gut, dass der Kohlenkasten in erreichbarer Nähe stand ...! Wenn ich nur Roger den Inhalt deines Briefes oder vielmehr des angeblich von dir stammenden Briefes mitgeteilt hätte!», klagte sie.

«Jammern hilft nichts. Wir müssen uns aus eigener Kraft retten. Deine Hände sind anscheinend lockerer gefesselt als meine. Lass mich versuchen, ob ich sie mit meinen Zähnen ganz befreien kann.»

Während der nächsten fünf Minuten plagte sich Bobbys gesundes Gebiss redlich ab.

«Wie leicht das in den Büchern immer bewerkstelligt wird!», keuchte er. «Ich glaube, es hat nicht geholfen.»

«Doch, doch», versicherte Frankie. «Ich fühle, dass sich die Stricke gelockert haben ... Still! Da kommt jemand!»

Sie wälzte sich von ihm fort. Die Treppe knarrte unter einem schweren Schritt. Ein Lichtstreifen erschien unter der Tür. Dann knirschte ein Schlüssel im Schloss, und die Tür drehte sich langsam in ihren Angeln.

«Na, wie geht es meinen beiden kleinen Vögeln?», fragte die Stimme Dr. Nicholsons.

Er trug eine Kerze in der Hand, und obwohl er seinen Hut tief in die Stirn gezogen hatte und der hochgeschlagene Mantelkragen den unteren Teil des Gesichtes verbarg, würde die Stimme ihn überall verraten haben. Hinter den dicken Brillengläsern funkelten die Augen gehässig auf die Gefangenen herab.

«Es ist Ihrer unwürdig, junge Dame, so leicht in die Falle zu gehen», sagte er.

Weder Bobby noch Frankie würdigten ihn einer Antwort. Was sollten sie auch schon erwidern in einer Situation wie dieser?

Dr. Nicholson stellte die Kerze auf einen Stuhl.

«Sie gestatten wohl, dass ich mich vergewissere, dass es Ihnen auch an keiner Bequemlichkeit mangelt?», höhnte er. Er prüfte Bobbys Fesseln, nickte zufrieden und ging zu Frankie hinüber.

«Ah, die Zähne Ihres jungen Freundes haben sich betätigt ...! Nun, da wollen wir Vorsorge treffen, dass es nicht wieder geschieht.»

Mit diesen Worten zog er Frankie hoch und setzte sie auf einen schweren, alten Eichenstuhl, der in einer Ecke stand.

«Sehr unbehaglich?», forschte er, während er sie an der Lehne festschnürte. «Keine Angst, es wird nicht mehr lange dauern.»

«Was haben Sie mit uns vor?», fauchte Frankie ihn an.

Nicholson ergriff die Kerze und ging zur Tür.

«Sie haben gespottet, Lady Frances, dass ich Unfälle allzu sehr liebte. Vielleicht ist das wahr. Jedenfalls werde ich einen weiteren Unfall riskieren.»

«Was meinen Sie damit?», warf jetzt Bobby ein.

«Soll ich es Ihnen erklären...? Meinetwegen! Lady Frances Derwent – ihren Chauffeur neben sich – irrt sich bei einer Straßenabzweigung und biegt mit ihrem Wagen in einen nicht mehr befahrbaren Weg ein, der zu einem Steinbruch führt. Der Wagen saust in die Tiefe hinab. Lady Frances und ihr Chauffeur werden getötet.»

«Pläne misslingen bisweilen», sagte Bobby Jones nach einer kleinen Pause. «Auch Ihrer in Wales misslang zum Beispiel.»

«Ihre Widerstandsfähigkeit gegen Morphium war gewiss bedauerlich – von unserem Standpunkt aus. Aber diesmal brauchen Sie sich meinetwegen nicht zu sorgen. Sie und Lady Frances werden schon ganz tot sein, wenn man Ihre Körper entdeckt.»

Bobby fühlte einen eisigen Schauer über seinen Rücken rieseln. Ein seltsamer Klang hatte in Nicholsons Stimme gelegen – der Klang eines Künstlers, der ein Meisterwerk betrachtet.

Wir wollen ihm seine Freude verderben, dachte Bobby. Und in gleichgültigem Ton meinte er:

«Ihnen ist ein Fehler unterlaufen, Dr. Nicholson – besonders in Bezug auf Lady Frances.»

«Ja», fiel diese ein. «In jenem gefälschten Brief legten Sie mir dringend ans Herz, niemanden einzuweihen. Ich machte eine Ausnahme; ich zog nämlich Roger Bassington-ffrench ins Vertrauen. Er weiß alles über Sie. Wenn uns etwas zustößt, weiß er daher auch, wo er den Schuldigen zu suchen hat. Sie täten besser daran, uns freizulassen und selbst so rasch wie möglich England den Rücken zu kehren.»

Nicholson schwieg einen Moment. Dann brummte er: «Ein guter Bluff – aber mich können Sie nicht täuschen.»

«Und Ihre Frau, Sie Schwein?», schrie Bobby, außer sich vor Wut. «Haben Sie sie auch ermordet?»

«Moira lebt. Wie lange allerdings noch, hängt von den Umständen ab.» Er machte eine kleine spöttische Verbeugung. «Auf Wiedersehen, meine Lieben. Ich benötige für die letzten Vorbereitungen noch ein paar Stunden. In der Zwischenzeit können Sie sich unterhalten. Solange es sich nicht als nötig erweist, will ich Ihnen einen Knebel ersparen. Verstehen Sie? Aber bei dem kleinsten Hilferuf werde ich zurückkehren und Sie zum Schweigen bringen.»

Er verließ die Kammer und schloss wieder hinter sich ab.

«Es ist nicht wahr», sagte Bobby Jones. «Es kann nicht wahr sein. So etwas geschieht in England nicht!»

Aber auch diese Versicherungen verscheuchten nicht die Überzeugung, dass es um ihn und Frankie schlecht stand.

«In Büchern erscheint der Retter immer in der elften Stunde», ließ Frankie sich vernehmen. «Oh, hätte ich doch nur Roger eingeweiht!», jammerte sie plötzlich auf.

«Vielleicht hat Nicholson dir deine Lüge geglaubt.»

«Nein, Bobby. Nein. Hast du nicht bemerkt, wie sie an ihm abprallte? Der Schuft ist zu gescheit.»

«Meinst du, wir sollten um Hilfe brüllen?»

«Noch nicht. Ich glaube nämlich nicht, dass uns irgendjemand hören würde, und außerdem kann ich es nicht ertragen, hier im Dunkeln auf den Tod zu warten und dabei der Möglichkeit des Sprechens beraubt zu sein. Lass uns mit dem Rufen und Schreien bis zum allerletzten Moment warten, Bobby. Siehst du» – ihre Stimme zitterte –, «es ist so tröstlich, mit dir reden zu können.»

«Schilt mich lieber, dass ich dich in eine so furchtbare Lage gebracht habe!»

«Du? Bobby, es ist doch nicht deine Schuld. Denkst du, er wird uns tatsächlich aus dem Weg räumen?»

«Ja, Frankie. Er ist so entsetzlich gründlich!»

«Wenn er nun auch Henry Bassington-ffrench aus dem Weg geräumt hätte? Unter einer Voraussetzung wäre das nämlich möglich: dass Sylvia mit ihm unter einer Decke steckte.»

«Frankie ...!»

«Ja, der Gedanke ist furchtbar. Doch weshalb war Sylvia so blind hinsichtlich der Morphiumsucht ihres Gatten? Warum setzte sie uns so hartnäckigen Widerstand entgegen, als wir sie zu überreden versuchten, ihren Gatten in ein anderes Sanatorium zu schicken als den Birkenhof? Und ferner: Sie befand sich, als der Schuss abgefeuert wurde, im Haus ...»

«Dann kann sie es auch selbst getan haben», warf Bobby ein.

«O nein. Das nicht.»

«Und hinterher gab sie den Schlüssel vom Arbeitszimmer dem Doktor, der ihn später angeblich in Henrys Tasche fand.»

«Ach, es ist alles so verdreht!», stöhnte Frankie verzweifelt auf. «Gerade, als gucktest du in einen Vexierspiegel. All die Menschen, die normal und recht zu sein scheinen, sind in Wirklichkeit falsch und verkehrt! Es müsste eine Möglichkeit geben, die Verbrecher zu erkennen – an den Brauen oder den Ohren oder an sonst was.»

«Gerechter Gott!», schrie Bobby plötzlich.

«Was ist?»

«Frankie, das war nicht Nicholson, der eben mit der Kerze hier hereinkam.»

«Bist du verrückt geworden? Wer war es denn?»

«Das weiß ich nicht – Nicholson aber auf keinen Fall. Die ganze Zeit über hatte ich schon das Gefühl, dass da irgendwas nicht stimmte, aber ich konnte es nicht herausfinden. In diesem Moment, wo du von den Ohren sprichst, fällt es mir wie Schuppen von den Augen. Als ich Nicholson neulich abends durch den Vorhangschlitz beobachtete, fielen mir besonders seine Ohren auf, deren Läppchen mit der Wange verwachsen sind. Aber die Ohren unseres Kerkermeisters haben eine andere Form. Das bedeutet nichts anderes, als dass ein sehr begabter Schauspieler als Dr. Nicholson auftritt.»

«Aber warum ... und wer könnte es sein?»

«Bassington-ffrench». sagte Bobby. «Roger Bassington-ffrench! Anfänglich hatten wir auf den richtigen Mann getippt, um hernach, wie Idioten, Irrlichtern nachzujagen.»

«Bassington-ffrench», wisperte Frankie. «Bobby, du hast Recht. Er muss es sein. Er war als Einziger dabei, als ich Nicholson wegen seines Interesses für Unfälle aufzog.»

«Nun können wir mit dem Leben abschließen», meinte Bobby düster. «Ich hatte noch eine ganz schwache Hoffnung, dass Roger uns durch ein Wunder aufspüren würde. Vorbei! Moira eine Gefangene, du und ich an Händen und Füßen gefesselt! Niemand weiß, wo wir uns befinden. Das Spiel ist aus, Frankie.»

Während er noch das letzte Wort sprach, wurde oben auf dem Dach ein Geräusch laut; in der nächsten Sekunde fiel mit einem schrecklichen Krach ein schwerer Körper durch das Oberlicht.

Es war zu dunkel, um irgendetwas zu sehen.

«Was zum Teufel ist…», begann Bobby.

Und schon sprach eine Stimme mitten aus einem Haufen von Glasscherben heraus.

«B-b-b-bobby», stotterte sie.

«Verdammt will ich sein, wenn das nicht Badger ist!», staunte Bobby.

29

Es war keine Minute zu verlieren, denn schon drang von unten das Geräusch von Schritten herauf.

«Rasch, Badger, du Narr!», rief Bobby. «Zieh mir einen Schuh aus. Rasch! Keine Fragen. Wirf ihn dort in die Mitte und kriech schleunigst unters Bett! Schneller, schneller!»

Die Schritte kamen näher. Der Schlüssel knirschte.

Nicholson – der Pseudo-Nicholson – stand auf der Schwelle, die Kerze in der Hand.

Er sah Bobby und Frankie, wie er sie verlassen hatte, aber mitten im Zimmer glitzerte es von Glasscherben, und inmitten der Glasscherben thronte ein Schuh!

Nicholsons Blicke wanderten in offenkundigem Staunen von dem Schuh zu Bobby, verweilten auf dessen schuhlosem Fuß. «Donnerwetter, ein Akrobatenstück, junger Freund.» Er trat zu dem Gefangenen und prüfte die Fesseln. «Fast unglaublich, wie Sie das fertig bekommen haben, Ihren Schuh bis zum Oberlicht emporzuschleudern. Sie können sich als Artist sehen lassen!» Und mit einem Achselzucken verließ er die Kammer.

«Rasch, Badger!»

Badger Beadon kroch aus seinem Schlupfwinkel hervor,

und mit seinem Taschenmesser hatte er die beiden rasch befreit.

«Uff! Bin ich steif!», sagte Bobby, sich streckend. «Na, Frankie, wie steht's mit deinem Freund Nicholson?»

«Ja, es ist Roger Bassington-ffrench! Jetzt, da ich weiß, dass er Nicholson verkörpert, kann ich es klar erkennen. Dessen ungeachtet ist es eine ausgezeichnete Darstellung.»

«Ich war auf der Schule in O-o-o-oxford mit einem B-b-b-Bassington-ffrench zusammen», erklärte Badger. «W-w-w-wundervoller Schauspieler. Sonst a-a-aber ein T-t-t-tunichtgut. Fälschte einmal einen Scheck auf den Namen seines V-v-v-aters. Der A-a-a-lte vertuschte die Sache nachher.»

Bobby und Frankie dachten in diesem Augenblick dasselbe. Badger, den sie aus Gründen der Vorsicht nicht ins Vertrauen gezogen hatten, hätte ihnen schon längst eine wertvolle Auskunft geben können!

«Fälschung», sagte Frankie. «Auch jener Brief von dir, Bobby, war wundervoll gefälscht. Woher aber kannte er deine Handschrift?»

«Wenn er ein Komplice der Caymans ist, sah er vermutlich meinen Brief, den ich wegen der letzten Worte des Marchbolter Toten schrieb.»

«Was werden wir nun beginnen?», forschte Badger kläglich.

«Eine zweckdienliche Stellung hinter jener Tür einnehmen. Und wenn unser Freund zurückkehrt, was wohl allerdings noch ein Weilchen dauern wird, springen du und ich von hinten auf ihn zu und bereiten ihm die größte Überraschung seines Lebens. Du aber, Frankie, nimmst, sobald du seinen Schritt hörst, lieber wieder auf dem Stuhl Platz, scheinbar noch immer gefesselt. Wenn er die Tür öffnet und dich als Gefangene sieht, wird er ohne Argwohn eintreten.»

«*All right*», sagte Lady Frances Derwent. «Und wenn du und Badger ihn am Boden habt, werde ich ebenfalls in den Kampf eingreifen und ihn in den Knöchel beißen oder dergleichen.»

«Das ist der echte Amazonengeist!», lobte Bobby. «So, und jetzt setzen wir uns dicht nebeneinander hier auf den bestimmt nicht sauberen Fußboden und tauschen unsere Erlebnisse aus. Ich bin nicht wenig neugierig, welches Wunder Badger durch das Oberlicht fallen ließ.»

«Ja, siehst du, Bobby, nach deinem F-f-fortgang geriet ich ein b-b-bißchen in die P-p-patsche.»

Er hielt inne. Doch allmählich entlockten sie ihm die Geschichte: eine Geschichte von eingegangenen Verpflichtungen, Gläubigern und Gerichtsvollziehern – kurz, eine für Badger typische Katastrophe. Und da Bobby ihm keine Adresse angegeben, sondern lediglich gesagt hatte, er führe den Bentley nach Staverley, richtete der hilfsbedürftige Garagenbesitzer seine Schritte ebenfalls nach Staverley. «Ich dachte, dass du mir v-v-vielleicht einen F-f-fünfer leihen könntest», erklärte er.

Bobby schlug das Gewissen. Um Badger bei seinem Unternehmen zu unterstützen, war er nach London gekommen und dann prompt von seinem Posten desertiert, um mit Frankie Detektiv zu spielen. Und sogar jetzt äußerte der treue Badger kein Wort des Vorwurfs.

Badger Beadon wollte durchaus nicht Bobbys geheimnisvolles Treiben gefährden, doch er sagte sich, dass ein Wagen wie der grüne Bentley in einem Ort von der Größe Staverleys unschwer zu finden sein würde.

Und siehe da! Er stieß, noch ehe er Staverley erreichte, auf den Wagen, der vor einem Wirtshaus stand – leer!

«D-d-d-a kam mir die Idee, dich zu überraschen», fuhr Badger fort, «verstehst du? Hinten drin lagen ein p-p-paar Decken und Mäntel, und niemand war zu sehen. Also schlüpfte ich in den Wagen, kauerte mich zusammen und zog die Decken über m-m-mich.»

Und dann war ein Chauffeur in grüner Livree aus dem Wirtshaus getreten. Ein fremder Chauffeur, nicht Bobby. Badger, der aus seinem Versteck hervorlugte, glaubte, ihn treffe der Schlag! Irgendwie kam ihm das Gesicht bekannt vor, doch er konnte es nicht unterbringen. Schon fuhr der Unbekannte los.

Badger befand sich in einer unangenehmen Lage. Er wusste nicht, was er tun sollte. Sich melden? Erklärungen und Entschuldigungen waren schwierig, und überdies ist es nicht einfach, sie einem Menschen vorzutragen, der mit einer Geschwindigkeit von hundert Stundenkilometern fährt. Mithin beschloss Badger liegen zu bleiben und sich davonzuschleichen, wenn der Wagen anhielt.

Endlich erreichte er sein Ziel: Tudor Cottage. Der Chauffeur brachte ihn in der Garage unter, schloss indes, als er hinausging, die Garagentür ab. Badger Beadon war ein Gefangener. An der einen Seite befand sich ein winziges Fenster, und durch dieses hatte er eine reichliche halbe Stunde später Frankies Kommen beobachtet, ihr Rufen und ihr Hineinstolpern in das dunkle Haus.

Das Ganze gab Badger zu denken. Langsam regte sich in ihm der Verdacht, dass hier etwas Lichtscheues im Gange war. Jedenfalls entschloss er sich, als Kundschafter loszuziehen und sich Gewissheit zu verschaffen.

Mit Hilfe etlicher herumliegender Werkzeuge bezwang er das Garagenschloss und trat in die Freiheit hinaus. Läden schützten sämtliche Fenster des Erdgeschosses, aber er hoffte, vom Dach aus einen Blick in eins der oberen Fenster zu erhaschen. Dank einer Regentraufe gelangte er auf das Garagendach und von dort ohne sonderliche Mühe auf das Dach des Landhauses. Schließlich war Badger auf das Oberlicht geraten – sein Gewicht hatte das Übrige getan.

Bobby atmete tief auf, als der Erzähler schwieg.

«Trotzdem», sagte er ehrfürchtig, «du bist ein Wunder, Badger – ein einzigartiges herrliches Wunder! Ohne dich, mein Freund, würden Frankie und ich binnen kurzem zwei eiskalte Leichen sein.»

Und nun gab er einen gedrängten Bericht von seinen und Frankies Abenteuern. Doch plötzlich brach er ab.

«Da kommt jemand! Auf deinen Posten, Frankie. Ha! Jetzt wird Bassington-ffrench staunen.»

Frankie hockte sich in der Haltung tiefster Verzagtheit auf den zerbrochenen Stuhl. Badger und Bobby bezogen ihre Stellung hinter der Tür.

Die Schritte machten vor der Tür Halt, wieder stahl sich unter ihr ein schmaler Lichtstreifen hindurch. Der Schlüssel drehte sich knirschend im Schloss, und die Tür schlug auf.

Grinsend trat der Kerkermeister ein.

Was sich dann abspielte, war kurz und entscheidend. Vollständig überrumpelt, hatte der Mann keine Zeit, sich zur Wehr zu setzen. Frankie fing die Kerze auf, die seiner Hand entfiel, und wenige Sekunden später sahen die drei Freunde mit boshaftem Vergnügen auf eine Gestalt herab, deren Hände und Füße dieselben Stricke umschnürten, die vorher zwei von ihnen gefesselt hatten.

«Guten Abend, Mr. Bassington-ffrench», sagte Bobby – und wer will ihn ob des grausamen Frohlockens in seiner Stimme tadeln? –, «es ist eine hübsche Nacht für ein Begräbnis, nicht wahr?»

30

Der Mann auf den staubigen Dielen starrte zu ihnen empor. Hut und Brille hatte er verloren. Man sah die Schminke, die veränderten Augenbrauen, die ganze Kunst der Maske und das angenehme, etwas nichtssagende Gesicht Roger Bassington-ffrenchs.

«Sie haben also das Rennen gewonnen», sagte er mit seiner wohllautenden Tenorstimme. «Höchst unerwartet. Ich glaubte, Sie seien mir gründlich auf den Leim gegangen.»

«Das waren wir auch – leider», gab Frankie zu. «Sie haben den Brief von Bobby gefälscht, wie?»

«Ja. Ich habe ein besonderes Talent dafür.»

«Und Bobby?»

«Oh, ich wusste, dass er zum Birkenhof gehen würde, und lauerte ihm auf. Nachdem ich ihm einen gut gezielten Hieb versetzt hatte, brauchte ich ihn nur in meinen Wagen zu tragen und hierher zu fahren. Kurz vor Morgengrauen war ich bereits wieder in Merroway Court.»

«Und Moira?», forschte Bobby Jones. «Haben Sie auch sie in irgendeinen Hinterhalt gelockt?»

Diese Frage schien den Gefangenen zu amüsieren.

«Fälschen ist eine sehr nützliche Kunst», lächelte er.

«Sie abgefeimter Schuft!», wütete Bobby los. «Sie ...»

Aber jetzt griff Frankie wieder ein. Ihre Neugier war noch nicht gestillt, und der Gefangene schien zum Reden aufgelegt.

«Warum verkleideten Sie sich als Dr. Nicholson?»

«Ja, warum eigentlich?» Roger überlegte offenbar. «Teilweise wohl, um auszuprobieren, ob ich Sie beide hinters Licht führen könnte. Sie waren ja so sicher, dass der alte redliche Nicholson auf krummen Wegen wandelte.» Er lachte, und Frankie errötete unwillig. «Nur weil er Sie in seiner wichtigtuerischen Art über die Einzelheiten Ihres Unfalls ausquetschte, Lady Frances. Genauigkeit im Detail ist sein Steckenpferd.»

«Und er ist tatsächlich ganz unschuldig?»

«Unschuldig wie ein neugeborenes Kind», beteuerte der Gefangene. «Doch unwissentlich leistete er mir einen guten Dienst. Er lenkte nämlich meine Aufmerksamkeit auf Ihren so genannten Unfall, deckte gewisse Merkwürdigkeiten auf. Infolgedessen wurde ich stutzig und begann mich zu fragen, ob Sie wohl wirklich das unschuldige junge Ding sind, das Sie spielten. Und dann stand ich hinter Ihnen, als Sie eines Morgens mit Ihrem Chauffeur telefonierten, und hörte, wie er Sie mit Frankie anredete. Eine eigenartige Vertraulichkeit seitens eines Chauffeurs – finden Sie nicht? Hierauf sprach ich davon, mit Ihnen gemeinsam nach London fahren zu wollen. Sie willigten zwar ein, Lady Frances, aber atmeten, wie ich wohl bemerkte, erleichtert auf, als ich davon Abstand nahm. Nachher...» Er brach ab und zuckte, soweit es ihm die Fesseln erlaubten, seine Schultern. «Wirklich spaßig, wie Ihr Argwohn die ganze Zeit um Nicholson kreiste! Er ist ein harmloser Geselle, sieht indes aus wie ein intellektueller Verbrecherboss im Film. Ich dachte, es könnte nichts schaden, die Täuschung aufrechtzuerhalten. Schließlich weiß man nie, wie es kommt. Die bestangelegten Pläne gehen schief, wie meine gegenwärtige Lage zeigt.»

«Eins müssen Sie mir noch verraten», sagte Frankie, «denn ich zermartere mir Tag und Nacht den Kopf darüber: Wer ist Evans?»

Er lachte... lachte, er konnte gar nicht wieder aufhören.

«Das ist köstlich! Haha! Was für ein Narr man doch sein kann!»

«Bezieht sich das auf uns?»

«Nein, auf mich. Wenn Sie nicht wissen, wer Evans ist, so möchte ich es Ihnen auch nicht offenbaren. Lassen Sie es mein kleines Geheimnis bleiben!»

Frankie nagte verdrossen an ihrer Lippe. Seltsam, das Blatt hatte sich gewendet – sie waren frei. Aber gewissermaßen beraubte Bassington-ffrench sie ihres Triumphes. Da lag er gefesselt am Boden und wagte dennoch, sie zu verspotten.

«Badger», ließ Bobby Jones sich vernehmen. «Bleib du hier, während ich nach unten gehe und die Polizei anrufe.»

«Nein», widersprach Frankie, «geh nicht allein. Wir wissen nicht, wie viele noch unten im Haus sein mögen.»

«Niemand», erklang die Stimme des Gefangenen vom Boden herauf. «Ich habe alles ganz allein geführt.»

«Auf Ihre Versicherungen pfeife ich», fuhr Bobby ihn grob an. Er beugte sich herab und untersuchte die Fesseln. «Fest wie Eisenbänder! Gehen wir alle zusammen. Wir können hier ja abschließen.»

«Darf ich Ihnen den Revolver anbieten, der in meiner Tasche steckt?», sagte Roger Bassington-ffrench höflich. «Ich brauche ihn nicht mehr, und Sie werden sich mit ihm vielleicht sicherer fühlen.»

Ohne sich durch den spöttischen Ton beirren zu lassen, eignete Bobby sich die Waffe an. Dann nahm er Frankie die Kerze ab, ging mit den beiden anderen hinaus und schloss von draußen ab.

Eine ziemlich wacklige Stiege führte zu dem Haupttreppenabsatz hinab. Bobby, den Revolver in der Hand, spähte über das Geländer nach unten und bemerkte das Telefon unten auf einem Tischchen in der Diele.

«Wir wollen lieber erst diese Zimmer untersuchen», meinte er. «Sonst überfällt man uns womöglich von hinten.»

Badger stieß der Reihe nach die Türen auf. Von den vier Schlafzimmern waren drei leer. Im vierten lag eine zierliche Gestalt auf dem Bett.

«Moira!», schrie Frankie.

Dr. Nicholsons Gattin antwortete nicht. Wie tot lag sie da, und nur das leichte Heben und Senken der Brust beim Atmen zeigte, dass noch Leben in ihr war.

«Schläft sie?», wisperte Bobby.

«Sie wird betäubt sein», erwiderte Frankie, während sie ihre Blicke durch das Zimmer schweifen ließ. Auf einem kleinen Emailletablett lag eine Injektionsspritze, daneben ein Spiritusbrenner.

Von hier gingen sie zum Telefon. Frankies Furcht, die Leitung könnte durchgeschnitten sein, bewahrheitete sich nicht. Sie erreichten die Polizeiwache ohne Umstände, aber als weniger leicht erwies es sich, die Angelegenheit zu erklären. Die Ortspolizei neigte dazu, den Anruf als albernen Scherz aufzufassen.

Doch schließlich ließ sie sich überzeugen, und mit einem Seufzer legte Bobby Jones den Hörer auf. Zehn Minuten später kam ein Wagen mit einem Inspektor, einem Constable und dem gleichfalls verlangten Arzt an.

Bobby führte sie nach oben. Er schloss die Tür der Bodenkammer auf, öffnete – und erstarrte zur Salzsäule. Auf den Dielen lag ein Haufen durchschnittener Stricke. Das Bett stand, mit einem Stuhl darauf, unter dem Oberlicht. Von Bassington-ffrench aber war nichts zu sehen!

«Verflucht!», wetterte Bobby. «Er ist der Artist, nicht ich. Wie konnte er diese Stricke durchschneiden, nachdem ihm beide Hände auf dem Rücken festgebunden waren?»

Der Inspektor hüstelte. Alle seine früheren Zweifel kehrten zurück, und mehr denn je kam ihm das Ganze wie ein

Schabernack vor. Und Frankie und Bobby erzählten eine Geschichte, die von Minute zu Minute unwahrscheinlicher klang.

Ihre Rettung wurde der Doktor.

An Moiras Bett geführt, erklärte er sofort, dass eine Betäubung durch Morphium oder ein ähnliches Opiumpräparat vorläge. Besorgnis erregend sei der Zustand der Patientin indes nicht; in vier bis fünf Stunden würde sie erwachen. Er riet, sie in ein gutes Krankenhaus einzuliefern.

Bobby und Frankie willigten ein. Was konnten sie anderes tun? Nachdem sie ihre eigenen Namen und Adressen genannt hatten – Frankies Namen schrieb der Inspektor mit offensichtlichem Misstrauen ins Buch –, wurde ihnen gestattet, Tudor Cottage zu verlassen und ins Dorfwirtshaus überzusiedeln.

Erschöpft und mit dem Gefühl, dass man sie auch noch als Verbrecher betrachtete, suchten sie ihre Zimmer auf – ein größeres für Bobby und Badger, ein winziges für Lady Frances.

Gleich darauf klopfte es an Bobbys Tür.

«Hallo?»

«Du, Bobby!», hörte er Frankies Stimme. «Wenn dieser Trottel von Inspektor auch weiterhin darauf beharrt, alles für einen Ulk zu halten, werde ich ihm Beweise erbringen, dass ich chloroformiert wurde.»

«Hast du denn Beweise?»

«Ja. In dem alten Kohlenkasten», erwiderte Frankie.

31

Es war halb elf, als sie am nächsten Morgen ins Frühstückszimmer herunterkam, wo Bobby bereits seit einigen Minuten auf sie wartete.

«Na endlich!», meinte er. «Was willst du essen? Es gibt Schellfisch, Spiegeleier mit Speck oder mit Schinken.»

«Nichts von allem», wehrte Frankie ab. «Toast und einen schwachen Tee – mehr verträgt mein Magen noch nicht. Und wie geht's dir?»

«Ausgezeichnet. Ich habe mich schon eine halbe Stunde mit Inspektor Hammond herumgeärgert. Im Übrigen gebe ich unsere Jagd noch nicht auf; wir wollen Roger Bassington-ffrench wegen Mordes zur Strecke bringen.»

«Wie geht es Moira?»

«Ziemlich schlecht. Ihre Nerven sind in einem schrecklichen Zustand, und sie ist nach London gefahren, um sich dort in ein Sanatorium zu begeben. Sie fühle sich dort sicherer. Hier stürbe sie vor Angst.»

«Ihre Nerven waren immer in einer kläglichen Verfassung», erklärte Frankie verächtlich.

«Nun, es ist ja auch nicht gerade angenehm zu wissen, dass ein kaltblütiger Mörder wie Bassington-ffrench sich irgendwo in der Nachbarschaft herumtreibt.»

«Moira wollte er ja nicht ermorden, sondern uns», glaubte Frankie erinnern zu müssen.

«Lassen wir Moira und ihre Nerven», sagte Bobby versöhnlich. «Unsere Angelegenheit ist wichtiger. John Savages Tod und Testament – damit begann das Ganze. Entweder wurde das Testament gefälscht oder Savage ermordet.»

«Wenn Bassington-ffrench dabei mitgewirkt hat, wurde das Testament vermutlich gefälscht. Fälschung scheint seine Spezialität zu sein.»

«Fälschung und Mord. Beides. Wir werden auch dafür noch die Beweise erbringen.»

Frankie nickte.

«Die Zeugen bei der Testamentsabfassung waren, wie ich in Somerset House feststellte, die Köchin Rose Chudleigh und der Gärtner Albert Mere. Den Notar Elford von der Anwaltsfirma Elford Leigh bezeichnete Mr. Spragge als einen sehr ehrenhaften Mann.»

«Schön. Mir erscheint es praktischer, wenn du die Rechtsanwälte besuchst; du holst mehr aus ihnen heraus als ich. Dafür treibe ich Rose Chudleigh und Albert Mere auf.»

«Wo steckt Badger?»

«Schläft. Er steht, wenn keine Arbeit anliegt, nie gern vor dem Lunch auf.»

«Wir müssen unbedingt seine geschäftlichen Schwierigkeiten beseitigen. Schließlich hat er uns das Leben gerettet», erklärte Frankie.

«Aussichtsloses Unterfangen. Er wird bald in neuen stecken ...! Was sagst du übrigens hierzu?» Er hielt ihr eine schmutzige Fotografie hin.

«Mr. Cayman! Wo hast du das Bild gefunden?»

«Gestern Abend, als ich telefonierte. Es war hinter den Apparat gerutscht.»

«Dann wissen wir ja, wer Mr. und Mrs. Templeton waren. Warte eine Minute.»

Die Kellnerin kam gerade mit Frankies Toast.

«Kennen Sie den Herrn?»

Den Kopf schief zur Seite geneigt, betrachtete die Kellnerin das Bild.

«Gesehen habe ich den Herrn schon mal», erwiderte sie gedehnt. «Doch wo und wann? Oh – jetzt fällt es mir ein. Es ist der Herr, dem Tudor Cottage gehört. Mr. Templeton.»

«Was war das für eine Art Mensch?»

«Das kann ich nicht sagen. Niemand sah viel von ihm. Mrs. Templeton war eine sehr nette Dame. Sie wohnten noch nicht sehr lange in Tudor Cottage, als ein steinreicher Herr starb und Mrs. Templeton sein Geld vermachte. Nach dieser Erbschaft siedelten sie ins Ausland über, verkauften Tudor Cottage jedoch trotzdem nicht. Ich glaube, sie überlassen es bisweilen Bekannten fürs Wochenende. Sie selber werden mit all ihrem Geld wohl schwerlich wieder hier leben.»

«Hatten sie nicht eine Köchin namens Rose Chudleigh?»

Doch für Köchinnen schien sich das Mädchen nicht zu interessieren. Es zuckte die Achseln und ging mit dem leeren Tablett davon.

Nach dem Frühstück setzte Frankie sich ans Steuer des Bentley, um Mr. Elford mit einem Besuch zu beehren, und Bobby machte sich daran, Albert Mere, den Gärtner, aufzuspüren. Zum Lunch trafen sie sich wieder.

«Nun?», erkundigte sich Bobby.

«Fälschung kommt nicht in Frage», erwiderte Frankie traurig. «Ich habe Mr. Elford, einem reizenden alten Herrn, viel Zeit gewidmet, bis ich das Gefühl hatte, ihn um den kleinen Finger wickeln zu können. Dann lenkte ich die Unterhaltung auf John Savage, behauptete, ich habe etliche Verwandte von ihm kennen gelernt, die eine Fälschung argwöhnten. Hui, wie der gute alte Herr da auffuhr! Fälschung? Ausgeschlossen! Er hätte Mr. Savage. der sehr erregt gewesen sei, mit eigenen Augen gesehen und das Testament an Ort und Stelle aufgesetzt; nach Unterzeichnung durch Mr. Savage und die beiden Zeugen, das Mädchen und den Gärtner, hätte er das Testament an sich genommen und aufbewahrt.»

«Demnach scheidet Fälschung tatsächlich aus.»

«Ich weiß. Und Mord? Das lässt sich heute schwer feststellen. Der Arzt, den man hinzuzog, ist inzwischen gestorben; sein Nachfolger hat die Praxis erst vor zwei Monaten übernomrnen.»

«Mit Toten sind wir reichlich gesegnetl», sagte Bobby.

«Wieso? Ist noch jemand tot?»

«Ja. Albert Mere. Aber ich glaube, dass er eines natürlichen Todes starb – er war fünfundsiebzig.»

«Und Rose Chudleigh?»

«Nachdem sie die Templetons verlassen hatte, nahm sie eine Stellung im Norden Englands an, von wo sie jedoch zurückkehrte, um einen gewissen Pratt zu heiraten, der anscheinend schon seit siebzehn Jahren ihr Liebster gewesen war. Leider ist Rose etwas schwachsinnig. Sie scheint sich an nichts mehr zu erinnern. Vielleicht hast du mehr Glück bei ihr als ich.»

«Ich will es versuchen. Mit Schwachsinnigen werde ich im Allgemeinen gut fertig. Wo steckt übrigens Badger?»

«Er schläft noch immer. Das Stubenmädchen hat ihn viermal geweckt, ohne dass er sich stören ließ.»

«Schön, soll er weiterschlafen», sagte Frankie großmütig. «Und wir gehen zur schwachsinnigen Rose. Hinterher muss ich eine Zahnbürste, ein Nachthemd, einen Schwamm und andere Gegenstände der Zivilisation kaufen.»

Mrs. Pratt, geborene Chudleigh, bewohnte ein kleines Häuschen, das einen Überfluss an Porzellanhunden und Möbeln aufwies. Sie selbst war eine Frau mit üppigen Rundungen, vorquellenden Fischaugen und allen Anzeichen eines Drüsenleidens.

«Sie sehen, ich bin noch einmal da», sagte Bobby flott.

«Es interessiert mich so, dass Sie mit Mrs. Templeton zusammenlebten», erklärte Frankie.

«Ja, Ma'am.»

«Mrs. Templeton lebt ja jetzt irgendwo im Ausland», fuhr Frankie fort, indem sie den Eindruck zu erwecken suchte, als sei sie mit der Familie befreundet.

«Das hörte ich.»

«Sie waren längere Zeit bei Mrs. Templeton, nicht wahr?»

«Was war ich?»

«Längere Zeit bei Mrs. Templeton», wiederholte Frankie, deutlich und langsam.

«Eigentlich nein. Nur zwei Monate.»

«Oh, ich dachte, Sie wären viel länger bei ihr gewesen!»

«Sie verwechseln das mit Gladys. Das Stubenmädchen. Sie war sechs Monate da.»

«Ach, Sie hatten noch eine Kollegin?»

«Ja. Ich war Köchin, Gladys Hausmädchen.»

«Sie waren auch zur Zeit, als Mr. Savage starb, in Tudor Cottage?»

«Mr. Templeton ist nicht gestorben – wenigstens habe ich nichts davon gehört. Er ging ins Ausland.»

«Nicht Mr. Templeton», verbesserte Bobby. «Mr. Savage.»

Mrs. Pratt starrte ihn dämlich an.

«Der Herr, der Mrs. Templeton als Erbin einsetzte», half Frankie nach, und ein Schimmer von Verständnis erschien auf Mrs. Pratts Gesicht.

«O ja, Ma'am. Der Herr, um dessentwillen die amtliche Leichenschau stattfand.»

«Richtig», sagte Frankie, über ihren Erfolg beglückt. «Er pflegte oft zu kommen, wie?»

«Das weiß ich nicht, Ma'am. Ich hatte meine Stellung gerade erst angetreten. Gladys würde besser darüber Bescheid wissen.»

«Aber Sie mussten sein Testament beglaubigen?»

Mrs. Pratts rundes Gesicht verriet völlige Verständnislosigkeit.

«Sie sahen, wie er ein Papier unterzeichnete, und mussten es dann gleichfalls unterzeichnen?», versuchte Frankie es von neuem.

«Ganz recht, ganz recht», beeilte sich Mrs. Pratt zu versichern. «Ich und Albert. Es war das erste Mal in meinem Leben. Ich sagte zu Gladys, dass ich sehr ungern meine Unterschrift auf ein Papier setzte; aber Gladys meinte, es müsse alles seine Richtigkeit haben, weil Mr. Elford zugegen gewesen sei.»

«Wie spielte sich denn alles genau ab?», forschte Bobby.

«Wie bitte, Sir?»

Und wieder griff Frankie als Dolmetscherin ein: «Wer hat Sie geholt, damit Sie Ihren Namen schrieben?»

«Mrs. Templeton. Sie kam in die Küche und befahl mir, Albert zu holen und mit ihm hinauf in das Schlafzimmer zu kommen, das sie für den fremden Herrn eingerichtet hatte. Da saß der Herr, aufrecht im Bett. Er war von London zurückgekehrt und gleich zu Bett gegangen. Und schrecklich elend sah er aus. Ich war ganz erschrocken, denn ich sah ihn zum ersten Mal. Mr. Elford sprach dann sehr nett mit mir und sagte, ich brauche keine Angst zu haben; ich solle nur meinen Namen hinschreiben, wenn der Herr den seinigen geschrieben hätte. Und das tat ich, schrieb sogar noch Köchin dahinter. Dann kam Albert an die Reihe, und als ich wieder zu Gladys hinunterging, zitterte ich, weil ich mich so furchtbar vor dem armen Herrn entsetzt hatte, der aussah wie der leibhaftige Tod. Gladys meinte daraufhin, tags zuvor habe er noch ganz gut ausgesehen; irgendetwas müsse ihn in London derart mitgenommen haben. Er war übrigens sehr zeitig nach London gefahren, ehe einer von uns aufgestanden war.»

«Und wann starb Mr. Savage – ich meine, der kranke Herr?»

«Am nächsten Morgen lebte er schon nicht mehr. Er schloss sich abends in sein Zimmer ein und wollte niemanden um sich haben, und als Gladys ihm den Morgentee brachte, lag er steif und tot in den Kissen und ein Brief neben ihm auf dem Nachttisch. ‹An den Coroner› stand darauf. Dann kamen die Behörden, die Leichenschau... Und zwei Monate später teilte Mrs. Templeton uns mit, dass sie nach drüben übersiedeln wollte. Aber vorher verschaffte sie mir eine gute Stelle im Norden, wo ich noch höheren Lohn kriegte, und schenkte mir auch allerhand. Oh, sie war eine liebe, nette Dame.»

Frankie erhob sich von dem roten Plüschstuhl.

«Nicht wahr, Sie erlauben, dass ich Ihnen ebenfalls ein kleines Geschenk mache?», sagte sie und zog eine Banknote aus ihrer Tasche. «Weil ich Sie so sehr in Anspruch genommen habe.»

«Vielen Dank, Ma'am. Und alles Gute für Sie und Ihren netten Gatten.»

Lady Frances errötete und ging eiligst hinaus. Bobby folgte ihr eine Minute später.

«So. Nun haben wir das, was sie wusste, aus ihr herausgepumpt», stellte er sachlich fest, um Mrs. Pratts letzte Bemerkung schnell vergessen zu machen.

«Ja. Und es passt zu dem, was wir von den anderen hörten. Es scheint kein Zweifel zu bestehen, dass Savage selbst das Testament aufsetzte, und ich vermute, dass auch seine Furcht vor Krebs echt war. Einen Londoner Facharzt konnten sie nicht bestechen. Aber wahrscheinlich haben sie Savage, nachdem er die rechtsgültige letztwillige Verfügung getroffen hatte, schnell ins Jenseits befördert, ehe er anderen Sinnes wurde. Aber wie das beweisen? Und wie beweisen, dass Bassington-ffrench möglicherweise den Brief an den Coroner fälschte? Der Brief ist inzwischen sicherlich längst vernichtet worden. O Bobby, da stehen wir also wieder vor dem alten Problem: Welche Entdeckung unsererseits befürchten Bassington-ffrench und seine Sippschaft?»

«Fällt dir nichts als besonders merkwürdig auf?»

«Nein – höchstens das eine. Warum schickte Mrs. Templeton nach dem Gärtner, wenn das Stubenmädchen im Haus war? Warum haben sie nicht das Stubenmädchen geholt?»

«Drollig, dass du das sagst, Frankie!»

«Warum?» Sie sah ihn überrascht an.

«Weil ich zurückblieb, um Mrs. Pratt nach Gladys' Familiennamen und Adresse zu fragen.»

«Und?»

«Das Hausmädchen hieß Evans.»

32

Frankie schnappte nach Luft. Doch Bobby sprach bereits weiter:

«Du siehst, dass du genau dieselbe Frage wie Carstairs gestellt hast. Warum haben sie nicht das Hausmädchen geholt? Warum haben sie nicht Evans geholt? – Carstairs stutzte über das Gleiche. Er witterte etwas Unrechtes wie wir auch. Ich glaube sogar, dass er deshalb nach Wales reiste. Gladys Evans ist ein walisischer Name; das Mädchen stammt sicher aus Wales. Er spürte ihr nach bis Marchbolt.

Und jemand anders folgte ihm – und ließ ihn nicht bis zu Gladys Evans gelangen.»

«Ja», sagte Frankie mit einem tiefen Atemzug. «Das ist es!

Eine Kleinigkeit, und doch so wichtig. Warum nach dem Gärtner schicken, wenn zwei Mädchen im Hause sind?»

«Vielleicht weil beide, Rose Chudleigh und Albert Mere ein bisschen beschränkt waren und Evans einen scharfen Verstand besaß.»

«Nein. Nur das kann es nicht sein, Bobby. Mr. Elford war ja auch anwesend, und er ist wirklich gewitzt. Bobby, warum Chudleigh und Mere – und nicht Evans?»

Sie hielt inne und legte ihre Hände über ihre Augen.

«Ruhig! Es kommt», sagte sie. «Gleich hab ich's.»

Sie stand zwei Minuten unbeweglich still, und als sie endlich die Hände sinken ließ, glomm ein seltsames Licht in ihren Augen.

«Bobby, wenn du in einem Haushalt mit zwei Dienstboten bist, nach wem wirst du dann schellen?»

«Nach dem Stubenmädchen natürlich. Man klingelt niemals nach der Köchin; man sieht sie ja eigentlich nie.»

«Richtig. Und sie sieht dich nie. Höchstens mal flüchtig, wenn du längere Zeit im Hause bist. Das Stubenmädchen dagegen serviert bei Tisch, bedient dich, reicht dir den Kaffee.»

«Was soll das alles, Frankie?»

«Bobby, sie konnten Evans nicht zur Beglaubigung des Testaments brauchen, weil Evans erkannt haben würde, dass es nicht Mr. Savage war, der es abfassen ließ.»

«Gerechter Gott, was meinst du, Frankie Wer war es denn?»

«Roger Bassington-ffrench. Wie er gestern Nicholson

darstellte, so spielte er damals die Rolle des kranken Millionärs. Ich wette, dass Rogen zu dem Doktor ging und all dies Geschrei und Getue wegen Krebs anstellte. Dann wird nach dem Anwalt geschickt – einem Fremden, der Mr. Savage nicht kennt, jedoch imstande sein wird zu beschwören, dass er Mr. Savage das Testament unterzeichnen sah. Weiterhin beglaubigten Savages Unterschrift zwei Menschen, von denen der eine ihn vorher nie gesehen hatte und der andere ein greiser, vermutlich schon halb blinder Mann war, dem er vielleicht mal von fern zu Gesicht gekommen sein mag. Begreifst du jetzt, Bobby?»

«Aber wo hielt sich der wirkliche Savage die ganze Zeit über auf?»

«Oh, er traf sicher als Gast in Tudor Cottage ein. Meiner Meinung nach wurde er dann betäubt und für zwölf Stunden, während Roger als Savage auftrat, bewusstlos auf dem Dachboden gefangen gehalten. Hernach legte man ihn ins Bett, verpasste ihm eine gehörige Portion Chloral, und am nächsten Morgen findet Evans seine Leiche.»

«Wahrhaftig, Frankie, so hat es sich abgespielt! Doch uns fehlen immer noch die Beweise. Wir müssen Evans finden und ihr ein Bild des wirklichen Savage zeigen.»

«Evans! Evans! Diese Suche nach Evans zermürbt mich!»

«Wollen wir es auf der Post versuchen?», schlug Bobby vor, da sie gerade am Postamt vorbeigingen, das eigentlich mehr ein Laden für alles war.

Ergeben trottete Frankie hinein und eröffnete den Feldzug. Außer dem Postfräulein – einer jungen Frau mit neugieriger Nase – war niemand anwesend. Frankie kaufte ein Markenheftchen, redete über das Wetter und setzte hinzu:

«Trotzdem glaube ich, dass Sie hier besseres Wetter haben als in meiner Heimat. Ich wohne in Wales – Marchbolt. Sie können sich nicht vorstellen, wie es da oft gießt!»

Das Fräulein versicherte, dass es in Chipping Somerton auch entsetzlich viel regne, worauf Frankie sagte: «Nach Marchbolt ist übrigens auch jemand von hier übergesiedelt. Gladys Evans. Kennen Sie sie?»

«Freilich. Sie war in Tudor Cottage in Stellung. Aber sie stammte nicht von hier. Sie kam aus Wales, kehrte dorthin zurück und verheiratete sich dort. Roberts heißt sie jetzt.»

«Wissen Sie auch ihre Adresse? Ich habe vor langer Zeit mal einen Regenmantel von ihr geborgt und vergaß ihn zurückzugeben. Wenn ich ihre Adresse hätte, würde ich ihn ihr schicken.»

«Ich glaube, da kann ich Ihnen helfen. Hin und wieder schreibt sie mal eine Postkarte. Gladys und ihr Mann sind jetzt zusammen in Stellung. Eine Minute, bitte.»

Die Postbeamtin erhob sich, ging in eine Ecke und begann dort zu kramen. Als sie wieder an den Schalter trat, schob sie Frankie ein Stück Papier zu.

«Da ist die Adresse.»

Bobby und Frankie lasen sie gemeinsam. Alles hatten sie erwartet – nur das nicht. Denn die Adresse lautete:

«Mrs. Roberts, Pfarrhaus, Marchbolt in Wales.»

33

Wie Bobby und Frankie mit einigermaßen würdiger Miene aus dem Postamt ins Freie gelangten, wusste keiner von ihnen.

Draußen blickten sie sich an und schüttelten sich vor Lachen.

«Im Pfarrhaus!», prustete Bobby. «Unsere gute Roberts im Pfarrhaus daheim. Hahaha!»

«Und ich gehe im Adressbuch Hunderte von Evans durch!»

«Jetzt begreife ich, warum sich Bassington-ffrench so köstlich darüber amüsierte, dass wir nicht wussten, wer Evans sei! Evans und ich unter demselben Dach …! Nun, von seinem Standpunkt aus war das natürlich gefährlich.»

«Komm, mein Junge. Ziehen wir heimwärts! In Marchbolt werden wir das Letzte erfahren.»

«Verflixt, wir müssen etwas für Badger tun. Hast du Geld bei dir, Frankie?»

Lady Frances Derwent öffnete ihre Tasche und entnahm ihr eine Hand voll Scheine.

«Hier – gib sie ihm, und sag ihm, er möge sich erst mal mit seinen Gläubigern einigen. Vater soll dann die Garage kaufen und ihn als Leiter einsetzen.»

«*All right*», entgegnete Bobby Jones. «Die Hauptsache ist, dass wir so schnell wie möglich aufbrechen. Während ich mit Badger spreche, machst du den Wagen fertig.»

«Ich werde die Zahnbürste niemals kaufen!», klagte Frankie.

Knapp fünf Minuten später ließ der Bentley die letzten Häuser von Chipping Somerton hinter sich. Er raste in ziemlich waghalsigem Tempo dahin. Trotzdem sagte Frankie plötzlich: «Bobby, das geht nicht schnell genug.»

Ihr Gefährte warf einen Blick auf den Tacho, dessen Nadel jenseits der Hundert vibrierte, und erwiderte trocken: «Ich wüsste nicht, was man mehr tun kann.»

«Wir können ein Flugzeug mieten. Wir sind nur sieben Kilometer vom Medeshoter Flugplatz entfernt.»

«Mein Gott, Frankie», rief Bobby. Aber gleich darauf fügte er sich. «Gut, wenn du die Ausgabe nicht scheust. Freilich gewinnen wir dadurch Zeit.»

Warum diese wilde Hast nach Marchbolt zu gelangen …? Bobby wusste es nicht und Frankie ebenso wenig. Nur ihr Gefühl drängte sie vorwärts.

In Medeshot fragte Frankie nach Dr. Donald Kling, und ein junger Mann wurde herbeigeholt, der die Besucherin verblüfft anstarrte.

«Hallo, Frankie. Ich habe Sie ja eine Ewigkeit nicht mehr gesehen. Womit kann ich Ihnen dienen?»

«Mit einem Flugzeug. Sie vermieten doch solche Dinger, nicht?»

«O ja. Wohin soll die Reise gehen?»

«Heim. So rasch wie möglich.»

Mr. Donald Kling zog die Augenbrauen hoch. «Das ist alles?»

«Nicht alles, aber das Wesentliche. Ich werde Ihnen einen Scheck geben, mein Lieber.»

«Gut.»

Trotzdem war es ziemlich spät, als sie ihr Ziel erreichten. Das Flugzeug landete im Schlosspark, und gleich darauf sausten Bobby und Frankie in Lord Marchingtons Chrysler nach Marchbolt. Sie hielten außerhalb des Torwegs, denn die pfarramtliche Auffahrt erlaubte infolge ihrer Schmalheit großen Luxusautos das Wenden nicht. Im Nu waren sie aus dem Wagen und liefen auf das Haus zu. Warum eigentlich diese irrsinnige Eile? dachte Bobby zum hundertsten Male; Mrs. Roberts reitet doch nicht auf einem Besenstiel davon!

Eine schmächtige Gestalt stand auf der Schwelle, die beide sofort erkannten.

«Moira!», schrie Frankie.

Mrs. Nicholson drehte sich um. Sie schwankte ein wenig.

«Oh … wie freue ich mich, Sie zu sehen! Ich weiß mir keinen Rat!»

«Aber was um alles in der Welt führt Sie denn hierher?»

«Vermutlich dasselbe wie Sie.»

«Sie haben herausgefunden, wer Evans ist, Mrs. Nicholson?»

Moira nickte. «Ja. Es ist eine lange, lange Geschichte.»

«Kommen Sie herein»,schlug Bobby vor.

Doch Moira wich zurück.

«Nein, nein», sagte sie hastig. «Lassen Sie uns woanders hingehen. Ich muss Ihnen was mitteilen, bevor wir gemeinsam Ihr Vaterhaus betreten, Mr. Jones. Gibt es nicht ein Café in der Stadt?»

«Wenn's durchaus sein muss!», knurrte Bobby, sich widerstrebend von der Tür entfernend. «Aber warum ...?»

Moira stampfte mit dem Fuß auf.

«Sie werden es erfahren. Oh, kommen Sie. Wir dürfen keine Minute verlieren.»

Die beiden gaben Moiras Drängen nach. In der Hauptstraße lag das Orient-Cafe – ein etwas pompöser Name, dem die Innendekoration nicht gerecht wurde. Besucher fehlten zu dieser Stunde. Wer von den Marchbolter Bürgern sollte wohl um halb sieben Uhr abends im Café sitzen?

Bobby wählte einen Ecktisch und bestellte drei Tassen Kaffee.

«Nun?», munterte er Moira auf.

«Warten wir, bis der Kaffee da ist.»

Die Kellnerin erschien und setzte gleichgültig einen lauwarmen Kaffee vor sie hin.

«Also bitte», drängte Bobby.

«Ich weiß kaum, wo ich beginnen soll», sagte Moira Nicholson. «In dem Zug, mit dem ich nach London fuhr... wirklich, ein unglaubliches Zusammentreffen. Ich ging den Korridor entlang und...»

Sie brach ab. Von ihrem Platz aus konnte sie die Tür sehen, und jetzt starrte sie mit weit aufgerissenen Augen geradeaus.

«Er muss mir gefolgt sein», wisperte sie.

«Wer?», fragten Bobby und Frankie gleichzeitig. «Bassington-ffrench.»

«Haben Sie ihn gesehen?»

«Er ist draußen auf der Straße. Mit einer rötlich blonden Frau.»

«Bobby, Mrs. Cayman …!»

Frankie rannte bereits zur Tür, Bobby hinterdrein. Aus Moiras Mund kam ein schwacher Widerspruch, den keiner der beiden beachtete. Straßauf, straßab spähten sie – keine Spur von Roger Bassington-ffrench!

Zaghaft gesellte sich Moira, die inzwischen auch den Tisch verlassen hatte, zu ihnen.

«Ist er fort?», erkundigte sie sich mit zitternder Stimme. «Oh, nehmen Sie sich in Acht. Er ist gefährlich – grauenhaft gefährlich.»

«Seien Sie nicht so ängstlich, Moira», schalt Frankie.

Bobby warf noch einen letzten Blick auf die Gehsteige nach rechts und links.

«Futsch!», erklärte er grimmig und ging mit den beiden Damen zu ihrem Ecktisch zurück. «Fahren Sie fort mit dem, was Sie uns erzählen wollten, Mrs. Nicholson.»

Er nahm seine Kaffeetasse auf. In diesem Augenblick verlor Frankie das Gleichgewicht, und der Kaffee schwappte über den Tisch.

«Tut mir Leid, Bobby», sagte Lady Frances Derwent und griff zum Nachbartisch hinüber, der bereits für einen etwaigen Dinnergast gedeckt war. Sie nahm das Essigfläschchen, goss seinen Inhalt rücksichtslos auf einen sauberen Suppenteller und füllte es mit dem Kaffee aus ihrer Tasse.

«Frankie, bist du übergeschnappt?», fragte der Pfarrerssohn. «Was machst du da?»

«Ich nehme eine Kaffeeprobe, damit George Arbuthnot sie analysieren kann.» Jetzt wandte sie sich an Moira. «Das Spiel ist aus. Eben, als wir an der Tür standen, kam mir jäh die Erleuchtung, und während ich Bobby an den Ellenbogen stieß, so dass er den Kaffee verschüttete, beobachtete ich Ihr Gesicht. Absichtlich ließen Sie uns zur Tür laufen, damit Sie Zeit hatten, etwas in unsere Tassen zu schütten. Das Spiel ist aus, Mrs. Nicholson oder Templeton oder wie Sie sich sonst zu nennen belieben.»

«Templeton?», schrie Bobby.

«Guck sie doch an! Und wenn sie noch immer leugnet, fordere ich sie auf, mit uns ins Pfarrhaus zu kommen. Mal sehen, ob Mrs. Roberts sie nicht identifiziert!»

Bobby sah, wie eine dämonische Wut das zarte, sehnsüchtige Madonnenantlitz verwandelte. Der schöne Mund öffnete sich und geiferte einen Strom gemeiner, schmutziger Flüche.

Nun tastete Moira suchend in ihrer Handtasche.

Bobby, obwohl noch halb benommen, handelte blitzschnell. Seine Hand war es, die von unten gegen den Revolver schlug.

Die Kugel flog über Frankies Kopf hinweg und grub sich in die Wand des Orient-Cafés.

Zum ersten Mal seit seiner Gründung zeigte die Kellnerin, dass sie wusste, was Schnelligkeit war. Mit einem wilden Schrei hetzte sie auf die Straße und kreischte gellend: «Hilfe! Mörder! Polizei …!»

34

Es war mehrere Wochen später.

Frankie hatte gerade einen Brief erhalten, abgestempelt in einer südamerikanischen Republik, und reichte ihn Bobby:

«Hier, lies.»

Verehrte Lady Frances!

Ich gratuliere Ihnen! Sie und Ihr junger Freund, der einstige Marineoffizier, haben die Pläne, die für ein ganzes Leben ausgearbeitet waren, durchkreuzt. Und dabei hatte ich alles so hübsch vorbereitet!

Wollen Sie die Einzelheiten erfahren? Meine Freundin hat mich vor Gericht so gründlich bloßgestellt (sind Frauen immer so gehässig?), dass auch eine umfassende Beichte mir nicht schlimmer schaden kann. Überdies beginne ich ein neues Leben. Roger Bassington-ffrench ist tot. Ich glaube, ich bin stets das gewesen, was man so schön ein schwarzes Schaf nennt. Sogar in Oxford entgleiste ich ein bisschen. Dumm von mir, denn es musste ja über kurz oder lang unweigerlich ans Tageslicht kommen. Mein Vater gab mich nicht preis; aber er schickte mich in die Kolonien.

Dort führte mich das Schicksal ziemlich bald mit Moira und ihrer Bande zusammen. Sie ist bereits mit fünfzehn Jahren eine vollendete Verbrecherin gewesen. Als wir uns trafen, wurde die Lage gerade brenzlig für sie – die amerikanische Polizei war ihr auf den Fersen.

Wir beide liebten uns beinahe sofort und beschlossen auch zu heiraten; nur mussten wir vorher noch einige Pläne durchführen.

Darum ging sie zuerst eine Ehe mit Nicholson ein. Sie erhielt auf diese Weise Zutritt zu einer anderen Welt, und die Polizei verlor sie aus den Augen. Nicholson war gerade mit der Absicht in England eingetroffen, ein Sanatorium für Nervenkranke zu eröffnen, und befand sich auf der Suche nach einem geeigneten Haus. Moira lockte ihn nach dem Birkenhof, für den nur ein geringer Kaufpreis verlangt wurde. Sie selbst betrieb noch immer mit ihrer Bande den Rauschgiftschmuggel, und unwissentlich leistete Nicholson ihr gute Dienste dabei.

Ich hatte von jeher zwei Wünsche: Besitzer von Merroway Court zu werden und über ein Riesenvermögen zu verfügen. Unter der Regierung Karls II. spielte ein Bassington-ffrench mal eine gewisse Rolle. Seitdem war die Familie in Mittelmäßigkeit abgesunken. Ich aber fühlte mich imstande, wieder eine große Rolle zu spielen. Doch dazu benötigte ich Geld.

Moira machte mehrere Reisen nach Kanada, um «ihre Verwandten zu besuchen». Nicholson, der sie anbetete, glaubte alles, was sie ihm vorschwindelte. Fast alle Männer beteten sie an. Mit Rücksicht auf die verwickelten Verhältnisse des Rauschgiftschmuggels reiste sie unter verschiedenen Namen. Als Mrs. Templeton machte sie die Bekanntschaft des Millionärs Savage. Sie wusste über ihn und seinen enormen Reichtum genau Bescheid und legte es darauf an, Savage zu umgarnen. Sie fesselte ihn auch, doch nicht genug, dass er darüber seinen gesunden Menschenverstand eingebüßt hätte.

Indes schmiedeten wir einen Plan, der Ihnen bekannt sein dürfte. Der Mann, den Sie als Cayman kennen, übernahm die Rolle des gefühllosen Gatten. Savage wurde überredet, Mrs. Templeton in Tudor Cottage zu besuchen, und kam mehr als einmal. Beim dritten Mal machten wir uns ans Werk. Es klappte alles herrlich. Moira strich das Geld ein und reiste ab – für die Öffentlichkeit nach Südfrankreich, in Wirklichkeit aber nach Staverley und dem Birkenhof zurück. Inzwischen arbeitete ich an meinen eigenen Plänen. Henry und der junge Tommy bildeten ein Hindernis und mussten beiseite geschafft werden. Mit Tommy glückte es mir nicht. Ein paar sehr gute Unfälle schlugen fehl. Bei Henry nahm ich daher von Unfällen Abstand. Nach einem Sturz auf der Jagd litt er unter rheumatischen Schmerzen, und um sie zu lindern, verschaffte ich ihm Morphium. Er nahm es in gutem Glauben, denn er war eine einfältige Seele. Bald war er dem Gift verfallen. Unser Plan sah vor, dass er sich in den Birkenhof zwecks Behandlung begeben sollte. Alles weitere würde Moira besorgen; ich selbst brauchte nicht den kleinen Finger dabei zu rühren.

Und dann begann dieser Narr Carstairs sein Unwesen zu treiben. Es scheint, dass Savage ihm von Bord des Dampfers aus geschrieben, hierbei Mrs. Templeton erwähnt und sogar eine Fotografie von ihr beigefügt hat. Bald darauf trat Carstairs seine Afrikareise an. Als er von den Wilden zurückkehrte und die Nachricht von Savages Tod und Testament erhielt, glaubte er nicht recht zu hören. Er war überzeugt, dass Savage nie über seine Gesundheit geklagt und vor allem kein Krebsleiden gefürchtet hatte.

Überdies befremdete ihn der Wortlaut des Testaments. Savage, der pfiffige Geschäftsmann, mochte sehr wohl ein Techtelmechtel mit einer hübschen Frau haben, doch nimmermehr hielt Carstairs ihn für fähig, ihr ein Vermögen zu vermachen und den Rest der Wohlfahrt zu hinterlassen. Dieser letzte Einfall stammte von mir. Ich fand, es klang so lauter und ehrbar.

Carstairs erschien in England, um der Sache auf den Grund zu gehen. Er begann herumzuschnüffeln. Und nun verfolgte uns das Pech. Einige Freunde brachten ihn zum

Lunch mit nach Merroway Court, wo er auf dem Flügel ein Bild von Moira erblickte und sofort die Frau erkannte, von der Savage ihm eine Aufnahme geschickt hatte. Er machte sich nach Chipping Somerton auf und streckte dort seine Fühler aus.

Moira und ich bekamen Wind davon. Ich reiste ihm nach. Es gelang ihm nicht, Rose Chudleigh aufzuspüren, weil sie nach dem Norden in Stellung gegangen war, indes spürte er Gladys Evans auf, auch ihren jetzigen Namen Roberts, und mit der ihm eigenen Beharrlichkeit scheute er auch die Reise nach Marchbolt nicht.

Jetzt wurde es Ernst! Wenn Evans, das heißt Mrs. Roberts, Moira Nicholson und Mrs. Templeton als ein und dieselbe Person erkannte, gerieten wir unbedingt in Teufels Küche. Außerdem war sie länger als die Chudleigh in Tudor Cottage gewesen, und wer konnte wissen, ob sie nicht einen tieferen Einblick gewonnen hatte?

Ich entschied, dass Carstairs das Handwerk gelegt werden müsse. Der Zufall kam mir zu Hilfe. Ich befand mich dicht hinter ihm, als der Nebel aufstieg. Ein kräftiger Stoß – aus!

Indes steckte ich trotzdem noch in der Klemme. Ich wusste nicht, ob er vielleicht belastendes Material bei sich trug. Doch Ihr junger Freund hatte die Freundlichkeit, mich mit der Leiche allein zu lassen. Wenn er geahnt hätte, welchen Dienst er mir damit erwies!

Tatsächlich trug Carstairs eine Fotografie Moiras in der Tasche. Ich nahm sie und etliche Schriftstücke an mich und steckte ihm dafür das Bild eines weiblichen Mitglieds von Moiras Bande in die Tasche.

Alles ließ sich zufriedenstellend an. Die Pseudo-Schwester samt Gatten stellte sich in Marchbolt ein und identifizierte ihn. Und da wirft Ihr Freund Bobby alles über den

Haufen. Carstairs hatte vor seinem Tod Evans erwähnt – und Evans schaltete und waltete als Haushälterin im Pfarrhaus.

Ich gestehe, dass wir nun ein bisschen den Kopf verloren. Moira bestand darauf, Bobby Jones unschädlich zu machen. Ein Versuch misslang. Die schöne Stellung drüben reizte den jungen Herrn nicht. Daraufhin setzte sich Moira ans Steuer des blauen Talbots und fuhr nach Marchbolt. Das Glück war ihr hold; während Ihr junger Freund schlief, schüttete sie Morphium in sein Bier.

Seine unverwüstliche Konstitution spottete des Giftes, und er genas!

Wie ich Ihnen bereits sagte, wurden Sie mir infolge Nicholsons Kreuzverhör verdächtig. Aber malen Sie sich Moiras Schreck aus, als sie eines Abends, im Begriff; sich heimlich mit mir zu treffen, unversehens auf Bobby Jones, den Pfarrerssohn aus Marchbolt, stieß! Dann merkte sie, dass sein Argwohn sich nicht gegen sie richtete, fasste sich und spielte ihm eine herrliche Komödie vor.

Tags darauf besuchte sie ihn im Gasthof und tischte ihm unheimliche Geschichten auf, die er wie Löschpapier in sich aufsog. Wie sie zitterte, wie sie sich ängstigte – Moira, die überhaupt keine Nerven kannte und, ohne eine Miene zu verziehen, jeden Menschen, der ihr in den Weg getreten wäre, niedergeschossen hätte …!

Es interessiert Sie vielleicht auch, dass Henry keinen Selbstmord beging. Ich tötete ihn! Als ich mit Ihnen im Garten sprach, merkte ich, dass keine Zeit zu verlieren war. Sofort ging ich ins Haus.

Das Flugzeug, das oben in der Luft brummte, kam wie gerufen. Ich ging ins Arbeitszimmer, schoss Henry in die Schläfe – und das Motorengetöse übertönte den Knall. Rasch schrieb ich die paar Abschiedszeilen, steckte den

Schlüssel in Henrys Tasche und schloss mit dem Schlüssel des Speisezimmers, der zu beiden Türen passt, von außen ab.

Mit den Einzelheiten über den kleinen Schwärmer, der vier Minuten später im Kamin explodierte, will ich Sie verschonen.

Sie und ich saßen auf der Gartenbank nebeneinander, als der «Schuss», ertönte. Ein unbedingter Selbstmord! Der Einzige, der einen Verdacht auf sich lenkte, war der gute Nicholson. Der Esel kam wegen eines lächerlichen Spazierstocks zurück!

Natürlich war Bobbys ritterliche Hilfsbereitschaft für Moira etwas lästig. Aus diesem Grund fuhr sie nach Tudor Cottage. Wir sahen voraus, dass Nicholsons Erklärungen über die Abwesenheit seiner Frau Ihrem Argwohn gegen ihn neue Nahrung geben würden.

Wo Moira sich aber ganz auf der Höhe zeigte, das war an dem Abend in Tudor Cottage, als Sie und Ihr Freund sich in meiner Gefangenschaft befanden, Lady Frances. Aus dem Lärm oben schloss sie, dass ich überwältigt worden war. Rasch injizierte sie sich eine reichliche Dosis Morphium und legte sich aufs Bett. Nachdem Sie zu dritt unten telefonierten, schlüpfte sie auf den Boden und schnitt mich los. Dann begann das Morphium zu wirken, und als der Doktor erschien, lag sie in echter Betäubung da.

Doch die Furcht saß ihr im Nacken. dass Sie doch einmal entdecken könnten, wer Evans ist. Sie behauptete daher, in London ein Sanatorium aufsuchen zu wollen, während sie in Wirklichkeit nach Marchbolt eilte. Und da überraschten Sie und Ihr tüchtiger junger Freund sie auf der Schwelle!

Moiras Methoden waren roh bis zum Äußersten. Als durch Ihr Dazwischentreten Mrs. Roberts' Leben gerettet wurde, erstand in Moiras Hirn der Plan, um ihrer Sicherheit willen Sie beide zu opfern. Das vereitelten Sie, Lady Frances.

Danach verlor die kleine Moira den Kopf. Und in den Prozess, den man ihr machte, zog sie auch mich hinein. Vielleicht war ich ihrer ein wenig überdrüssig geworden. Aber dass sie es wusste, ahnte ich nicht.

Sehen Sie, Lady Frances, sie hatte das Geld bekommen – mein Geld! Nach der Hochzeit hätte sie mich möglicherweise gelangweilt. Ich liebe die Abwechslung. So beginne ich hier ein neues Leben. Und lediglich dank Ihnen und Ihrem lästigen Freund Bobby Jones …

Aber ich bezweifle nicht, dass ich mich hier durchsetzen werde. Geändert habe ich mich nicht. Und wenn's beim ersten Mal nicht gelingt, muss man es zum zweiten Mal versuchen – und wieder und wieder.

Leben Sie wohl, meine liebe Lady Frances – vielleicht aber auch: auf Wiedersehen! Man kann nie wissen, nicht wahr?

Ihr ergebener Feind, der kühne, böse Schurke

Roger Bassington-ffrench

35

Bobby gab Frankie den Brief zurück.

«Er ist wirklich kein Durchschnittsmensch», sagte sie.

«Du hattest ja schon immer einen Narren an ihm gefressen», versetzte Bobby Jones kalt.

«Oh er besaß viel Charme. Und Moira desgleichen.» Nun wurde Bobby ein bisschen verlegen.

«Ein paar Mal gab Roger sich allerdings eine Blöße»,

fuhr Frances fort. «Aber dumm, wie ich war. merkte ich es nicht. Als Sylvia zum Beispiel sagte, das Bild in der Zeitung gliche Carstairs sehr, warf er ein, dass die Ähnlichkeit in Wirklichkeit nicht groß gewesen sei. Mithin musste er das Gesicht des Toten gesehen haben. Später aber leugnete er eben das mir gegenüber.»

«Doch wie in aller Welt durchschautest du Moira?»

«Ich glaube, die Beschreibung von Mrs. Templeton gab den Anstoß», erwiderte Frankie versonnen. «Jeder versicherte, sie sei eine so nette Dame gewesen. Nun, das traf doch auf die Cayman wahrlich nicht zu. Kein Dienstbote würde sie als eine nette Dame beschreiben. Und dann prallten wir vor dem Pfarrhaus unerwartet mit Moira Nicholson zusammen, und plötzlich fragte ich mich: Angenommen, Moira wäre Mrs. Templeton ...?»

«Ein bewundernswerter Scharfsinn.»

«Mit Sylvia habe ich ungeheures Mitleid», sagte Frankie. «Nachdem Moira ihren einstigen Freund Roger preisgegeben hat, ist der Name Bassington-ffrench natürlich in aller Munde. Doch Dr. Nicholson hat treu zu ihr gehalten, und es sollte mich nicht wundern, wenn aus den beiden noch ein Paar wird.»

«Alles hat überhaupt gut geendet», meinte Bobby Jones. «Badger arbeitet fleißig und erfolgreich in der Garage und zeigt sich der Güte deines Vaters würdig. Und ich verdanke deinem Vater diese prachtvolle Stellung.»

«Findest du sie prachtvoll?»

«Was? Eine Kaffeeplantage in Kenia zu leiten und ein Bombengehalt dafür zu beziehen? Nennst du das nicht prachtvoll? Was Besseres hätte ich mir nicht wünschen können.» Er schwieg einen Augenblick. «Frankie, es gibt eine Menge Leute, die nach Kenia eine Vergnügungsreise machen», sagte er anzüglich.

«Es gibt auch eine Menge, die immer dort leben.»
«O Frankie ... würdest du das wollen?»
«Ich würde», lächelte sie. «Das heißt: Ich will.»

«Wenn Sie bitte hier hereinkommen wollen», sagte Pfarrer Jones, die Tür öffnend und den Vorstand des Christlichen Frauenvereins zum Eintritt nötigend. Aber eiligst schloss er die Tür wieder und entschuldigte sich: «Mein ... hm ... einer meiner Söhne. Er hat sich ... wohl gerade verlobt.»

Eine der Damen lispelte, dass es so ausgesehen habe.

«Ein prächtiger Junge», rühmte der Vater. «Zeitweilig neigte er dazu, das Leben nicht ernst genug zu nehmen; aber er hat sich vollkommen geändert. Er ist zum Leiter einer Kaffeeplantage in Kenia ernannt worden.»

Da tuschelte eine der Damen der anderen ins Ohr: «Haben Sie gesehen? Es war Lady Frances Derwent, die er küsste!»

Und eine halbe Stunde später wusste es schon ganz Marchbolt.